À PROPOS DE L'AUTEUR

T.J. Brown réside dans l'Oregon, mais aurait rêvé de connaître le Paris des Années folles, l'Angleterre edwardienne ou le San Francisco du Flower Power. Sa trilogie *Summerset Abbey* marque avec brio ses débuts de romancière. Sa devise ? « Les femmes bien élevées font rarement l'Histoire. »

Le printemps des débutantes

T.J. BROWN

Le printemps des débutantes

Traduction française de

CATHERINE BERTHET

HARLEQUIN

Titre original :
A BLOOM IN WINTER

Ce roman a déjà été publié en 2015.

HARPERCOLLINS FRANCE
83-85, boulevard Vincent-Auriol, 75646 PARIS CEDEX 13
Service Lectrices — Tél. : 01 45 82 47 47

www.harlequin.fr

ISBN 978-2-2804-4762-1

Je dédie ce livre avec tout mon amour et ma gratitude au Dr Colin Cave, au Dr Katie Deming et à leurs équipes — des médecins extraordinaires et des gens merveilleux.

1

Victoria arpentait le grand hall de Summerset Abbey en frissonnant d'impatience. A Londres, le courrier arrivait chaque jour à la même heure, avec une régularité infaillible. Mais dans cet immense domaine de campagne qui était maintenant son lieu de résidence, l'arrivée du courrier était d'une imprévisibilité irritante, et dépendait entièrement du bon vouloir de son oncle. Quand celui-ci ne se trouvait pas à Summerset Abbey, la distribution était encore plus fantaisiste, à moins que lady Summerset n'ait un courrier à expédier ou n'attende une invitation importante.

Quand elle arriva au bout du grand hall, Victoria fit brusquement volte-face et repartit en sens inverse au pas de charge, ignorant la lumière qui tombait de l'ouverture circulaire au plafond et se reflétait sur le marbre en illuminant les deux rangées de colonnes de part et d'autre de la salle. Les splendides fresques représentant des anges au-dessus de scènes de bataille, qui recouvraient le dôme et capturaient son regard chaque fois qu'elle pénétrait dans le hall monumental, demeurèrent pour une fois en marge de son attention. Tout cela à cause d'une distribution du courrier totalement inefficace et digne des heures les plus sombres du Moyen Age ! Elle aurait attendu dans la grande allée du parc si elle n'avait pas craint les soupçons que cela ne manquerait pas d'éveiller. Surtout maintenant qu'elle savait que rien de ce qui se passait à Summerset n'échappait à tante Charlotte, c'est-à-dire lady Summerset Huxley Buxton.

Du moins, presque rien, songea Victoria en souriant. Sa tante ignorait par exemple qu'elle se rendait régulièrement, en secret, dans une chambre de la partie inutilisée du manoir afin de s'exercer à la dactylographie et à la sténo, d'étudier la botanique, ou encore d'écrire des articles sur les plantes et leurs utilisations traditionnelles. Elle ne savait pas non plus que sa propre fille, Elaine, faisait de formidables cocktails à base de gin, ni que Rowena, la sœur aînée de Victoria, était montée en avion et avait embrassé un pilote. En fin de compte, la sévère tante Charlotte n'était pas aussi infaillible qu'on le croyait.

En revanche, cette dernière avait su se débarrasser de Prudence. Victoria se rembrunit tandis que cette pensée provoquait un pincement de cœur familier.

Soudain, elle tendit l'oreille. Une voiture remontait l'allée principale. Victoria se précipita vers la porte de service dissimulée derrière l'escalier, et tant pis si les domestiques ne voyaient pas d'un très bon œil son intrusion dans leur domaine. Le courrier était d'abord apporté à M. Cairns, qui le triait dans son bureau avant de le présenter à tante Charlotte ou à oncle Conrad, ou aux autres destinataires. Mais Victoria était bien trop impatiente pour attendre sagement que sa lettre lui parvienne par cette voie, après d'infinis détours et retards. Elle avait compté les jours avec soin et elle avait la certitude que la réponse tant attendue allait lui parvenir *aujourd'hui*.

Les domestiques la saluèrent d'un bref signe de tête en la voyant passer. Tante Charlotte avait très certainement entendu parler de sa récente obsession pour le courrier. Eh bien, si elle lui posait des questions, Victoria lui expliquerait qu'elle attendait une lettre d'une amie, voilà tout, et se lamenterait sur l'ennui qu'elle éprouvait depuis qu'elle vivait à la campagne. Tante Charlotte détestait entendre les autres se lamenter.

Elle passa la tête dans l'entrebâillement de la porte du bureau de Cairns.

— Y a-t-il quelque chose pour moi, Cairns ?

L'homme sursauta, pour le plus grand bonheur de Victoria, qui dissimula un sourire. Le vieux majordome extrêmement réservé était rarement pris au dépourvu, et elle s'efforçait depuis longtemps de le surprendre. Elle avait passé presque toutes ses vacances d'été, quand elle était petite, à essayer de contrarier Cairns, qui en dehors de son attitude imperturbable n'avait aucun trait de caractère marquant. Elle savait qu'il avait du mal à la supporter — et les filles avaient toujours trouvé cela très drôle.

A présent, bien sûr, il aurait mieux valu mettre Cairns de son côté. Mais que voulez-vous, les vieilles habitudes avaient la vie dure.

— Je suis en train de trier les lettres, mademoiselle Victoria, répondit-il d'un ton pincé.

Elle attendit donc en rongeant son frein, tandis que le majordome mettait un temps fou à répertorier le courrier avant de le classer en plusieurs piles. Elle devina, au frémissement involontaire de ses narines, qu'il avait trouvé sa lettre. Il la brandit et elle la lui arracha littéralement des mains, comme si elle avait peur qu'il ne change d'avis.

— Merci, Cairns !

Elle s'esquiva en un éclair et monta dans sa chambre, en priant pour ne pas tomber sur son cousin, qui l'inviterait comme d'habitude à jouer au billard en fumant des cigarettes pour tromper son ennui. Ou bien sur Rowena, qui la pousserait à aller faire un tour à pied, ou à cheval, avec elle. *N'importe quoi pour l'aider à chasser son sentiment de culpabilité au sujet de Prudence.* Victoria avait de la peine pour sa sœur et son cousin, vraiment — mais pour l'instant elle avait des questions plus urgentes à régler.

Une fois dans sa chambre, elle déposa la lettre sur sa table de toilette blanc et or de style Empire et la contempla sans oser l'ouvrir. Il y avait si longtemps qu'elle l'attendait… Maintenant qu'elle était arrivée, Victoria était terrifiée à l'idée qu'elle ne contenait peut-être pas la nouvelle qu'elle espérait. Elle finit pourtant par la prendre et par aller s'installer dans l'un des deux fauteuils rayés de bleu et blanc, de l'autre côté du tapis d'Axminster, devant la petite cheminée de marbre.

Inspirée par nanny Iris, remarquable herboriste, amie et mentor de Victoria, celle-ci avait écrit un article sur les effets bénéfiques pour la santé de l'*Althaea officinalis,* ou mauve blanche, et sur son usage par les guérisseuses qui soignaient les pauvres. Elle l'avait envoyé à l'un de ses magazines de botanique préférés et, à sa grande surprise, elle avait reçu une réponse. L'article avait beaucoup plu à l'éditeur, qui lui donnait quelques conseils pour améliorer son style d'écriture. Victoria avait donc revu l'article, le récrivant une dizaine de fois avant de le dactylographier, grâce à la machine flambant neuve cachée dans sa pièce secrète. Après quoi elle l'avait renvoyé, en espérant qu'il serait jugé assez bon pour être publié.

Son estomac se contracta à l'idée qu'elle venait de recevoir la réponse tant attendue. N'y tenant plus, elle retourna à son bureau et fouilla dans le tiroir, où elle finit par dénicher un coupe-papier. Quand elle ouvrit l'enveloppe, un feuillet s'en échappa et tomba sur le sol. Incrédule, elle le contempla. *C'était un chèque.*

Les yeux écarquillés, elle tira de l'enveloppe une feuille de papier à lettres à l'en-tête du magazine.

La Revue du botaniste, 197 Lexington Place, Londres.

Les mots étaient imprimés en relief. Emerveillée, Victoria passa le bout des doigts sur la feuille. Chaque trimestre, quand un nouvel exemplaire paraissait, elle se plongeait dans la lecture de ce magazine avec son père. Botaniste réputé, celui-ci lui avait transmis son amour des plantes. Cette passion partagée les avait rapprochés au cours des dernières années qu'ils avaient passées ensemble. C'était un lien unique, exclusif, qui les unissait.

Son père aurait été tellement fier d'elle, aujourd'hui.

D'un geste impatient, elle essuya les larmes qui roulaient sur ses joues.

Cher V. Buxton,

*Merci infiniment d'avoir revu votre très bel article sur « Les différents usages de l'*Althaea officinalis *en médecine, dans les classes défavorisées ». J'ai le plaisir de vous annoncer que nous publierons votre texte dans notre édition d'été de* La Revue du botaniste. *J'aimerais avoir d'autres articles de vous, dans la même veine. Avez-vous déjà songé à effectuer une étude sur les diverses utilisations des plantes, parmi les populations pauvres et itinérantes ?*

Encore une fois merci pour votre collaboration. N'hésitez pas à passer dans nos bureaux si vous venez à Londres.

Sincères salutations,

Harold H. Herbert

Rédacteur en chef de
La Revue du botaniste

Victoria lut la lettre une seconde fois, avant de ramasser le chèque. *Dix livres.* Non seulement elle était publiée, mais de plus elle était largement rémunérée, et félicitée pour son travail !

Soupirant d'aise, elle se renversa dans son fauteuil.

A qui pouvait-elle en parler ? Qui la comprendrait ? Certainement pas Rowena, devenue si triste et si indolente qu'elle ne prenait même plus la peine de s'habiller. Ni sa cousine Elaine. Pourtant, ces derniers mois, après la mort de son père, elle s'était rapprochée d'Elaine. Mais pas au point de se confier à elle. Kit, oui, certainement. Mais Kit ne serait pas là avant le week-end — si toutefois il venait. En général, il accompagnait Colin, quand celui-ci rentrait de l'université. Kit comprendrait son excitation, il serait même impressionné par la nouvelle, mais, d'un autre côté, il était tellement taquin…

La seule personne à qui elle avait vraiment envie d'en parler était partie depuis plus d'un mois. Un mois déjà qu'elle n'avait pas vu Prudence ! Sa peine était toujours aussi vive que le jour où Pru s'était enfuie de Summerset. Mais bien que celle-ci lui manquât terriblement, Victoria comprenait qu'elle n'ait pas pu rester. Elle serait partie aussi, si elle s'était soudain trouvée impliquée dans un scandale au sein de la famille Buxton, scandale que tante Charlotte avait réussi à étouffer pendant des années.

Sur une brusque impulsion, elle sonna et attendit l'arrivée de Susie. Elle ne pouvait se résoudre à laisser sa tante remplacer Pru par une nouvelle femme de chambre, comme si son amie n'était qu'une domestique anonyme que n'importe qui pouvait remplacer au pied levé. Aussi, quand elle avait besoin d'aide, ou simplement de compagnie, appelait-elle la fille de cuisine. Susie était la seule servante à avoir été réellement gentille avec Prudence. Bien qu'elle ne puisse prendre la place de celle-ci, au moins Victoria avait-elle l'impression de maintenir le lien avec Pru quand Susie était près d'elle.

Cette dernière entra en coup de vent, son bonnet de guingois.

— Désolée, mademoiselle. J'avais les mains dans l'eau

savonneuse quand vous avez sonné et Cook ne trouvait plus mon bonnet…

Les mots moururent sur ses lèvres, et elle dévisagea Victoria.

— Oh ! mademoiselle, vous avez l'air de quelqu'un qui vient de recevoir un merveilleux cadeau !

Victoria sourit en agitant le chèque devant elle.

— Tout juste. Enfin, ce n'est pas exactement un cadeau. Mais regarde ce qui est arrivé au courrier aujourd'hui !

Susie s'approcha en plissant les yeux.

— C'est un chèque, mademoiselle ? De dix livres ?

Victoria acquiesça et esquissa quelques pas de danse.

— Oui ! Oui ! Ils m'ont payée pour un article sur la mauve blanche que je leur ai envoyé ! Tu te rends compte ?

Susie hocha la tête, les yeux élargis de surprise.

— Vous l'avez envoyé à un journal ?

— Un magazine !

— C'est fantastique, mademoiselle ! Un jour, le *Summerset Weekly News* a imprimé une recette de ma mère, et nous avons tous trouvé cela merveilleux. Mais je suppose que ce n'est pas tout à fait la même chose ?

Victoria secoua la tête, réprimant un rire à grand-peine.

— Pas tout à fait. Mais elle devait être très contente.

— Nous étions tous très fiers. Vous avez besoin de moi, mademoiselle ?

Victoria fit non de la tête, et la déception envahit son cœur. Ce n'était pas comme si elle avait pu parler à Prudence, bien sûr. Ce n'était même pas comme avec Katie, la fille de cuisine qu'elles avaient chez elles à Londres, qui était son amie et qui allait avec elle à l'école de secrétariat pour jeunes filles de Mlle Fister. Car elle ne connaissait pas vraiment Susie. Susie était l'amie de Prudence, pas la sienne.

La jeune fille se leva et fit mine de sortir.

— Attends, Susie.

La servante se retourna. Le bonnet qu'elle était censée porter pour son service était toujours posé de travers sur sa tête.

— Tu as eu des nouvelles de Prudence, ces temps-ci ?

Un grand sourire illumina les traits quelconques de Susie.

— Oui, mademoiselle. J'ai reçu une lettre l'autre jour. Elle a l'air très heureuse ! Elle m'a écrit qu'elle avait séjourné dans un hôtel luxueux avec Andrew et qu'ils allaient dîner dans de beaux restaurants, en attendant de trouver un logement. A présent, ils sont installés dans un appartement chic, près de l'université où Andrew étudie pour devenir vétérinaire. Dès qu'il aura fini ses études, ils pensent déménager pour aller vivre dans une grande maison à la campagne. Elle a même un peu de personnel !

Victoria sourit tristement. Plus Prudence s'éloignait de Summerset, mieux elle semblait se porter. Bien qu'elle fût heureuse pour son amie, ce sentiment était teinté de culpabilité et de chagrin.

— Tu lui as déjà répondu ?

— J'allais le faire ce soir, dit Susie.

— Puis-je te donner un papier à glisser dans ton enveloppe ? Je n'ai pas assez de nouvelles pour écrire une longue lettre…

Les mots s'éteignirent sur ses lèvres. Elle ne voulait pas avouer à Susie que Prudence ne lui avait pas écrit depuis son départ, et qu'elle ne connaissait même pas son adresse.

— Bien sûr, mademoiselle. Je viendrai le prendre ce soir, avant d'aller me coucher.

Puis elle s'éclipsa.

Victoria alla à son bureau. Elle prit une feuille de papier et trempa son porte-plume en ébène dans l'encrier.

Chère Prudence, écrivit-elle. Elle s'arrêta en voyant une énorme tache d'encre se répandre sur la feuille. Que devait-elle écrire ? Qu'elle était désolée ? Mais désolée de quoi ? D'avoir découvert que son grand-père, cet homme méprisable, patriarche de la famille Buxton, était le véritable père de Prudence ? Devait-elle s'excuser pour l'insupportable snobisme de sa famille ? Ou de ne pas avoir su s'interposer pour défendre son amie quand celle-ci avait été reléguée dans les quartiers des domestiques dès leur arrivée à Summerset ?

Et elle, que devait-elle penser de l'attitude de Prudence envers elle ? songea soudain Victoria avec amertume. Elle n'avait pas essayé de la contacter, depuis son mariage avec cet adorable valet. Elle écrivait à Susie, mais elle ignorait celle qui avait été comme une sœur pour elle.

Victoria se tassa sur sa chaise, accablée. La gravité des circonstances la paralysait. Si elle essayait de se persuader que rien ne s'était passé, elle trouverait peut-être quelque chose à écrire… mais non. Rowena avait fait semblant de ne pas voir l'horreur de la situation, et finalement tout avait explosé autour d'elle. Se contenter de souhaiter que les choses changent ne menait tout simplement nulle part.

Prenant une longue inspiration, elle tira à elle une nouvelle feuille et recommença.

Très chère Prudence,

J'espère que tu vas bien et que tu es heureuse. Susie m'a dit que tu allais bientot t'installer dans ton nouveau logement et qu'Andrew préparait ses examens. Je lui souhaite bonne chance. Je suis sûre que tout se passera bien.

Victoria s'interrompit et se mordilla le pouce. Le ton n'était-il pas trop condescendant ? Comme si en vérité elle ne pensait *pas* qu'il réussirait ses examens ?

— Oh ! la barbe, marmonna-t-elle en secouant la tête. Elle trempa de nouveau sa plume dans l'encre.

J'ai de bonnes nouvelles à t'annoncer. J'ai écrit un article sur la mauve blanche. Tu sais, le genre d'articles dont nous faisions la lecture à haute voix, papa et moi, et qui vous ennuyaient à mourir, Rowena et toi. Eh bien, j'en ai écrit un que j'ai envoyé à La Revue du botaniste. *Imagine-toi qu'il a plu au rédacteur en chef, et qu'il l'a publié ! Il m'a même envoyé un chèque de dix livres, en me demandant d'en écrire d'autres ! Tu vois, toutes ces conférences auxquelles nous assistions papa et moi ont servi à quelque chose, finalement ! Un jour, je deviendrai peut-être botaniste comme lui, car j'ai décidé que c'était ce qui me plaisait vraiment. Je n'en ai encore parlé à personne, ma chérie, car personne d'autre que toi ne pourrait comprendre...*

Victoria s'interrompit encore une fois et inspira en tremblant, tentant de repousser la vague de chagrin qui menaçait de la submerger au souvenir de son père. Quand elle se fut ressaisie, elle reprit :

Tu me manques plus que je ne pourrais le dire.

Une nouvelle pause. Devait-elle parler de Rowena ? Probablement pas, décida-t-elle. Rowena et Prudence régleraient leurs problèmes entre elles. Tout ce qu'elle savait, c'était que, pour elle, la vie sans Pru était insupportable.

Ecris-moi vite, je t'en prie.
Affectueusement,

Vic

Victoria mâchonna son porte-plume, puis ajouta une strophe d'un poème d'Elizabeth Barrett Browning.

Car vois-tu nous sommes fatigués mon cœur et moi.

Nous avons lu les livres et fait confiance aux hommes,
Et trempé notre plume dans notre propre sang...

La lettre lui parut plus complète ainsi. Victoria posa son porte-plume, repoussa l'encrier et, laissant l'encre sécher sur le papier, elle se leva en s'étirant. Elle aurait aimé aller s'enfermer dans sa pièce secrète et s'attaquer à son prochain article, mais elle était trop agitée pour se concentrer. C'est alors qu'elle songea à une autre personne qui serait enchantée d'apprendre la nouvelle. Celle-là même qui lui avait donné l'idée d'un pareil article... Nanny Iris !

Une heure plus tard, Victoria était assise à la table de celle qui avait été la nounou de son père et de son oncle, et dégustait un scone à la crème avec lequel Cook, malgré toute son expérience et son talent, n'aurait jamais pu rivaliser.

La cuisine de nanny Iris était chaleureuse et accueillante. Des rideaux en vichy garnissaient les minuscules fenêtres, et une rangée de casseroles était suspendue au-dessus de l'évier. Les dalles du sol, d'une propreté méticuleuse, étaient usées et écaillées à certains endroits, mais le cottage était si charmant que Victoria y avait toujours éprouvé une grande sérénité.

— C'est merveilleux, ma chère enfant. Ton père serait fier de toi, dit la vieille dame en souriant, debout devant le fourneau.

Elle remuait une préparation à l'odeur épouvantable, mais qui selon elle était souveraine pour faciliter la respiration.

Victoria hocha la tête, incapable d'articuler un mot. Du temps où nanny Iris était la gouvernante de son père, elle avait appris à celui-ci tout ce qu'elle savait sur les plantes, ce qu'elle continuait de faire pour Victoria.

S'approchant de la table, elle lui tapota gentiment la tête. Avec nanny Iris, Victoria avait toujours l'impression d'être une petite fille et non la jeune femme pleine d'assurance qu'elle s'efforçait de paraître. Mais au moins, auprès de la vieille dame, elle se sentait réconfortée et sincèrement aimée. Alors que, lorsque Rona et Pru la traitaient comme une enfant, elle ressentait cela comme une insulte.

Nanny Iris s'essuya les mains sur son tablier blanc empesé et reprit la lettre, qu'elle avait déjà lue trois fois. Victoria était radieuse. Elle avait eu raison de venir.

Mais cette fois, nanny Iris fronça les sourcils et contempla le feuillet sans le lire.

— Pourquoi as-tu signé *V. Buxton*, au lieu de Victoria ?

Victoria avala une gorgée de thé pour faire passer la dernière bouchée de scone.

— Mmh ? Oh ! j'ai pensé que si je signais Victoria, quelqu'un risquait de reconnaître le nom et de comprendre que je suis la fille de mon père. Je suis très fière de son travail, mais je voudrais être connue pour mes propres mérites et réussir par moi-même.

— C'est très louable, murmura nanny Iris, mais… y aurait-il une autre raison ?

— Eh bien, je trouve que cela sonne mieux. *V. Buxton*, cela fait sérieux, tu ne trouves pas ?

Le sourire de Victoria s'effaça quand elle croisa le regard de nanny Iris.

— Quoi ? Qu'est-ce qui ne va pas ?

— Donc, ce rédacteur en chef, Harold L. Herbert, ne sait pas que tu es une femme ?

— Non, admit Victoria. Mais cela ne devrait pas faire de différence, n'est-ce pas ?

— Non, ça ne devrait pas, en effet, répondit nanny Iris d'un ton ferme en lui tapotant la main.

Mais le doute s'insinua dans l'esprit de Victoria. Car rien ne prouvait que c'était bien le cas.

Un ciel de plomb pesait sur Summerset, aussi sombre et hivernal que les pensées de Rowena. Depuis le départ de Prudence, Rowena s'astreignait à une routine implacable qui lui permettait de ne pas réfléchir. En quatre mois, elle avait perdu son père, la maison de son enfance, et Prudence. Il valait donc mieux avoir l'esprit vide plutôt que d'être assaillie par une litanie de regrets. *Si seulement...*

Elle leva de nouveau les yeux vers le ciel. Comme malgré elle, ses doigts se posèrent sur ses lèvres quand elle se rappela le baiser échangé avec un certain pilote sur le lac gelé. Des semaines avaient passé, elle ne l'avait pas revu. Le ciel lui-même semblait vide, trop silencieux, depuis que le ronflement de l'avion de Jon ne survolait plus Summerset Abbey. Un rituel hebdomadaire qui avait cessé sans explication, du jour au lendemain. Le frère de Jon était-il intervenu pour faire cesser cette relation quand il avait découvert qu'elle était une Buxton ? Rowena aurait bien voulu le savoir.

Fermant un bref instant les yeux, elle murmura son nom.

Jon.

Elle tenta de revoir en esprit le bleu incroyable de ses yeux, et ses lèvres fines et bien ourlées s'étirant en un sourire de connivence. Mais déjà l'image de son visage perdait de sa netteté. Le souvenir de la promenade en aéroplane lui revint soudain en tête. Le frisson qu'elle avait éprouvé en voyant la terre s'éloigner derrière elle, et le sentiment d'intense légèreté qui l'avait envahie quand ils avaient flotté au-dessus des nuages. Elle s'était sentie complètement libérée, comme si ses problèmes étaient restés au sol. Le souvenir était si clair, si précis, qu'elle croyait presque sentir l'air froid lui fouetter le visage. Elle referma son livre d'un geste sec.

La vie de Rowena n'avait jamais été aussi fascinante, ni aussi passionnante que Victoria semblait le croire. Mais elle avait été intéressante et agréable, malgré tout. Victoria bourdonnait autour d'elle comme une abeille inquiète, parfois avec des câlineries, d'autres fois des accusations. Mais rien de ce qu'elle disait n'atteignait Rowena. Celle-ci avait l'impression que sa sœur lui parlait à travers un mur de gelée transparente. Tout était devenu épuisant pour elle. Qu'il s'agisse de se changer pour le dîner, de faire la conversation aux invités de leur tante Charlotte, ou même de se rendre dans la petite ville de Summerset, tout lui paraissait absolument vain et inutile.

Rowena dévorait tout ce qu'elle trouvait dans l'élégante bibliothèque qui contenait des milliers de volumes. Peu lui importait ce qu'elle lisait, d'ailleurs elle se rappelait rarement le contenu d'un livre quand elle le refermait. Mais pendant ce temps, elle ne pensait pas à autre chose. Quand elle n'était pas plongée dans la lecture, elle montait à cheval et lançait sa monture dans un galop effréné à travers les collines surplombant la vallée. Bien qu'elle refusât de l'admettre, elle avait toujours l'espoir d'apercevoir un certain aéroplane flottant dans le ciel…

— En voilà assez.

Rowena tressaillit en entendant la voix claire et sèche de sa tante. Pelotonnée sur la banquette devant la fenêtre du salon, elle leva les yeux. Tante Charlotte fonçait sur elle avec autant de détermination qu'une oie en colère. Cela faisait vingt-cinq ans que celle-ci portait le titre de lady Summerset, et la noblesse semblait incarnée par son port de tête régalien et son cou de cygne à la grâce indéniable. Sa beauté de brune aux yeux bleus, qui avait fait autrefois l'admiration du prince de Galles en personne, et de son cercle de Marlborough, était toujours aussi impressionnante, bien que ses traits se soient légèrement empâtés et que les contours exquis de son visage en forme de cœur soient devenus moins nets.

Si la beauté de sa tante avait fait bon effet dans sa jeunesse, aujourd'hui Rowena la trouvait tout simplement glaçante. Tante Charlotte élevait rarement la voix, mais elle savait manifester son irritation par un ton glacial et des paroles cinglantes.

Rowena émergea de sa léthargie.

— Bonjour, tante Charlotte. Que voulez-vous dire ?

Celle-ci lui arracha son livre des mains.

— Assez de lecture. Assez de bouderie.

Sa voix se radoucit imperceptiblement et elle ajouta :

— Assez de chagrin.

La gorge nouée, Rowena murmura :

— Mais *j'aime* lire.

— Balivernes ! Et peu importe que vous aimiez lire ou non. Cela vous fait mal aux yeux, et vous allez avoir des rides à force de froncer les sourcils. Et aussi les épaules tombantes et le dos rond. Vous avez déjà vu Jane Worth, je suppose ?

Rowena se rembrunit.

— Vous voulez parler de cette petite femme, avec une…

Elle accompagna ses paroles d'un geste de la main décrivant une bosse. Sa tante acquiesça avec gravité.

— Elle a toujours été passionnée par les livres.

Rowena réprima un mouvement de protestation. Cela ne pouvait pas être vrai. Sa tante enchaîna :

— Franchement, mon petit, vous avez une mine affreuse, la peau grasse, les cheveux ternes. Je me demande depuis quand vous n'avez plus pris de bain. Vous êtes une des plus belles filles que je connaisse, pourtant en ce moment vous ne méritez pas qu'on vous lance un seul regard. *Assez*.

Rowena cligna les paupières, abasourdie. Sa tante la trouvait *belle* ? Elle ne le lui avait jamais dit. L'avait-elle toujours pensé ?

À sa grande surprise, tante Charlotte vint s'asseoir à côté d'elle sur la banquette et lui prit la main. Rowena essaya de se rappeler si elle avait déjà eu un tel geste d'affection. En vain. Elle eut beau fouiller dans sa mémoire, elle ne s'en souvenait pas, bien qu'elle eût passé de nombreux étés à Summerset, dans son enfance.

— Je comprends votre chagrin. Moi aussi, j'ai perdu mon père très tôt. Mais vous êtes jeune et votre père aurait le cœur brisé s'il vous voyait en ce moment.

Rowena éprouva un douloureux pincement au cœur. Quelles que soient les motivations de sa tante, Rowena savait que celle-ci disait vrai. Son père aurait détesté la voir broyer du noir, et sombrer dans l'indolence. Elle avait imaginé des centaines de fois sa déception, s'il avait été témoin de la façon dont elle avait traité Prudence. Mais elle n'avait encore jamais pensé à sa tristesse, s'il avait pu voir comment elle se traitait elle-même.

— Vous avez raison, concéda-t-elle avec un hochement de tête. Je vais aller prendre un bain.

Sa tante lui pressa légèrement la main et la relâcha.

— Allez-y. J'ai prévenu Elaine qu'elle ne m'accompagnerait pas dans mes visites cet après-midi. Vous viendrez à sa place.

Rowena demeura bouche bée, et sa tante lui sourit d'un air satisfait.

— Vous êtes priée de vous habiller en conséquence.

Lady Summerset sortit, triomphante, dans un bruissement de soie.

Une heure plus tard, Susie n'avait toujours pas fini de sécher la chevelure de Rowena après le bain.

— Ce serait plus facile si vous n'aviez pas autant de cheveux, marmonna-t-elle.

Elle épongea une mèche, la brossa, l'épongea de nouveau.

— Oui, si je n'avais pas les cheveux longs et un corset, je pourrais m'habiller seule et je mettrais deux fois moins de temps.

— Cela viendra, répondit Susie. Croyez-moi.

Rowena eut un léger sourire. Elle aurait aimé être aussi optimiste que la petite servante. Elle aurait aimé éprouver autre chose que de la tristesse.

— Madame est venue pendant que vous étiez dans la baignoire, et elle a choisi la robe que vous deviez porter. C'est une jolie toilette, mademoiselle. Vous aurez de l'allure habillée comme cela. Non que vous ne soyez pas…

Susie ferma les yeux un moment.

— Je suis désolée, mademoiselle. Je crois que je parle trop pour une femme de chambre !

Rowena était si stupéfaite qu'elle ne songea pas à rassurer Susie.

— Vraiment ? Qu'a-t-elle choisi ? demanda-t-elle en se levant.

— L'ensemble bleu marine, mademoiselle.

Susie l'aida à enfiler sa chemise, sa camisole, son corset et son jupon, puis alla chercher l'ensemble de promenade en laine bleu marine.

Rowena ne l'avait jamais vu.

Elle faillit faire une remarque, puis se ravisa. De toute évidence, c'était un cadeau spontané de sa tante, et celle-ci ne tenait pas à en faire toute une histoire. Les revers de l'ensemble de lainage à la coupe élégante, ainsi que les poignets et le bord de la jupe étaient garnis de brandebourgs noirs. Une pince, dans le dos de la longue veste, donnait un peu d'ampleur à la silhouette. Rowena admira les boutons d'ébène finement sculptés. La jupe arrivait à une dizaine de centimètres du sol, ce qui était à la fois moderne et audacieux. Soit elle avait été faite pour une femme plus petite que Rowena, soit sa tante avait secrètement des goûts d'avant-garde.

Comme Susie n'avait aucune expérience en matière de coiffure, ce fut Hortense, la femme de chambre personnelle de lady Summerset, qui vint s'occuper des cheveux de Rowena. Elle en profita pour montrer à Susie comment s'y prendre. Ses lèvres pincées en disaient long sur son irritation à l'idée de devoir former à cette tâche une pauvre fille de cuisine…

— *Mais pourquoi dois-je enseigner à cette idiote?* marmonna-t-elle rageusement entre ses dents — mais dans sa langue natale.

— *Soyez prudente, je parle bien français,* dit Rowena d'un ton sec.

Les yeux de Susie lancèrent des éclairs. Elle ne savait pas ce que les deux femmes s'étaient dit, mais le ton de l'échange était on ne peut plus clair. Hortense sombra dans un silence hostile, mais elle montra cependant à Susie comment coiffer le chignon très simple que Rowena aimait particulièrement. Quand elle eut fini, elle tendit à la jeune fille les peignes et les brosses dont elle s'était servie.

— N'oubliez jamais de laver les peignes de votre maîtresse lorsque votre travail est terminé.

Après avoir adressé à Rowena la plus brève des révérences, Hortense se retira.

Susie esquissa une grimace de dégoût, mais ne dit rien. Ayant appris par Vic qu'Hortense avait été très désagréable avec Prudence, Rowena eut elle aussi du mal à dissimuler sa répulsion pour la femme de chambre.

Pour compléter sa toilette, elle choisit un chapeau bleu et noir garni de dentelle, de roses noires, et d'une plume d'autruche qui lui retombait sur l'oreille.

Sa tante hocha la tête d'un air approbateur quand elle la rejoignit dans le grand hall, mais ne prononça pas de compliments. Elaine, vêtue d'une robe d'après-midi toute simple, l'embrassa sur la joue.

— Merci de me remplacer aujourd'hui, ma cousine, chuchota-t-elle. *Bonne chance.*

Rowena lui sourit. Elle avait encore du mal à réconcilier l'image de cette jolie jeune femme, élégante et enjouée, avec celle de l'enfant timide, joufflue, effacée, qu'elle avait connue autrefois. Cette école suisse avait fait des merveilles. Ou alors peut-être était-ce tout simplement le fait d'avoir passé un an loin de sa mère, qui lui avait permis de s'épanouir et de devenir elle-même.

— J'ai entendu ce que tu as dit, lui lança sa mère en passant la porte d'un pas vif.

Rowena la suivit, et Elaine agita la main en lui décochant un clin d'œil.

— L'automobile est une invention formidable, déclara tante Charlotte lorsqu'elles s'installèrent sur les sièges, à l'arrière. Avant, je ne pouvais rendre que quelques visites avec l'attelage. Maintenant, je vois plus de gens — et je passe moins de temps avec eux.

Cela piqua la curiosité de Rowena, ce qui n'était pas arrivé depuis longtemps. La remarque de sa tante était plutôt singulière. Qui était en réalité cette femme à l'allure impériale, d'une élégance exceptionnelle ?

— Je pensais que vous aimiez ces visites, tante Charlotte ?

— Bonté divine, bien sûr que non ! répondit cette dernière en réprimant un ricanement. Du moins, plus maintenant. Je suppose que cela m'a plu, autrefois. Mais quand vous avez entendu les commérages lors de la première visite, ensuite vous n'avez plus rien à apprendre, car ils se répètent de semaine en semaine. Vous imaginez à quel point cela devient ennuyeux.

Rowena laissa fuser un petit rire de surprise.

— Est-ce pareil à Londres ?

— Oh ! non. C'est beaucoup plus intéressant en ville... car les ragots sont nombreux et plus variés.

Rowena se cala contre le dossier en cuir.

— Chez qui allons-nous, pour commencer ?

— Chez les Endicott, car je sais qu'ils ne sont pas chez eux. Ensuite, nous irons chez les Kinkaid, car ils sont là et j'aime bien la deuxième épouse de Donald Kinkaid. Elle se sentira honorée par ma visite. Après cela, nous nous rendrons chez les Billingsly. C'est un peu loin, mais Edith est mon amie et nous avons à parler.

— J'ignorais que lord Billingsly était votre voisin.

— Ce n'est pas tout à fait exact. En carrosse, un tel déplacement aurait été impossible. Le trajet dure deux heures en voiture, mais comme nous nous arrêterons en route pour voir les autres, le voyage nous paraîtra moins long.

Tante Charlotte avait parfaitement préparé son déplacement. Les Endicott n'étaient pas chez eux, comme prévu. Elles laissèrent donc leur carte et se rendirent chez les Kinkaid. La nouvelle Mme Kinkaid était jolie, amusante, et très impressionnée par lady Summerset. Elle avait aussi vingt ans de moins que la précédente Mme Kinkaid qui, d'après tante Charlotte, avait été « quelque peu militante ».

Cette dernière remarque fit rire Rowena, et sa tante la gratifia d'un de ses rares sourires.

— C'est vrai. La nouvelle Mme Kinkaid sera une bonne épouse pour Donald, et lui donnera des enfants.

Elle se pencha et prit sous le siège un coussin de velours rouge orné de pompons de soie dorés.

— Je vous suggère de vous reposer, ma chère. Il nous faudra au moins une heure pour arriver à Eddelson Hall.

Rowena posa la tête contre le dossier, intriguée par le comportement de sa tante. Elle n'avait encore jamais vu la toute-puissante lady Summerset se comporter de façon aussi directe, ou aussi engageante. Pourquoi donc lui avait-elle demandé de prendre la place d'Elaine aujourd'hui ? S'inquiétait-elle réellement pour elle ou bien, comme c'était si souvent le cas avec tante Charlotte, avait-elle un motif secret ?

Rowena dut s'endormir, car quand elle rouvrit les yeux la voiture était garée devant une grande demeure qui ne pouvait être qu'Eddelson Hall. Eddelson n'était pas aussi vaste que Summerset, mais son charme compensait largement ce qui lui manquait en taille. Les deux tours rondes qui flanquaient la façade étaient couvertes de lierre, et il y avait tant de fenêtres que les murs semblaient faits de verre.

Le majordome les pria d'attendre tandis qu'il apportait leur carte de visite à sa maîtresse, dans le salon. Rowena fut sur le point d'avouer à sa tante qu'elle trouvait ces formalités d'une stupidité insupportable, mais elle se retint. Autant ne pas dépasser les limites des convenances et risquer ainsi d'anéantir les rapports plus chaleureux qui s'étaient instaurés entre elles de façon totalement inattendue.

Le majordome réapparut presque aussitôt et elles le suivirent dans un dédale de pièces charmantes, meublées et décorées dans un style campagnard français qui leur donnait un aspect accueillant.

Elles furent annoncées à la maîtresse de maison, et Rowena se trouva bien malgré elle au centre d'un tourbillon de présentations. Quatre invitées entouraient lady Billingsly, des dames de la haute société qui apparemment ne vivaient que pour le thé du mardi en compagnie de leur hôtesse. Rowena avait toujours détesté ce genre de réunions mondaines superficielles. Peut-être n'aurait-elle pas dû accepter l'invitation de sa tante, finalement…

Bien qu'à vrai dire, celle-ci ait plus ressemblé à un ordre qu'à une prière.

— Mademoiselle Buxton !

Rowena pivota sur elle-même, soulagée, en reconnaissant la voix de Sebastian.

— Lord Billingsly, quel plaisir de vous revoir !

Il prit sa main tendue et s'inclina brièvement devant elle.

— Comment vont Elaine et votre sœur ?

— Très bien, je vous remercie.

Lady Billingsly eut une expression approbatrice.

— Mes enfants, vous devriez aller faire un tour dans le jardin, pendant que nous échangeons les dernières nouvelles. Il ne pleut pas, n'est-ce pas ?

Elle balaya l'assistance du regard comme pour mettre quiconque au défi de dire qu'il pleuvait. Personne ne s'y risqua.

Sebastian offrit son bras à Rowena, qui le prit avec joie. Elle ne pouvait endurer plus longtemps ces bavardages insipides. Si une de ces femmes prenait encore un air pincé pour lui demander « comment sa sœur et elle supportaient la situation », elle risquait de se mettre à hurler.

Il régnait à Eddelson une sérénité que Summerset ne connaîtrait jamais, en dépit de sa grandeur. Ils franchirent une porte à double battant qui ouvrait sur une bibliothèque confortable et bien fournie. Un feu se consumait dans l'âtre, des livres étaient entassés en désordre sur les étagères, et d'énormes fauteuils de cuir étaient placés çà et là.

Sebastian sourit en croisant le regard de Rowena.

— Mon père passait ses étés dans la maison de mon grand-père, en Ecosse. Je pense qu'il a voulu reproduire sa bibliothèque dans les moindres détails, depuis le nombre de livres jusqu'à la forme du tisonnier. C'est l'endroit que je préfère, dans la maison.

Rowena lui sourit et ils franchirent une autre porte pour aboutir dans l'un des immenses jardins qui entouraient la demeure. Elle songea aux coups d'œil discrets que Prudence et lui échangeaient autrefois. Elle s'était souvent interrogée sur les sentiments qu'ils éprouvaient l'un pour l'autre. Bien sûr, quand son amie s'était enfuie avec un valet, toutes ses suppositions avaient été balayées...

Sebastian leur rendait parfois encore visite à Summerset, mais il n'était plus le jeune homme insouciant que Rowena avait connu l'automne précédent.

— Elle me manque, vous savez, dit-il soudain.

Décontenancée, Rowena lui coula un regard de côté. Il désigna d'un mouvement de tête une allée de graviers sinueuse qui s'enfonçait dans un bosquet de sapins. Elle le suivit, intriguée. Comptait-il l'emmener dans ce coin retiré du jardin pour lui faire des confidences ? Il avait peut-être besoin de parler à quelqu'un.

Ils contournèrent un bouquet de pins argentés, parmi lesquels se dressaient des piliers de granit. S'il voulait parler, il ne semblait pas pressé de commencer en tout cas. Il attendit qu'ils aient atteint une petite fontaine couverte de givre pour reprendre la parole.

— Recevez-vous souvent des nouvelles de Prudence ?

Sa voix contenait une trace de tristesse, trahissant un sentiment de solitude que Rowena connaissait bien.

— Pas très souvent. Pas du tout, en fait, avoua-t-elle avec un petit rire sec. Mais Vic a fini par en avoir.

Ils parvinrent devant un banc, et s'assirent.

— Elle vous en veut toujours, si je comprends bien ?

— J'ai tout gâché quand j'ai eu l'idée de l'emmener à Summerset comme femme de chambre. Je pensais que cela ne durerait pas longtemps, et je n'aurais jamais imaginé qu'elle serait *vraiment* traitée comme une domestique... Je ne sais pas très bien ce que je pensais, en fait, mais ce fut une réelle épreuve pour Prudence, et cela l'a rendue terriblement malheureuse.

Rowena ne précisa pas qu'elle n'avait pas été totalement franche envers son amie et Victoria, et qu'elle avait omis de leur annoncer que leur oncle s'était débarrassé de leur maison de Londres. C'était inutile. Sebastian était là quand Prudence avait découvert qu'elles n'avaient plus nulle part où aller et qu'elles étaient condamnées à rester à Summerset.

Rowena contempla l'étang à poissons dont la surface avait gelé. Elle comprenait un peu ce que devaient ressentir ces poissons coincés sous la glace, qui attendaient le dégel.

— Elle ne m'a jamais rien dit, remarqua Sebastian en posant sur elle un regard sombre et interrogateur. Je lui ai parlé après vous, ce soir-là, et elle s'est querellée avec moi. Vous le saviez ?

— Non, répondit-elle en secouant la tête.

— Nous étions dehors, sous les arbres. Elle avait perdu son chapeau.

Il s'interrompit. Le silence dura si longtemps que Rowena crut qu'il ne voulait plus rien dire. Il reprit pourtant :

— Je lui avais proposé de devenir dame de compagnie pour une personne de ma connaissance. Je pensais...

Il se tut de nouveau, scrutant le ciel gris et plombé pendant quelques minutes.

— Je croyais avoir trouvé un moyen de la rendre heureuse... Je pensais que nous nous comprenions. Apparemment, je me trompais.

Rowena soupira. Sebastian savait-il que Pru était la fille du défunt comte de Summerset ? Non que cela fasse la moindre différence. Personne dans leur classe sociale ne voudrait d'un mariage entre un comte et la fille illégitime d'une servante, quel que soit son père. Elle lança un regard à la dérobée à Sebastian. Devait-elle lui en parler, malgré tout ? *Non.* Elle avait suffisamment trahi Prudence comme cela.

— Nous devrions rentrer, dit-elle avec douceur.

Il acquiesça distraitement, d'un signe de tête. Tandis qu'ils regagnaient la maison, elle se décida à lui révéler qu'elle avait appris par Victoria que Prudence vivait à Londres, et qu'elle semblait heureuse.

— Eh bien, c'est une bonne chose.

— J'espère qu'elle me pardonnera un jour, dit Rowena, la gorge nouée par l'émotion.

Sebastian lui pressa gentiment le bras.

— Vous étiez comme des sœurs. Je suis sûr qu'elle ne pourra pas rester longtemps en colère contre vous.

Quand ils entrèrent dans la maison, lady Summerset était en train de rassembler leurs affaires.

— Oh ! vous êtes là. C'est bien. Nous allions envoyer une servante à votre recherche.

Elle drapa sa cape sur ses épaules, et demanda à Sebastian :

— Allez-vous retourner à l'université ?

— En fait, j'ai terminé. J'avais commencé un trimestre avant Colin, j'ai donc fini avant lui.

— Oh ! vraiment ? dit lady Summerset avec un sourire charmeur. Vous ne devriez pas rester à l'écart. Je suis sûre qu'Elaine et Rowena adoreraient vous avoir de temps en temps pour le dîner, même si Colin ne peut pas venir. N'est-ce pas, Rowena ?

Désarçonnée, celle-ci acquiesça d'un signe de tête.

— Bien sûr.

Sa tante et la mère de Sebastian échangèrent un regard malicieux. *Que cela signifiait-il ?*

Pendant le long trajet du retour, Rowena repensa à la conversation qu'elle avait eue avec Sebastian, dans le jardin. Celui-ci avait-il eu de tendres sentiments pour Pru ? Peut-être.

Mais maintenant que Prudence était mariée, cela n'avait plus vraiment d'importance, n'est-ce pas ?

2

Prudence fit le tour de l'appartement du regard. Comment allait-elle pouvoir vivre dans deux pièces et demie, avec un seul water-closet ? Elle se réprimanda aussitôt intérieurement. Ils avaient déjà de la chance d'avoir des toilettes, et encore plus de chance d'avoir pu quitter la pension de famille envahie de puces où ils vivaient depuis qu'ils étaient arrivés à Londres, le mois dernier.

Quand ils étaient descendus du train, en arrivant de Summerset, elle ne savait pas très bien ce qui allait se passer. Elle avait tellement l'habitude d'avoir quelqu'un qui décidait à sa place, qu'elle avait mis quelque temps à comprendre que son mari, si sûr de lui quand il s'occupait de moteurs ou d'animaux, était complètement hors de son élément dans la foule grouillante de Camden Town, à Londres. C'était à elle de faire transporter leurs bagages et de trouver une pension, à elle de louer un logement non loin du Royal Veterinary College, l'école vétérinaire, et de se renseigner sur les conditions de la location.

Andrew avait immédiatement baissé les bras.

— Nous n'avons pas assez d'argent ! Cela représente une fortune !

Tranquillement, elle lui avait expliqué qu'elle possédait, elle, l'argent nécessaire. En vivant modestement et en faisant entrer quelques extra par-ci par-là, ils y arriveraient.

— Je vais vivre aux crochets de ma femme, grommela-t-il.

Prudence ne put nier.

— Mais ensuite tu seras vétérinaire, et c'est moi qui vivrai à tes crochets tout le reste de notre vie, lui répliqua-t-elle sèchement.

Il s'était rendu à ses arguments, admettant que son raisonnement était logique. La situation ne lui plaisait pas, et Prudence savait qu'il en avait gros sur le cœur, mais elle s'efforcerait de ne pas en faire un problème. D'autre part, se dit-elle avec l'esprit pratique qu'elle avait acquis ces derniers temps, ils n'avaient pas le choix.

Les mains sur les hanches, Mme Tannin renifla d'un air méprisant.

— Cela ne plairait pas du tout à sir Philip.

Prudence savait qu'elle faisait une erreur en emmenant ici la gouvernante. Cet immeuble aurait tenu tout entier dans le bureau de sir Philip à Mayfair. Mais Prudence n'était plus la fille adoptive de sir Philip et les demeures élégantes des beaux quartiers ne faisaient plus partie de sa vie actuelle. Ni de sa vie future, d'ailleurs.

— Sir Philip est mort, et je dois vivre en fonction de mes moyens, avec mon mari.

— Je suis sûre que Mlle Rowena et Mlle Victoria ne voudraient pas vous voir vivre dans ce logement sordide…

— Madame Tannin !

Profondément blessée, Prudence se redressa de toute sa hauteur. Elle n'était pas très grande, mais elle dépassait tout de même la gouvernante, qui était aussi petite que Victoria.

— Désormais, j'habite cet appartement, et il n'est ni sale ni sordide. Il est clair, lumineux, et très proche du

Royal Veterinary College, où mon mari va suivre ses cours. Il est juste un peu petit.

Elle n'ajouta pas qu'il faisait partie d'un groupe de quatre appartements situés au-dessus de la boutique d'un épicier. L'odeur âcre et persistante des pommes de terre trahissait ce voisinage.

Mme Tannin se tut. Si Prudence avait pu récupérer seule toutes ses affaires dans son ancienne maison, elle l'aurait fait. Carl, le valet, était là pour transporter les objets les plus lourds, mais elle tenait à ce que Mme Tannin supervise l'opération, afin de témoigner que Prudence n'avait rien pris qui ne lui appartenait pas. Il n'aurait pas fallu que le comte de Summerset l'accuse en plus d'être une voleuse ! Elle avait eu de la chance de pouvoir entrer et prendre ses quelques possessions avant que la nouvelle famille ne s'installe dans la maison et ne leur en refuse l'accès.

— Je vous demande pardon, finit par déclarer la vieille femme. C'est juste que je n'y comprends rien. Sir Philip meurt, la famille part dans le domaine de campagne, et vous revenez à peine trois mois plus tard, mariée à un homme qui, excusez-moi de vous le dire, n'est pas un bon parti pour vous. Et vous vous installez dans une maison de Camden Town ! C'est un peu dur à avaler.

Prudence prit une longue inspiration, et fit un effort pour contenir sa colère. Cette femme avait été très bonne pour sa mère, se força-t-elle à se rappeler.

— Madame Tannin, je pense que c'est votre considération pour moi qui vous fait parler ainsi, mais n'oubliez pas que ma mère était gouvernante. Je n'ai pas d'héritage, pas de titre, aucun lien de sang avec l'aristocratie.

Elle pinça les lèvres un instant. De fait, elle était un élément illégitime de cette famille dans laquelle elle avait grandi. Mais elle repoussa fermement cette pensée.

— J'ai été emmenée à Summerset en tant que femme

de chambre, et l'on m'a fait sentir que ma présence était une souillure pour la famille. J'ai fait de mon mieux, étant donné les circonstances.

— Ce ne sont sûrement pas les filles qui vous ont traitée ainsi ? s'écria Mme Tannin, pressant une main contre son cœur.

La vieille gouvernante considérait que les filles Buxton, qui avaient eu le malheur d'être privées de mère, étaient irréprochables. Aussi Prudence décida-t-elle de ne pas lui révéler que Rowena était responsable de la plupart de ses ennuis.

— Bien sûr que non, répondit-elle d'un ton bref. Pouvez-vous m'aider à porter cette table près du poêle, je vous prie ? Je pense qu'elle tiendra dans cet espace.

Après le départ de Mme Tannin, Prudence contempla les malles et les meubles avec consternation. Elle croyait n'avoir emporté que quelques objets personnels qui lui avaient été offerts. Mais, dans ce nouvel espace, ils paraissaient incongrus, en raison non seulement de leur taille, mais aussi de leur qualité. Elle avait pris une petite table de jeu, en pensant s'en servir comme table de salle à manger. Mais bien qu'elle ait paru minuscule dans la maison de Mayfair, elle rentrait tout juste dans la pièce qui leur tenait lieu de cuisine, de salle à manger et de lieu de vie. Curieusement, la chambre était aussi grande que la cuisine qui servait de pièce commune. Elle était située juste derrière, au fond de l'appartement. A l'entrée, une pièce minuscule faisait office de salon. Comme le logement était en angle, il y avait deux grandes fenêtres dans la cuisine, et trois dans le petit salon où une banquette sous la fenêtre occupait presque tout l'espace. Il n'y avait presque plus de place pour sa petite bergère à oreilles en satin rose. Quand elle eut jeté un châle blanc et rose sur une malle pour en faire une table à thé, et qu'elle eut casé dans un coin l'affreux lampadaire de couleur criarde laissé par les locataires précédents, chaque mètre carré du salon fut occupé.

Elle prit une nappe qu'elle posa sur la table de jeu. Un papier s'échappa du tissu quand elle le déplia. Prudence eut un petit coup au cœur. La lettre de Victoria ! Elle la ramassa, et la parcourut de nouveau. Elle n'avait pas encore pu se décider à répondre. Il paraissait évident qu'elle ne pouvait révéler à personne dans quelles conditions elle vivait. Malgré la belle assurance qu'elle avait affichée vis-à-vis de Mme Tannin, elle était bien consciente que son logement était exigu, étouffant, et très ordinaire. Il valait mieux que Vic et Rowena n'en sachent rien, se dit-elle en déposant la lettre sur le manteau de cheminée. Plus tard. Elle y réfléchirait plus tard. Pour l'instant, elle avait trop de choses en tête.

Elle traîna les autres malles dans la chambre en s'efforçant de ne pas poser les yeux sur le lit. Avec l'aide de Mme Tannin, elle avait engagé deux hommes dans la rue, pour le décharger et le transporter dans l'appartement. Il était assez large pour deux, mais les couvertures d'un bleu pâle et virginal semblaient complètement déplacées dans cette chambre rustique. Ces couvertures avaient appartenu à une autre vie, qui allait prendre fin ce soir.

Curieusement, son mari n'avait pas souhaité que leur vie conjugale commence dans le lit étroit de la pension de famille. Prudence le comprenait, et elle était heureuse qu'il ait eu de tels scrupules. Afin d'accueillir les gens qui arrivaient en masse de la campagne dans l'espoir de trouver du travail en ville, les logeurs avaient tendu des draps dans les chambres pour séparer les lits. Ils avaient été logés dans une de ces chambres avec deux autres couples, dont l'un qui ne se gênait pas pour accomplir l'acte conjugal malgré la présence des voisins derrière les cloisons de tissu.

Son visage s'enflamma au souvenir des bruits qui

émanaient de l'alcôve adjacente. Elle avait deviné, à l'immobilité d'Andrew allongé à côté d'elle, qu'il avait entendu, lui aussi. Pendant plusieurs semaines, elle s'était allongée près de lui, consciente de son corps puissant pressé contre le sien, de son bras sous sa joue. Elle n'avait éprouvé qu'une seule fois auparavant cette sensation de chaleur au plus secret de son corps — et ce n'était pas avec son mari. Cette pensée l'emplit de honte. Elle était encore plus confuse à l'idée que l'homme en question n'avait même pas eu besoin de la toucher pour provoquer cette réaction.

Prudence s'était toujours demandé ce qui se passait ensuite. Elle avait bien eu quelques conversations à mi-voix avec Rowena, après qu'elles se furent rendues dans une ferme pour acheter un cheval à sir Philip. Mais cela s'était toujours terminé par des crises de rires embarrassés. Sir Philip avait beau avoir eu les idées larges, il n'avait pas été jusqu'à imaginer faire dispenser une éducation sexuelle à ses filles !

Prudence plaqua les mains sur ses joues en feu. Ce soir, elle partagerait ce lit avec Andrew et il n'y aurait personne pour empêcher l'inévitable. Elle était à la fois anxieuse et impatiente. Comment saurait-elle ce qu'elle devait faire ?

Elle tressaillit en entendant la clé dans la serrure. Etait-il donc déjà si tard ?

Elle se précipita dans la pièce principale au moment où Andrew franchissait la porte. Sa haute silhouette sembla remplir la pièce. C'était à cause de sa taille qu'il avait été pris comme valet à Summerset Abbey. Ses yeux verts s'éclairèrent quand il la vit et il eut un sourire las. Leur mariage n'était pas encore consommé, mais Prudence n'avait aucun doute sur l'amour qu'il éprouvait pour elle. Elle espérait seulement que, avec le temps, elle ressentirait la même chose pour lui.

Il lui entoura la taille de son bras pour l'attirer contre lui. Elle l'embrassa timidement. Au début, elle avait été décontenancée par ses manières. Elle savait que les Buxton s'aimaient tous profondément, mais ils n'étaient pas de nature démonstrative. Dans la petite ferme pauvre où il avait grandi, Andrew avait appris à donner de l'affection et à en recevoir, plus facilement que les aristocrates dans leurs demeures de Mayfair. Une fois revenue du premier choc que cela lui avait causé, elle s'était habituée et finissait par trouver cela agréable. Andrew lui donnait toujours l'impression qu'elle était pour lui quelqu'un de spécial.

— Où as-tu travaillé aujourd'hui ? lui demanda-t-elle.

Andrew avait trouvé un bureau d'emploi qui engageait des travailleurs au jour le jour. Quand il n'était pas occupé par ses études, il s'efforçait de gagner un peu d'argent.

— Sur les quais.

Atterrée, elle considéra ses vêtements sales. Elle avait été informée ce matin que la lessive se faisait au sous-sol et que le linge devait être étendu à l'une des fenêtres de derrière ou bien dans la cave. Elle ne voulait pas lui avouer qu'elle n'avait encore jamais lavé le linge elle-même, et qu'elle n'avait pas la moindre idée de la façon dont il fallait s'y prendre. A la pension, ils avaient payé pour faire nettoyer leurs affaires. Andrew avait été horrifié quand elle avait exigé qu'ils changent de vêtements tous les jours, et elle s'était vite rendu compte que si elle gardait cette habitude, tout leur argent partirait en frais de blanchissage. Un peu à contrecœur, elle s'était décidée à porter ses chemisiers et ses jupes plusieurs jours d'affilée, et elle s'était rendu compte que cela ne faisait pas une grande différence. Combien d'aspects de sa vie d'autrefois finirait-elle par trouver ainsi complètement frivoles ou inutiles ?

Andrew balaya le petit appartement du regard.

— Tu as fait du bon travail. Il est complètement différent.

Il prononça ces mots d'un ton morne qui la piqua au vif.

— Je sais qu'il y a un peu trop de meubles, mais je voulais récupérer le plus possible d'affaires avant que les nouveaux occupants ne s'installent dans la maison.

Elle se rendit compte qu'elle avait l'air de s'excuser, ce qui était ridicule. Pourquoi n'aurait-elle pas voulu reprendre ce qui lui appartenait ?

— Je croyais que tout avait été emporté à Summerset ? fit-il remarquer en enlevant sa veste et en la lui tendant.

Prudence l'accrocha à une patère à côté de la porte.

— Pas mes affaires. Je suppose que lord Summerset n'avait pas l'intention de me garder longtemps chez lui.

Elle marqua une légère pause, absorbant la peine que lui causaient ses propres paroles, puis reprit :

— J'ai laissé au grenier plusieurs malles contenant des vêtements dont je n'aurai pas besoin dans l'immédiat. Je les enverrai chercher plus tard.

— D'accord. De toute façon, je ne crois pas que nous serons invités au bal ces prochains jours.

Sous la légèreté de sa remarque, Prudence décela une certaine amertume.

— C'est aussi bien, déclara-t-elle en s'efforçant de ne pas laisser voir sa peine. Je ne saurais pas repasser une veste de soirée, de toute façon. Veux-tu une tasse de thé ?

— Volontiers.

Il lui pressa brièvement le bras quand elle passa devant lui, et elle comprit qu'il regrettait sa remarque. Néanmoins, elle ne put s'empêcher de se demander si ce mépris mêlé d'envie à l'évocation de son ancienne vie allait dorénavant faire partie de leur mariage. Elle ne s'excuserait pas d'être ce qu'elle était, décida-t-elle en elle-même.

— J'ai faim, ajouta-t-il. As-tu eu le temps de faire des provisions ?

Prudence mit la bouilloire sur le feu, et répondit en rougissant :

— Je n'ai pas eu une minute. J'ai passé la journée à faire des paquets, à les transporter et à les déballer. Je me suis dit que j'irais chercher une tourte au pub. Juste pour une fois, ajouta-t-elle vivement en voyant son expression.

Elle savait qu'il la considérait comme un panier percé, et elle essayait vraiment d'être économe. C'était une façon complètement différente de gérer la maison. De plus, cela lui laisserait une journée de plus pour lui avouer qu'elle n'avait aucune notion de cuisine. Crispée à l'avance, elle imagina sa déception quand il découvrirait qu'elle n'avait absolument *aucune* qualité de ménagère. Ils n'étaient mariés que depuis quelques semaines, et elle essayait déjà de lui dissimuler ses défauts !

Andrew s'assit dans un petit fauteuil en satin de facture délicate, qui se trouvait autrefois dans la chambre de Prudence, devant la cheminée. Elle avait cru qu'il avait parfaitement trouvé sa place près du poêle, mais l'effet était ridicule à présent, car il disparaissait presque complètement sous la large silhouette de son mari.

— Oh ! mon Dieu. J'avais oublié que tu étais aussi grand. Je suis désolée. Sortons le vieux fauteuil de la chambre, et mettons-le à la place de celui-ci.

Andrew baissa les yeux et regarda ses jambes avec un sourire narquois.

— Je reconnais qu'il est assez petit, dit-il en transportant le fauteuil dans la chambre, pour l'échanger contre le vieux fauteuil club qui se trouvait déjà dans le logement à leur arrivée. Il ne sert pas à grand-chose, si ce n'est à faire joli.

— Un peu comme ta femme, murmura Prudence.

— Pardon ?

— Non, rien, répondit-elle en lui apportant son thé, tandis qu'il s'installait confortablement dans le fauteuil club.

Il lui donna l'argent qu'il avait gagné dans la journée, et elle le regarda sans comprendre.

— Ma mère gardait l'argent dans une vieille tasse ébréchée, dans le placard. Nous devrions faire la même chose avec l'argent que nous ne versons pas à la banque.

Elle acquiesça d'un signe de tête, et déposa les pièces dans un vase blanc posé sur la table de la salle à manger. Une voiture de pompiers passa dans la rue et le bruit de la sirène fit sursauter Andrew.

— Je ne sais pas si je m'y habituerai un jour, dit-il.

— Bien sûr que si.

Prudence s'assit devant la table, sa tasse à la main, et chercha quelque chose à dire. Elle avait épousé Andrew car il était la personne la plus gentille qu'elle avait rencontrée, pendant une période où tout le monde la traitait avec cruauté. Elle leva le menton d'un air assuré. Tout allait bien marcher. Son mariage avait peut-être été conclu de façon un peu impétueuse, mais elle ne s'était pas lancée à l'aveuglette. Elle avait choisi Andrew pour son caractère réfléchi et parce qu'il l'avait défendue publiquement, sans se soucier des conséquences fâcheuses que cela pourrait avoir pour lui.

— Demain, j'irai faire des provisions. J'ai installé ma table de toilette dans un coin de la chambre, près de la fenêtre. Tu pourras t'y installer pour étudier ? Si cela ne t'ennuie pas de travailler sur un bureau blanc et or garni de fleurs roses, ajouta-t-elle en souriant.

Il se mit à rire et la tension se dissipa.

— Je pense que je m'en contenterai. Pour autant que je sache, Euclide et Virgile se moquent comme d'une guigne de l'endroit où l'on étudie, tant que l'on se penche sur leurs textes !

Une des choses qui étonnaient le plus Prudence, c'était le niveau de culture d'Andrew — un valet de pied, et né dans une ferme, de surcroît. Il avait grandi en travaillant dans les champs, peut-être, mais aussi souvent que possible il s'éclipsait pour aller aider le vétérinaire du village, qui lui prêtait des livres et le guidait dans ses études. Prudence avait plus de connaissances que lui dans certains domaines tels que la politique, les événements de société, et la littérature anglaise. Mais en sciences, en mathématiques, en géographie, il la surpassait largement. Le dimanche, ils avaient pris l'habitude de se rendre dans un salon de thé, où ils lisaient le journal ensemble en analysant les articles les uns après les autres.

Demain, quand elle sortirait, elle trouverait peut-être un livre de cuisine qui lui sauverait la vie..., songea-t-elle en attendant la part de tourte à la viande qu'elle avait commandée. Le pub se trouvait juste au bout de la rue, à deux pas de chez eux, et Prudence était assise dans la salle de derrière, à côté de la porte dont l'inscription discrète indiquait qu'il s'agissait de l'entrée réservée aux dames. Le grand miroir accroché derrière le bar était piqué, et les tabourets de velours rouge laissaient apparaître des touffes de coton blanc aux endroits où le tissu était usé. Elle avait passé sa commande à une femme à l'air fatigué, qui s'occupait de la salle des dames. Prudence regarda autour d'elle avec curiosité. L'autre partie de la salle était animée, pleine d'hommes qui sortaient du travail, tandis que la petite salle adjacente n'était occupée que par quelques femmes, visiblement des employées de bureau.

Un groupe de jeunes femmes de l'âge de Prudence poussa la porte et entra en riant et en bavardant bruyamment. Elles portaient toutes des jupes simples et noires au-dessus de la cheville et des chemisiers blancs sous leurs manteaux d'hiver, qu'elles ôtèrent prestement dans le pub surchauffé. Leurs cheveux étaient coiffés en chignons impeccables, avec des chapeaux sobres posés sagement sur le haut de leur tête. Au prix d'un effort, Prudence détourna les yeux quand elles commandèrent de la bière. Le regard de la serveuse s'était éclairé un peu à leur entrée.

— Vous allez finir par me tuer, bande de petites oies, dit-elle d'un ton taquin. Vous devriez être chez vous à vous occuper de votre homme, au lieu de venir ici me fatiguer.

— Oh ! tu nous aimes, Mary, avoue ! lança une voix mélodieuse.

Prudence se redressa tout à coup. *Elle connaissait cette voix…* Elle se retourna vers la table des jeunes femmes, essayant de voir d'où elle provenait.

— Mademoiselle Prudence !

Soudain, une jeune femme rousse et très mince se détacha du groupe pour se précipiter vers Prudence. Elle jeta les bras à son cou, puis fit brusquement un bond en arrière.

— Oh ! je suis désolée, mademoiselle ! J'étais tellement surprise de vous voir.

Son teint se colora, sous ses taches de rousseur.

— Katie ! Que faites-vous ici ? Mme Tannin m'a dit que vous aviez trouvé un emploi dans un bureau.

La jeune fille sourit avec fierté.

— Oui. Grâce à sir Philip, j'ai obtenu un diplôme à l'école de secrétariat et j'ai trouvé un bon emploi de bureau.

Les filles derrière elle éclatèrent de rire.

— Katie croit encore que c'est un bon job ! s'exclama l'une d'entre elles.

— C'est parce qu'elle est nouvelle, ajouta une autre.

— Eh bien, c'est quand même mieux que de torcher

des aristos toute la journée, si vous voulez mon avis, dit une autre fille en lançant à Prudence un regard de défi.

Prudence s'empourpra. Elle se revit dans la salle des domestiques, à Summerset, tournée en ridicule par les autres à cause de son éducation de dame de qualité. Au diable ! Elle avait eu une plus belle enfance que toutes ces femmes ne pouvaient l'imaginer. Elle n'allait tout de même pas regretter ces années privilégiées parce qu'à présent elle ne trouvait plus sa place dans la société ! Redressant fièrement les épaules, elle toisa la péronnelle qui finit par détourner les yeux. Prudence reporta son attention sur Katie.

— Vous aimez votre travail ? Vous habitez dans le quartier ?

Elle serra de nouveau Katie dans ses bras et des larmes lui piquèrent les yeux. Elle s'était toujours bien entendue avec elle. Contrairement à ce qui se passait à Summerset, chez sir Philip, les domestiques étaient aimés et respectés. Prudence n'était pas aussi proche d'eux que Victoria, mais revoir Katie lui faisait un plaisir fou.

— J'ai emménagé ici avec ma mère quand j'ai trouvé ce travail, répondit cette dernière. Maman a pu arrêter de travailler, et maintenant elle tient la maison pour moi, et pour les filles qui nous louent des chambres. C'est une bonne solution pour tout le monde. Et vous ? Que faites-vous à Camden Town ? Et dans ce pub ?

Prenant soudain conscience de la situation, Katie tressaillit — sans doute choquée de trouver Prudence en un tel lieu.

— Mon mari suivra les cours à l'école vétérinaire, dès qu'il aura passé les examens d'entrée. Nous sommes venus à Camden parce que c'est près de l'école.

Elle ne précisa pas que dans ce quartier, son mari pourrait aussi trouver des jobs occasionnels quand ils en auraient besoin. La notion qu'une vraie dame ne devait jamais parler d'argent, excepté avec son mari, était profondément ancrée en elle.

La serveuse tendit une chope de bière à Katie en passant, et la jeune femme avala une gorgée.

— Par exemple ! Les choses changent vite, n'est-ce pas, mademoiselle ? Je ne vous aurais jamais imaginée comme une ménagère de Camden Town... sauf votre respect, mademoiselle.

Prudence se mit à rire, un peu étonnée de sentir des larmes lui nouer la gorge.

— Ne vous inquiétez pas, Katie ! D'ailleurs, je n'ai rien d'une bonne ménagère, à Camden Town ou ailleurs. Je ne sais ni cuisiner, ni coudre, ni même faire la lessive.

Les yeux de Katie s'arrondirent de surprise.

— Je n'avais pas pensé à ça. Vous êtes comme un bébé, n'est-ce pas ?

Elle marqua une pause avant de s'exclamer :

— Je sais ! Je vais vous envoyer ma mère et elle s'occupera de vous. Elle vous apprendra toutes ces choses.

Cette suggestion soulagea Prudence d'un tel poids qu'elle se sentit soudain légère comme l'air.

— Vous feriez cela ? Vraiment ?

— Oui, je crois qu'elle s'ennuie à force de rester seule toute la journée.

La serveuse tendit à Prudence la tourte à la viande, dans le plat qu'elle avait apporté.

— Mary, je peux avoir un papier et un crayon ?

Katie écrivit son adresse et la lui donna.

— Passez la voir demain. Maman vous aidera avec plaisir.

— Merci beaucoup, Katie.

Tout en retournant chez elle, Prudence hésitait. Comment allait-elle expliquer à son mari qu'elle avait besoin qu'on lui apprenne à tenir une maison ? Elle eut un pincement au cœur en imaginant la conversation, quand Andrew comprendrait que son épouse n'avait jamais fait de tarte et qu'elle était aussi bêcheuse que le pensaient les autres domestiques de Summerset. Peut-être pourrait-elle repousser le moment de lui révéler son ignorance… Après tout, il tenait sa promesse et subvenait à leurs besoins tout en poursuivant ses études. Elle ne pouvait supporter l'idée de renoncer à lui, alors qu'ils venaient à peine de se marier.

Andrew avait pris son bain pendant son absence, et revêtu une large chemise de coton et un pantalon. Ses pieds étaient nus, et ses cheveux humides, qu'il portait un peu plus longs que la moyenne, formaient des boucles sur sa nuque. Il se tint devant elle, l'enveloppant d'un regard doux et caressant. Sans prononcer un mot, elle lui tendit le plat de tourte à la viande et alla prendre des assiettes. Il mangea avec plaisir, apparemment concentré sur la nourriture.

— C'est bon, finit-elle par remarquer, cherchant désespérément à briser le silence.

— Oui.

Il croisa son regard et détourna les yeux.

Il était aussi nerveux qu'elle à la perspective de cette première nuit, songea-t-elle avec étonnement. Cette constatation dissipa un peu son inquiétude.

— Veux-tu te resservir ?

Il fit non de la tête, et elle déposa le plat dans la glacière. Puis elle débarrassa la table en silence et lava la vaisselle pendant qu'il rajoutait du charbon dans le poêle. Ils accomplirent toutes les tâches de la soirée, bien qu'il fût encore trop tôt pour aller se coucher. Quand il n'y eut plus rien à faire, Prudence prit sa chemise de nuit et disparut dans le cabinet de toilette, les joues roses de confusion. Elle ne pouvait pas se changer dans la chambre. Il risquait d'entrer.

Elle défit son chignon et brossa ses longs cheveux

bruns et soyeux. Quand elle n'eut plus de raison de s'attarder davantage, elle ouvrit la porte et entra dans la chambre à coucher. Andrew avait baissé la lumière, et la lampe répandait une douce lueur jaune. Elle battit des paupières. Son pouls s'accéléra quand elle le vit debout près du lit. Il avait ôté sa chemise et malgré la pénombre elle distinguait les contours de ses muscles, renforcés par toute une vie de labeur dans les champs.

Sa gorge s'assécha.

Sans prononcer un mot, Andrew lui tendit les bras. Elle n'hésita qu'une seconde. Il lui donnait par-dessus tout un sentiment de sécurité. Il était le port d'attache où elle pouvait se réfugier pour échapper aux tempêtes de la vie. Il la souleva dans ses bras et la tint un moment contre lui, avant de la déposer délicatement sur le lit.

Quand il se pencha sur elle, le visage de Sebastian apparut pendant une fraction de seconde dans son esprit, mais elle le chassa. Elle avait fait son choix. Ignorant les battements fous de son cœur qui résonnaient dans ses tempes, elle lui caressa le visage.

— Andrew, dit-elle à voix basse. Andrew.

3

Victoria tapota du bout des doigts sur son bureau, attendant que Kit daigne répondre. Celui-ci se tenait devant l'âtre vide de sa pièce secrète, pianotant lui aussi, mais sur le manteau de cheminée. Ces temps-ci, elle avait l'impression que son refuge était aussi devenu celui de Kit. C'était là qu'ils se retrouvaient quand ils avaient envie d'échanger des ragots, de bavarder à bâtons rompus, ou simplement d'avoir un peu de temps pour eux, loin des conversations insipides des autres occupants de la maison.

Elle s'agita, faisant glisser ses doigts avec impatience sur le plateau brillant de son joli bureau arrondi, qui avait servi autrefois à un lointain ancêtre. Lequel serait sans doute scandalisé en prenant connaissance du plan qu'elle venait juste d'exposer à Kit.

Ce dernier la regarda en fronçant ses sourcils roux qui ressemblèrent soudain à deux énormes chenilles.

— Si je comprends bien, tu voudrais que je t'aide à aller passer une semaine à Londres, en cachette ?

Elle se renfrogna, irritée par son ton moqueur.

— Tu sais, en général, tu es assez beau, mais en ce moment tu me fais penser à un ogre d'un conte de Grimm. Alors arrête de me regarder comme ça.

Il leva brusquement la tête. Son regard s'éclaircit et il haussa les sourcils avec une expression si comique qu'elle ne put s'empêcher de rire.

— Tu me trouves beau ?

Victoria haussa les épaules.

— Oui. Tu ressembles un peu à un renard, avec tes cheveux roux et ton regard vif. Mais surtout, que ça ne te monte pas à la tête. Sebastian et Colin sont beaucoup plus beaux que toi. Mais revenons-en à mon projet.

Kit leva les yeux au ciel.

— La seule façon pour que ça marche, c'est de mettre Elaine dans le coup. Ta tante ne te laissera jamais aller à Londres toute seule, et elle te laissera encore moins partir en voiture avec moi.

Victoria secoua la tête, agacée par toutes ces contraintes.

— Ces messieurs-dames savent que je suis en âge de voyager, non ? Pourquoi mon cousin Colin peut-il aller et venir à sa guise, alors qu'Elaine et moi sommes tenues d'informer tout le monde de nos faits et gestes à tout moment de la journée ? Tu trouves cela juste ?

— Tu sais que tu es adorable, quand tu joues à la suffragette ? lui rétorqua-t-il, taquin.

Elle lui lança son porte-plume au visage… et le manqua. L'objet se brisa contre le manteau de la cheminée.

— Oh ! flûte ! Regarde ce que tu me fais faire.

— Moi ? s'exclama-t-il en riant. Non, laisse, ajouta-t-il en la voyant se lever pour nettoyer le sol. Personne ne vient jamais ici. Nous prétendrons que c'est une forme d'art nouveau, comme disent ces dingues en parlant de leurs « œuvres » modernes.

— Oh ! protesta Vic en tapant du pied.

Kit savait qu'elle *adorait* l'art nouveau.

— Ne te fais pas de bile, mon petit chat. Voyons plutôt comment tu pourrais faire pour aller à Londres, voir… voir qui, déjà ?

— Harold L. Herbert, le rédacteur en chef de *La Revue du botaniste,* dit-elle en se rasseyant.

— Ah, oui, tu veux rencontrer *Hairy*[1] Herbert. Et qu'espères-tu de cette rencontre ?

Prise de court, Victoria demeura muette un instant.

— Eh bien, il a dit qu'il souhaitait me rencontrer. Il trouve ma façon d'écrire intéressante. Non seulement il m'a payée pour cet article, mais il m'en a demandé d'autres.

Elle leva le nez, s'attendant à ce qu'il se moque d'elle. A sa grande surprise, il n'en fit rien.

— Donc, tu n'as jamais rencontré Hairy Herbert. Lui as-tu au moins parlé au téléphone ?

Il s'assit de l'autre côté du bureau, et croisa ses longues jambes en la dévisageant avec gravité.

Victoria s'agita, un peu mal à l'aise.

— Non.

— Par conséquent, il ignore que l'auteur de l'article scientifique pour lequel il a payé dix livres est une jeune fille de dix-huit ans ?

Victoria ouvrit la bouche, mais aucun son ne franchit ses lèvres. Kit désigna la lettre posée sur le bureau.

— J'ai remarqué que tu n'avais pas utilisé ton vrai nom.

— Bien sûr que si, protesta-t-elle avec un haut-le-corps.

— Non. Tu as écrit *V. Buxton*. Tu devais te douter qu'il existait un préjugé contre les femmes.

Victoria haussa une épaule avec nonchalance, refusant de le suivre sur ce terrain.

— *V. Buxton* fait plus sérieux que *Victoria*. Du moment que mon travail lui plaît, que je sois une femme ou un gorille lui importe peu. Je vais le rencontrer, et rien de ce que tu diras ne pourra m'en empêcher. Si tu ne veux pas m'aider à me rendre à Londres sans éveiller

1. Jeu de mots de la part de Kit entre « Harold » et « Hairy », c'est-à-dire « poilu » en anglais.

les soupçons de tante Charlotte, je trouverai un moyen par moi-même.

— Ne sois pas sotte. Je t'aiderai, bien sûr. Je ne serais pas vraiment un ami si je ne le faisais pas, n'est-ce pas ?

Elle se renversa dans son fauteuil, soulagée. Elle aurait pu inventer quelque chose, naturellement. Mais ce serait plus facile, et aussi beaucoup plus drôle, si Kit était dans la confidence. Elle avait du mal à croire qu'ils ne se connaissaient que depuis quelques mois. De bien des façons, Kit avait pris la place de Rowena et de Prudence, depuis que cette dernière était partie et que sa sœur avait glissé si profondément dans un océan de tristesse qu'elle ne semblait même plus la remarquer. D'autre part, Kit comprenait que quelqu'un puisse être triste et en même temps avoir envie de s'amuser.

— Donc, laissons les cousines en dehors de cette histoire. Plus de gens seront au courant, plus il y aura de risques que le secret soit dévoilé. Demain, dès mon retour à Londres, j'enverrai un message, comme si quelqu'un t'invitait à lui rendre visite. Voyons, qui cela pourrait-il être ?

Victoria réfléchit, en fronçant les sourcils.

— Priscilla Kingsly. Elle est en France, mais personne ici ne le sait. La famille Kingsly est très respectable. Personne ne se doutera de quoi que ce soit.

— Pas même Rowena ?

Rowena ne s'apercevra même pas de mon absence, songea Victoria, le cœur serré.

— Je lui dirai que je vais rendre visite à Prudence. Comme elles ne se parlent toujours pas, ça n'a pas d'importance.

— Où iras-tu ? De toute évidence, tu ne peux séjourner chez moi. Mère nous marierait avant la fin de la semaine… Tu ne peux pas non plus aller dans un hôtel chic, car tu risquerais d'être reconnue. Quant à une pension de famille, c'est exclu.

— Oh ! Ce que tu peux être conventionnel ! Je suppose que ce ne serait pas du tout convenable pour une jeune fille, n'est-ce pas, de résider seule dans une pension de famille ?

Les joues de Kit s'empourprèrent, devenant presque aussi rouges que ses cheveux.

— La barbe avec la respectabilité ! Ce serait *dangereux*. Cela fait une différence. Maintenant, veux-tu de mon aide, ou non ?

Victoria leva les yeux au ciel.

— Je logerai chez Katie. C'est une amie qui allait à l'école de secrétariat pour jeunes filles de Mlle Fister avec moi.

Etant donné le mépris dans lequel on tenait les domestiques à Summerset, elle ne précisa pas que Katie avait été la fille de cuisine de la famille.

— Ecris la lettre. Invite-moi pour la semaine prochaine, et je prendrai le train pour me rendre à Londres. De mon côté, j'écrirai à Katie.

Un sourire flotta sur ses lèvres, tandis que l'excitation enflait en elle. Pendant des années, elle avait été couvée, comme la petite sœur invalide. Mais maintenant elle tenait enfin une chance de prouver à sa famille, et surtout de se prouver à elle-même, qu'elle était capable d'accomplir quelque chose d'important.

Le lendemain matin, après avoir posté ses lettres à Katie et à M. Herbert, elle revêtit ses vêtements les plus chauds et s'enveloppa d'un ample châle de laine. Elle n'était pas idiote, et elle était bien consciente qu'il était dangereux de s'embarquer dans ce genre d'aventure sans mettre quelqu'un de proche au courant. Il n'y avait naturellement qu'une seule personne à qui elle pouvait en parler, et ce n'était pas le mauvais temps qui allait l'arrêter.

Au moment où elle allait sortir, Victoria croisa sa cousine. Vêtue d'une robe d'après-midi rose pâle, Elaine tenait un jeté de lit en mohair dans les bras.

Elle haussa les sourcils, et ceux-ci disparurent sous une frange de boucles.

— Tu ne vas tout de même pas sortir, avec ce temps ? Il fait un froid glacial, et on dirait qu'il va neiger. Viens plutôt te pelotonner devant la cheminée avec moi. Nous allons lire, nous raconter les derniers potins, et nous prélasser comme des chats.

L'invitation était tentante, mais Victoria voulait absolument se rendre chez nanny Iris, et revenir avant que le temps ne soit trop mauvais.

— Je vais seulement rendre une petite visite à nanny Iris. Je ne m'attarderai pas, promis, et nous pourrons passer tout le reste de la journée à paresser sur le canapé du salon. Si tu veux, nous pourrons même faire une partie d'échecs.

Elaine haussa les épaules.

— Comme tu voudras. Ne gèle pas en route, mon chou.

Victoria avait à peine accompli la moitié du chemin lorsqu'elle commença à regretter sa décision. Elle avait souvent parcouru à pied les trois kilomètres qui la séparaient de la maison de nanny Iris, mais cette fois elle aurait vraiment dû demander au chauffeur de la conduire. Quand elle arriva à destination, sa respiration était aussi haletante que si elle avait couru un marathon. Nanny Iris lui prit son manteau et la fit asseoir près du feu, dans un rocking-chair.

— Au nom du ciel, ma petite, quelle mouche t'a piquée pour que tu sortes par un temps pareil ?

Victoria grimaça, mais ne répondit rien. Ses poumons

étaient en feu, sa gorge si serrée qu'elle ne pouvait articuler un mot.

Pourquoi ne pensait-elle jamais à emporter son nébuliseur ?

— Ne bouge pas. Je vais t'apporter une tisane de ma composition.

Frustrée, Victoria ferma les yeux et se mit à compter lentement, comme le lui avait appris le médecin. En fait, elle se demandait si ce truc aidait vraiment à combattre la crise, ou bien si le fait de compter servait simplement à l'empêcher de paniquer et de s'étouffer comme un poisson hors de l'eau. *Neuf... dix... onze...* Elle avait encore du mal à inhaler. Parfois, elle se disait qu'elle allait mourir ainsi.

Elle ferma les yeux comme pour chasser cette pensée et continua de compter en luttant contre le sentiment de panique, et en prenant une petite inspiration toutes les quatre secondes.

Nanny Iris réapparut un instant plus tard et lui mit sous le nez une tasse remplie d'un liquide brûlant.

— Bois, lui ordonna-t-elle.

Rebutée par l'amertume du mélange de plantes, Victoria rejeta sans le vouloir la tête de côté.

— Oh ! ne fais pas le bébé, gronda la vieille dame.

Victoria avala docilement une gorgée. Elle frissonna en sentant sur sa langue le goût âcre de la décoction. Nanny Iris eut un petit rire.

— Désolée, je n'ai pas eu le temps d'y ajouter de la menthe et du miel pour l'adoucir. Mais tu es une grande fille, maintenant. Il faut tout boire.

Victoria fit ce qu'elle disait, avalant le breuvage à petites gorgées jusqu'à ce que la tasse soit vide et que sa respiration soit redevenue normale. Après chaque crise, la tête lui tournait un peu, mais cette fois elle ne tremblait pas comme lorsqu'elle utilisait le nébuliseur. Celui-ci la rendait généralement malade pour le reste de la journée.

— Qu'y avait-il dans la tisane ? s'enquit-elle quand elle eut suffisamment récupéré.

— De la réglisse, du pas-d'âne, du curcuma, et une plante qui vient tout droit d'Amérique, le grindelia.

Victoria considéra d'un œil nouveau les feuilles brunâtres au fond de sa tasse.

— Comment connaissais-tu celle-ci ?

— J'ai arpenté le monde entier, ma chérie. Je connais beaucoup de choses qui dépassent les frontières du Suffolk, et j'ai des amis qui habitent très loin. J'ai écrit à l'une d'elles pour lui parler de ta maladie et elle m'a envoyé ces herbes.

Victoria tendit la main et caressa la joue de la vieille dame.

— Je n'arrive pas à croire que tu aies fait cela pour moi. Merci.

Nanny Iris toussota en lui reprenant la tasse vide.

— Ce n'est pas pour autant que tu dois sortir sans tes médicaments et ton nébuliseur. Tu n'es plus une petite fille. Un jour viendra où il n'y aura plus personne pour voler à ton secours avec de la tisane.

Victoria acquiesça, confuse. Kit et nanny Iris faisaient partie des gens qui l'avaient aidée à survivre ces derniers mois, après la mort de son père. La vieille dame avait connu la vie indépendante et aventureuse que Victoria rêvait d'avoir un jour. Elle avait été gouvernante dans la famille Buxton, jusqu'à ce que la petite sœur de leur père, Halpernia, meure noyée. Ensuite, elle avait voyagé, enseignant l'anglais dans des pays lointains, puis elle était revenue au seuil de la vieillesse pour les retrouver. Sa vie avait été bien remplie, et le seul but de Victoria était de l'imiter.

Maintenant que la crise était passée, elle était impatiente de raconter à nanny Iris l'aventure qui s'annonçait pour elle. Mais pour la première fois, un doute l'assaillit. Nanny Iris l'aimait beaucoup, bien entendu. Mais verrait-elle d'un bon œil que sa protégée parte à Londres toute seule ? Elle décida d'enjoliver un petit peu son histoire, juste pour éviter des problèmes.

— Tu te rappelles l'article que j'ai vendu ? Celui que je t'ai montré ?

— Si je m'en souviens ? Naturellement. J'en parlais justement à mon frère, l'autre jour.

Nanny Iris alla dans la cuisine, et en revint avec du thé et des gâteaux.

— Tiens, cela fera passer le mauvais goût de la tisane.

Victoria prit une gorgée de thé.

— Eh bien, j'ai envoyé un autre article.

Elle attendit que la vieille dame se soit assise en face d'elle avant de continuer :

— Il lui a plu aussi. Il n'a pas dit qu'il allait le publier, mais il m'a de nouveau invitée à aller le voir. Aussi, je compte partir à Londres la semaine prochaine !

Nanny Iris écarquilla les yeux.

— Tu crois que c'est raisonnable ?

Victoria se rembrunit. Ce n'était pas du tout la réaction qu'elle espérait.

— Naturellement ! C'est la deuxième fois qu'il m'invite.

Nanny Iris secoua la tête.

— Non, ma chérie. Il a invité « V. Buxton ». Pas toi.

— Mais je *suis* V. Buxton.

— Je sais, mais M. Harold Herbert, lui, ne le sait pas. Je suis prête à parier que celui-ci s'imagine que V. Buxton est un étudiant, ou un jeune homme tout frais émoulu de l'université. Et non la fille toute jeune, autodidacte et brillante, d'un éminent botaniste.

Pourquoi est-ce que tout le monde semblait décidé à tout gâcher ? M. Herbert était impressionné par son travail.

Quelle importance qu'elle soit une femme, vraiment ? Elle songea aux intellectuels invités aux dîners chez son père, quand elle était petite. Beaucoup étaient des femmes, comme le médecin italien Maria Montessori, ou la physicienne Marie Curie, et elles étaient prises au sérieux en dépit de leur sexe, elles. Victoria leva le menton.

— J'ai l'intention de devenir botaniste, de toute façon. Mon père m'a toujours dit qu'il était très important pour un scientifique d'être publié. Et M. Herbert a déjà acheté un de mes articles. Tout se passera très bien.

Elle balaya tous ses doutes d'un geste de la main. Il fallait qu'elle se cramponne à la conviction qu'elle était destinée au succès, qu'elle n'était pas qu'une pauvre petite jeune fille malade, dont les poumons pouvaient lui jouer un mauvais tour d'un instant à l'autre. Sinon, elle passerait ses journées au lit, entourée de soins et de cajoleries.

Non. Elle était forte. Et, d'une façon ou d'une autre, elle réussirait. Ils verraient tous de quoi elle était capable. Nanny Iris comme les autres.

4

Rowena piqua des deux pour faire accélérer l'allure à son cheval, qui se lança au galop à travers champs. Le froid lui mordait les joues à travers le filet qui protégeait son visage. Sa tante ne manquerait pas de la réprimander plus tard pour les gerçures sur ses lèvres, elle pouvait en être sûre.

Bizarrement, depuis qu'elle l'avait accompagnée dans ses visites, tante Charlotte s'intéressait davantage à elle, la traitant même parfois comme sa propre fille. Rowena et Elaine s'en étonnaient, d'ailleurs, et ne comprenaient pas où elle voulait en venir. Une chose était sûre, c'était que lady Summerset avait quelque chose en tête, et qu'il fallait qu'elles se tiennent sur leurs gardes.

Mais quand Rowena était dehors, sa tante Charlotte cessait d'exister. En fait, plus rien n'existait. C'étaient les seuls moments proches du bonheur que Rowena ait connus depuis la mort de son père. Sauf lorsqu'elle était montée en avion avec Jon, et quand il l'avait embrassée sur le lac gelé. A ces moments-là, elle avait été réellement, profondément heureuse. Non, c'était encore pire que cela. Elle avait été carrément *euphorique*.

Des semaines s'étaient écoulées. Elle continuait de scruter le ciel chaque jour, mais les seules ailes qu'elle voyait étaient celles des corbeaux qui la narguaient avec leurs croassements.

Aujourd'hui, elle avait décidé de se rendre jusqu'à Wells Manor, au sud-est de la propriété. Il y avait de cela très longtemps, un Wells avait sauvé la vie à un héritier de la famille Buxton, et pour le remercier on lui avait donné un manoir, entouré d'un vaste domaine. L'amitié entre les deux familles remontait à des siècles, mais récemment les anciens alliés étaient devenus ennemis. Mais tout cela n'avait rien à voir avec Jon et elle, n'est-ce pas ?

L'esprit en ébullition, Rowena remit son cheval au pas. Chaque fois qu'elle essayait de se persuader que l'histoire de la famille Buxton n'aurait aucune influence sur son avenir, le doute s'installait. *Naturellement, l'histoire familiale pesait sur eux.* Comment Jon pourrait-il la présenter à sa mère ? « Mère, je sais qu'elle est la nièce de l'homme qui nous a volé nos terres et qui a poussé mon père dans la tombe… mais je l'aime. »

Je l'aime ? Rowena tira brusquement sur les rênes, et son cheval renâcla. Voulait-elle que Jon *l'aime* ? La réponse fut si fulgurante, qu'elle se demanda comment elle ne s'en était pas rendu compte plus tôt. *Oui.* Bien sûr, elle désirait son amour. Le monde était si froid, si gris depuis la mort de son père et le départ de Prudence. La pensée que quelqu'un puisse l'aimer la rassurait et la réconfortait. Mais cela signifiait-il qu'elle l'aimait, elle aussi ?

Elle songea à sa chevelure blonde, au bleu clair de ses yeux, à la façon qu'il avait de tout voir, de tout soupeser. Son courage et son obstination quand il testait des avions, alors même que le souvenir d'accidents récents, qui avaient failli lui coûter la vie, était encore tout frais.

Elle le préférait à tous les autres hommes qu'elle avait connus — mais est-ce qu'elle *l'aimait* ? Et pourquoi aurait-elle voulu qu'il l'aime, alors, si elle n'était pas sûre de lui rendre cet amour ? Peut-être était-elle plus coquette qu'elle ne le croyait… Ou bien, son nouveau penchant pour l'aviation, qui était chez elle plus fort que tout, influençait ses sentiments pour le beau pilote.

Elle s'était habituée à l'absence de son père, même si le chagrin l'accompagnait encore jour et nuit. Mais soudain, un manque plus ancien, plus doux, remontait à la surface. Elle aurait aimé avoir sa mère à ses côtés. Quelqu'un avec qui elle aurait pu parler des jeunes hommes. Quelqu'un qui l'aurait aidée à s'y retrouver.

Le sentier déboucha sur une route. Elle comprit en voyant la barrière brisée qu'elle était arrivée au manoir de la famille Wells, négligé et à l'abandon à cause de la cupidité de son oncle.

La gorge nouée, elle fit contourner la clôture à son cheval. Qu'espérait-elle donc en venant jusqu'ici ? Elle s'interrogea encore une fois. Peut-être pourrait-elle juste parler avec Jon. Il lui avait proposé de remonter en avion avec lui, et il devait tenir sa promesse. Oui. C'était ce qu'elle dirait.

Avec un peu plus d'assurance, elle remit son cheval au trot et continua le long de la route verglacée. Au détour d'un chemin, elle aperçut la maison, et inspira un grand coup. Elle était petite, comparée à celles qu'elle connaissait, et elle paraissait plus ancienne que Summerset, bien qu'elle ait probablement été construite à la même époque, car l'architecture et les pierres étaient semblables. Mais alors qu'à Summerset Abbey tout avait été conçu pour susciter l'admiration, à Wells Manor, le confort semblait primer. Le jardin potager, peu fourni à cette époque de l'année, était parfaitement visible sur le côté de la maison. Juste derrière, Rowena aperçut les vergers. Une allée partant de la porte d'entrée menait à une grange, derrière une petite dépendance abandonnée. Les habitants de la demeure avaient peut-être de l'aide pour entretenir la propriété, mais de toute évidence ils n'hésitaient pas à mettre eux-mêmes la main à la pâte.

Ce que Rowena trouvait logique. Si on voulait vivre du produit de ses terres, il fallait savoir s'en occuper.

Personne ne sortit pour l'aider à descendre de cheval. Au moment où elle mit pied à terre, sa belle assurance l'abandonna et un nœud contracta son estomac. *Elle n'avait rien à faire ici.* Et si Jon se mettait en colère en la voyant ? Mais tout de même, un homme n'embrassait pas une femme, et ne l'invitait pas à monter en avion avec lui, s'il avait l'intention de disparaître de sa vie, non ?

Et après tout, elle était une *femme nouvelle*. Pas une timide petite souris.

Rassemblant tout son courage, elle attacha son cheval à un arbre. L'animal renâcla. Par un froid pareil, il aurait sans doute préféré être mené à l'écurie et pansé convenablement. Elle ne pourrait le laisser très longtemps seul.

Elle posa sa cravache sur le sol, et il lui fallut un moment pour accrocher un pan de sa jupe d'amazone sur le côté, afin de pouvoir marcher plus aisément. Puis elle se dirigea vers la porte d'entrée. Elle n'hésita qu'un court instant, puis ferma les yeux et frappa, consciente de briser les règles les plus élémentaires de l'étiquette. Restait à espérer que la mère de Jon, dont le mari s'était suicidé, n'en prendrait pas ombrage.

Lorsque cette pensée l'effleura, elle faillit perdre courage de nouveau et retourner en courant vers sa monture. Que venait-elle donc faire ici ?

La porte s'ouvrit et une jeune fille d'environ seize ans apparut. Ses yeux s'arrondirent de surprise tandis qu'ils détaillaient Rowena, son habit de cavalière à la coupe sobre et le chapeau qu'elle portait légèrement penché de côté.

Les cheveux de l'adolescente tombaient en désordre sur ses épaules, et des taches d'humidité apparaissaient sur l'ourlet de la robe, qui n'avait visiblement pas été taillée pour elle.

— Mère ! cria-t-elle.

Elles se dévisagèrent un moment. La fille tenait un panier plein d'œufs sous son bras. Sans prévenir, elle referma la porte au nez de Rowena.

Quelques minutes s'écoulèrent, et une femme revint ouvrir. Ses cheveux ternes avaient dû être autrefois de la même couleur que ceux de Jon, et ses yeux étaient comme les siens d'un bleu profond. Mais alors que les traits de Jon étaient fermes, on devinait que le visage de cette femme avait été ravagé par le chagrin. Deux rides partaient du coin de ses yeux et descendaient le long de ses joues, comme si elles avaient été creusées par un flot de larmes. Toutefois, la femme eut un sourire hésitant.

— Je vous demande pardon pour ma fille. Nous n'avons pas souvent de visites, et elle a eu l'impression de n'être pas assez bien habillée pour vous recevoir.

Les paroles étaient douces, mais Rowena y décela un reproche qui lui fit honte. Bien que cette femme ne fût pas du genre à faire des manières, elle connaissait parfaitement les règles de politesse. Or il n'était pas poli de débarquer à l'improviste chez les gens.

— Je suis désolée de ne pas vous avoir prévenue de ma visite. Je passais par hasard à cheval, et j'ai pensé que Jon était peut-être chez lui ?

La femme arqua légèrement les sourcils, mais son expression s'adoucit un peu.

— Non, il n'était pas là ces dernières semaines. Il travaille dans le Kent.

Le soulagement déferla dans le cœur de Rowena, emportant ses doutes comme une fraîche pluie d'été. *Jon était avec M. Dirkes.* Il ne l'évitait pas délibérément, il faisait simplement son métier. Pourquoi n'y avait-elle pas pensé plus tôt ?

— Oh ! je suis désolée de vous avoir dérangée. Comme je n'avais pas de nouvelles, je commençais à m'inquiéter…

Rowena recula en bredouillant, mais la femme la retint par le bras.

— Je comprends. Avec un travail comme le sien, je m'inquiète aussi tous les jours. Je ne sais pas comment il peut continuer.

— Oh ! mais parce que c'est merveilleux ! s'exclama Rowena.

— Vous êtes déjà montée en avion ?

Rowena acquiesça d'un signe de tête et détourna les yeux, confuse. Ses joues s'enflammèrent.

— Il m'a emmenée, une fois. Il a promis de recommencer.

Un petit cri aigu à l'intérieur les fit sursauter, et la femme esquissa une grimace.

— Entrez donc prendre une tasse de thé, avant de repartir. Je m'appelle Margaret, je suis la mère de Jon.

— Mon nom est Rowena.

Elle se garda bien de préciser son nom de famille. Mais la mère de Jon ne le lui demanda pas, et Rowena préférait ne pas lui offrir une occasion de la mettre à la porte. Elle avait trop envie de voir l'endroit où Jon avait grandi et où il vivait.

— Je ne vous dérange pas trop ? demanda-t-elle alors que Margaret s'effaçait pour la laisser entrer.

— Bien sûr que non. Nous n'avons pas beaucoup de visiteurs, mais le jour où nous ne pourrons plus offrir une tasse de thé à une jeune femme qui se promène à cheval dans les environs, ce sera la fin de la famille Wells.

Rowena détecta un léger grasseyement dans sa voix. La mère de Jon était-elle d'origine écossaise ? Elle ôta son manteau de cavalière, tandis qu'elles traversaient un long corridor. Certaines portes étaient fermées et d'autres, entrouvertes, laissaient apercevoir des cheminées dans lesquelles ronflaient de beaux feux. Les plafonds bas, garnis de poutres, donnaient à la maison une atmosphère douillette qui manquait totalement à Summerset. De fait, tante Charlotte n'était *ni* accueillante *ni* chaleureuse.

— J'espère que vous ne vous offusquerez pas si nous prenons le thé dans la cuisine. C'est là que nous passons la majeure partie du temps. Avec cinq garçons et une seule fille, il ne me paraît pas judicieux de prendre le thé dans le salon, où ils risquent de renverser leur tasse et de faire des dégâts.

La cuisine était une pièce immense. L'un des murs était garni d'une cheminée, l'autre d'un four à bois, et tout au fond de la salle se trouvait la cuisinière. Les parois étaient faites de galets joints au mortier, et c'était de toute évidence la partie la plus ancienne de la maison. Une longue table de bois occupait le centre de la salle, tandis qu'un billot de boucher aussi large qu'un lit d'enfant était placé contre l'une des cloisons.

— Asseyez-vous, je vous en prie. Je venais justement de mettre la bouilloire sur le feu quand j'ai entendu Cristobel hurler. Je suis désolée. Comme je le disais, nous n'avons pas souvent de compagnie et je crains que cette petite ne soit un peu sauvage.

Un cri agacé retentit dans le hall, mais Rowena ne dit rien. Elle prit place au bout de la longue table en espérant que Margaret n'allait pas lui poser des questions sur sa famille… questions auxquelles elle ne pourrait répondre en toute sincérité.

Elle offrit à son hôtesse de l'aider, mais celle-ci refusa catégoriquement. En moins de temps qu'il n'en faut pour le dire, le thé fut servi. Puis Margaret s'installa face à Rowena et darda sur elle son regard bleu. Rowena s'agita, un peu déconcertée de retrouver les yeux de Jon dans le visage de sa mère.

— Depuis combien de temps connaissez-vous mon fils ?

Rowena pencha la tête afin de dissimuler un sourire. La question n'avait pas été longue à venir.

— Pas très longtemps. Un mois ou deux.

— Comment vous êtes-vous rencontrés ? J'avais l'impression qu'il n'avait de temps pour rien, en dehors de ses avions.

Le sourire de Rowena s'élargit, et elle ne chercha plus à le cacher.

— Ce doit être vrai. Il volait… ou plutôt, il venait de s'écraser quand nous nous sommes rencontrés.

La mère de Jon plaqua une main contre ses lèvres.

— Vous êtes la femme de la colline.

Rowena tressaillit. Elle ne pensait pas qu'il avait parlé d'elle à sa famille. Elle songea aussitôt à George, son frère aîné, dont elle avait fait la connaissance pendant la séance de patinage, et qui n'avait pas paru très content en entendant son nom de famille. Avait-il parlé d'elle à sa mère ?

— Vous lui avez pratiquement sauvé la vie ! lança une voix derrière elle.

Rowena se retourna. La jeune fille qui lui avait ouvert la porte la dévisageait. Elle s'était changée et coiffée. Elle se servit une tasse de thé, et vint s'asseoir avec elles.

— Je n'irais pas jusque-là, protesta faiblement Rowena.

— Il vous a emmenée en avion pour vous remercier, poursuivit Cristobel. Il nous a dit que vous n'aviez pas eu peur du tout. J'aime bien votre habit d'amazone. Le mien est devenu trop petit pour moi et nous n'avons pas encore les moyens d'en acheter un autre, mais quand George reviendra de la banque, nous aurons peut-être l'argent. Moi, je suis déjà montée en avion des tas de fois, bien sûr.

— Très exactement deux fois, rectifia sa mère en souriant. Ralentis un peu, notre visiteuse n'est pas habituée à ton débit.

Cristobel fusilla sa mère du regard.

— J'ai aussi une jeune sœur, annonça Rowena. J'ai l'habitude.

— Tant mieux. Le vol vous a plu ? s'enquit Margaret.

Un sourire fleurit sur les lèvres de Rowena.

— J'ai adoré. J'avais l'impression d'être libre, comme si tout ce qui se passe sur terre n'avait plus aucune importance.

— Mais ce n'est pas tout à fait exact, car c'est important, n'est-ce pas ?

Les mots avaient été prononcés par une voix masculine provenant du hall. Rowena sursauta et son cœur fit un bond, mais ce n'était pas Jon qui se tenait sur le seuil et l'observait avec une expression indéchiffrable. C'était son frère George, celui-là même qui avait exprimé son mépris pour les Buxton, et donc pour elle, lors de leur première rencontre.

Cristobel se leva d'un bond et sauta au cou de ce dernier.

— George ! Je ne t'attendais pas avant demain !

— Les affaires ont été réglées plus rapidement que je ne m'y attendais.

— Oh ! c'est un soulagement, ajouta sa mère en se levant pour lui servir une tasse de thé.

Rowena demeura immobile, attendant qu'il révèle son identité à Margaret et Cristobel, alors que tout s'était si bien passé jusqu'ici… Il entra dans la pièce et s'adossa au billot de boucher en attendant son thé. Il n'était pas aussi beau que Jon. Ses yeux étaient plus sombres et les deux rides profondes qui encadraient sa bouche lui donnaient l'air morose. Il avait l'expression dure et amère d'un homme qui a dû subvenir aux besoins de sa famille trop tôt dans la vie.

— Oui, mère, dit-il sans quitter Rowena des yeux. Si le fait de vendre une nouvelle parcelle de nos terres peut être considéré comme un soulagement.

— Ce n'est pas le genre de conversation à tenir devant

des visiteurs, lui rétorqua sévèrement Margaret en lui passant sa tasse.

— Je vous demande pardon. J'étais simplement surpris de trouver mademoiselle...

Il s'interrompit, attendant que Rowena donne son nom.

— Vous pouvez m'appeler Rowena, répondit-elle vivement. Je vous remercie pour le thé, mais je dois partir à présent.

— Mais vous venez à peine d'arriver ! protesta Cristobel. Nous n'avons encore parlé de rien !

Margaret sourit.

— Comme je vous le disais, ma fille a vécu trop longtemps en dehors de la société. Elle a besoin de rencontrer des jeunes filles de son âge et, bien que vous soyez plus âgée qu'elle, j'aimerais beaucoup que vous reveniez nous rendre visite. Vous pourriez peut-être dîner avec nous ? C'est le moins que nous puissions faire, étant donné que vous avez sauvé la vie de Jon.

Rowena voulait avant tout échapper au regard moqueur de George. Elle regrettait d'être venue. Que dirait Jon, quand il découvrirait qu'elle s'était introduite dans sa famille, avant même qu'il ait manifesté la moindre intention la concernant ? Mais d'autre part, un baiser n'avait-il pas la valeur d'une déclaration ? A moins qu'elle ne soit terriblement vieux jeu ?

— Cela me ferait très plaisir, dit-elle d'une voix faible, en prenant son manteau.

Toute la famille la raccompagna jusqu'à la porte. Rowena avait l'impression que les yeux sombres de George lui transperçaient le dos. Les deux femmes lui dirent au revoir, puis le frère de Jon l'escorta jusqu'à son cheval et lui tendit les rênes. Il ne mâcha pas ses mots.

— J'ai un message pour vous, et un autre pour votre oncle, mademoiselle Buxton. Dites à lord Summerset de garder ses espions à la maison. Il a déjà obtenu de nous tout ce qu'il pouvait, il ne reste rien.

Choquée, Rowena ouvrit la bouche, mais aucun son ne franchit ses lèvres. Elle lui prit les rênes d'un geste brusque.

— Et cessez de troubler Jon. Il est fidèle à sa famille.

Avant qu'elle ait pu répondre, il assena une claque à sa monture, qui partit au galop.

5

Le balancement régulier du train plongeait les autres passagers dans une irrésistible somnolence et leur arrachait des bâillements. Seuls Victoria et un petit garçon en costume de marin demeuraient parfaitement éveillés. Un par un, leurs compagnons de voyage fermèrent les yeux afin de se protéger du soleil qui entrait à flots par les fenêtres, et se détendirent, sachant qu'ils s'arrêteraient d'abord à Cambridge, avant d'arriver à Londres.

Victoria et le petit garçon aux yeux bleus se dévisagèrent un moment, mais ils étaient tous deux trop préoccupés pour se prêter mutuellement attention. L'enfant avait ses doigts à compter, et Victoria une liste de problèmes qui risquaient de s'aggraver si elle n'y réfléchissait pas suffisamment.

Consciente de cette situation, elle les énuméra dans sa tête. Sa tante, croyant qu'elle allait rendre visite aux Kingsly, leur avait écrit un mot de remerciement qui avait été habilement subtilisé par Susie avant qu'il n'atterrisse sur le bureau de Cairns. Avant son départ, Victoria avait bien recommandé à la servante d'intercepter toute missive du même type.

Rowena, se doutant que sa sœur ne passerait pas une journée avec Priscilla Kingsly — qui était imbuvable —, croyait quant à elle qu'elle allait rendre visite à Prudence et à son mari… Victoria avait l'estomac noué en pensant à ce mensonge. Les jolis yeux de Rowena s'étaient emplis de chagrin, mais elle s'était contentée de la serrer dans ses bras, en lui demandant de transmettre toute son affection à Prudence. Elle lui avait également remis vingt livres, au cas où Prudence en aurait eu besoin. Vic n'avait pas la moindre idée de ce qu'elle devait faire de cet argent, car Susie ne lui avait pas communiqué l'adresse de leur amie. A vrai dire, Victoria n'avait pas osé lui poser la question, étant donné que Prudence n'avait jamais répondu à la lettre qu'elle lui avait fait passer dans l'enveloppe de Susie.

Kit avait insisté pour venir la chercher à la gare. Victoria avait répondu que ce n'était pas nécessaire, mais en réalité elle était soulagée à l'idée qu'il l'attendait. Pour commencer, il l'accompagnerait dans les bureaux de *La Revue du botaniste,* qui se trouvaient à Lexington Place. Elle avait écrit à Hairy Herbert pour le prévenir, et avait rendez-vous avec lui juste avant midi. Elle se renversa sur son siège avec un soupir de satisfaction et laissa libre cours à son imagination. Le rédacteur en chef serait si impressionné par ses connaissances qu'il l'inviterait sans doute à déjeuner dans un restaurant sophistiqué, fréquenté par des gens à l'allure sérieuse.

Sinon, Kit l'emmènerait déjeuner au Coleridge, et elle s'offrirait un énorme mille-feuille avant de se rendre chez Katie, à... Fronçant les sourcils, elle vérifia que le papier portant l'adresse de Katie était toujours dans son réticule. *Camden Town.* Oui, c'était bien cela. Kit l'emmènerait à Camden Town.

Elle se mordilla les lèvres. C'était la seule partie de son plan qu'elle n'avait pas pu mettre au point. Katie n'avait pas répondu pour confirmer que Victoria pourrait séjourner chez elle. Mais Victoria savait que tout irait bien. Forcément. Elles étaient amies, après tout. Et si, pour une raison quelconque, elle ne pouvait pas rester, elle irait chez son notaire et lui demanderait l'argent nécessaire pour payer l'hôtel jusqu'à la fin de la semaine. Mais elle était sûre qu'elle ne serait pas obligée d'en arriver là.

Le petit garçon se mit à gazouiller, interrompant le fil des réflexions de Victoria. Elle lui fit les gros yeux, ce qui le calma un moment. Mais il ne tarda pas à se remettre à babiller, encore plus fort que précédemment. Haussant les épaules, Victoria se détourna pour regarder le paysage défiler par la fenêtre.

A partir de maintenant, elle ne devait plus se laisser décourager. Son père aurait été tellement fier d'elle. Elle allait prouver à tout le monde qu'elle était une adulte, et une femme émancipée. Rowena pouvait bien continuer de pleurer en attendant de se marier. Quant à Prudence, quand les choses avaient mal tourné, elle s'était enfuie avec un garçon. Mais elle, Victoria, deviendrait indépendante. Quand elle aurait décroché un emploi à *La Revue du botaniste*, elle pourrait peut-être aller vivre en ville, dans un appartement. Elle resterait à Londres et, quand elle aurait suffisamment d'expérience, elle ferait des études sur le terrain, ou d'autres choses tout aussi passionnantes.

Les freins émirent un grincement si aigu que la dame qui tenait un bébé sur ses genoux sursauta violemment et manqua laisser tomber le nourrisson. Cambridge, ce royaume magique et austère de flèches et de châteaux, paraissait plus rébarbatif que jamais dans la lumière grise de cette journée d'hiver. Dans un geste de mépris puéril, Victoria tira la langue aux bâtiments sombres. En tant que femme, elle savait qu'elle n'était pas la bienvenue dans cette cité universitaire.

La ville émergea du brouillard, et un flot de souvenirs l'envahit. Elle se revit jouant à chat dans le parc, avec Prudence et Rowena. Elle se souvint des discussions entre artistes, politiciens et intellectuels, amis de son père. Au cours d'un dîner mémorable, Rona, Pru et elle avaient regardé, les yeux écarquillés, Walter Sickert tracer un dessin sur le mur de la salle à manger pour démontrer quelque chose aux autres invités. Mme Tannin en avait été horrifiée, mais leur père, lui, avait ri aux larmes, et pendant des semaines il avait défendu aux domestiques de nettoyer le mur. Elle sourit en y repensant, et son anxiété se dissipa.

Mais sa nervosité réapparut quand le train s'arrêta à la gare de Paddington. A peine eut-elle posé un pied sur le quai que Kit la prit dans ses bras, comme un gros ours, pour lui dire bonjour.

— J'ai cru que tu n'arriverais jamais.

— Je t'avais donné l'heure de mon arrivée, nigaud.

Elle lui sourit, remarquant son costume comme toujours impeccable. Kit aurait presque pu être considéré comme un dandy. Mais même si Victoria appréciait l'élégance chez les hommes, elle n'y prêtait pas beaucoup d'attention.

Kit lui prit le bras et l'aida à franchir la foule pour aller récupérer ses bagages. Il donna quelques pièces à un porteur pour transporter les deux malles de Victoria, puis entraîna celle-ci vers la sortie de la gare.

— Pourquoi ne renonces-tu pas à ce rendez-vous ennuyeux ? Je pourrais t'emmener faire le tour de Londres.

Elle lui donna une tape sur le bras en riant.

— Je suis née et j'ai été élevée à Londres. J'ai déjà vu tout ce qu'il y a à voir.

— Mais tu n'étais pas avec moi, objecta-t-il. Ce serait bigrement amusant, d'aller visiter les jardins de Kensington, ou Big Ben. Je suis sûr que tu arriverais à faire parler un des gardes de la reine !

— Je dois aller à ce rendez-vous, Kit. Où est ta voiture ?

— Mon chauffeur nous attend devant la gare. Tu ne veux pas aller voir si le pont de Londres a fini par s'effondrer ? Ou bien la maison de naissance de Dickens, ou encore le musée de Madame Tussauds, et le magasin Harrods ?

Il lui ouvrit la portière d'une grande berline gris argenté et contourna la voiture pour aller s'asseoir à côté d'elle.

— Ne fais pas l'idiot ! Nous allons au 197 Lexington Place.

Elle se pencha pour donner au chauffeur le papier sur lequel l'adresse était inscrite.

— Désolée, il est tout froissé, dit-elle, confuse. Cela fait quelque temps qu'il est dans ma poche.

— Ce n'est pas grave, mademoiselle. L'adresse est parfaitement lisible.

Victoria le remercia d'un sourire, et Kit l'attira en arrière.

— Cesse de flirter avec le chauffeur et occupe-toi de moi.

— Peuh ! tu n'as que faire de mes attentions. Tu peux aller trouver une de tes amies pour ça.

— Qui t'a parlé de « mes amies » ? Non, attends, ne dis rien. Tu diras à Elaine qu'elles ne sont qu'une création de son imagination. Et même si elles ne l'étaient pas, je suis avec toi en ce moment. Et je trouve ma meilleure amie très séduisante aujourd'hui.

— C'est vrai ? demanda-t-elle, un peu anxieuse malgré elle.

Elle avait choisi une jupe à godets en velours taupe et une veste assortie ornée de galons, avec un col en astrakan. Son chapeau en velours noir était simplement décoré d'une plume sur le côté. D'une part, elle n'avait pas voulu d'une tenue trop sévère, au cas où *Hairy* Herbert (le surnom stupide que Kit lui avait donné) aurait détesté les suffragettes. Mais d'autre part il fallait qu'elle ait l'air sérieux — et pas trop jeune.

— Oui, c'est vrai. Et de toute façon, qui se soucie de l'opinion de Hairy Herbert ?

— Moi, répliqua-t-elle avec un petit reniflement hautain. Il est important que je lui fasse bonne impression. J'aimerais gagner assez d'argent, afin de pouvoir faire ce que je veux.

— Oh ! oh, tu parles d'argent ? Tu sais que le sujet est interdit dans notre cercle ?

— Oui, et c'est ridicule, tu ne trouves pas ? Alors même que tout le monde ne pense qu'à cela !

Kit éclata de rire.

— C'est pour cela que je t'aime, Vic ! Tu as l'art de dire tout haut ce que personne n'ose même penser tout bas !

Ces paroles furent suivies d'un silence gêné, les mots « je t'aime » continuant de flotter entre eux. Victoria enchaîna, comme si elle n'avait rien remarqué :

— Par exemple, je ne suis pas censée parler du fait que mon oncle contrôle tout notre argent, jusqu'à nos vingt-cinq ans — ou jusqu'au jour de notre mariage, c'est selon…

Kit eut un haut-le-corps.

— Quoi ? Ce n'est pas possible. Surtout pour Rowena… elle a bien vingt-deux ans, n'est-ce pas ? Elle pourrait contester légalement cette disposition.

Victoria secoua la tête.

— Je ne connais pas tous les détails de l'arrangement. Nous sommes certainement fortunées, mais, en attendant, notre oncle est censé gérer notre héritage suivant les dispositions de notre père. Je pense qu'il craignait que nous ne devenions la proie de coureurs de dot.

— C'est donc pour cela que tu es allée vivre à Summerset avec Rowena ?

Victoria acquiesça.

— Ce n'est pas que cela ne nous plaise pas, mais nous n'étions pas accoutumées à ce style de vie.

La voiture s'arrêta devant un grand bâtiment de brique, et le cœur de Victoria se glaça. *C'était maintenant ou jamais*. Elle agrippa sans le vouloir la main de Kit, regrettant qu'il ne puisse l'accompagner à l'intérieur. Mais non. Comment pouvait-elle devenir indépendante, si elle ne cessait de quémander le soutien des personnes de son entourage ? Le chauffeur vint ouvrir la portière de son côté. Soudain, elle éprouva un pincement au cœur, et eut l'impression que sa respiration s'arrêtait.

Oh ! mon Dieu. Non, pas maintenant. Elle s'efforça de conserver son calme. Pour une fois, Kit ne fit pas de remarque sarcastique ni de plaisanterie. Il lui tint simplement la main, jusqu'à ce que son malaise se soit dissipé. Puis elle lui sourit et descendit du véhicule.

— Je ne sais pas combien de temps cela va durer, dit-elle. Sans doute une heure ?

— Tu es sûre que tu ne veux pas que j'entre avec toi ?

— Mais non. Tout ira bien.

Une clochette tinta quand elle ouvrit la porte et pénétra dans les bureaux sombres de *La Revue du botaniste*. Victoria croyait que les locaux d'un journal aussi sérieux devaient refléter son importance dans la communauté scientifique. Eh bien, ce n'était pas le cas. Le lieu était petit, sinistre, et les vitrines dans lesquelles étaient exposés des spécimens de plantes séchées venant de tous les coins du monde auraient eu besoin d'un bon nettoyage. Une femme d'âge mûr, aux cheveux gris et vêtue d'une robe noire à la coupe sévère, leva les yeux à son entrée. Si elle fut surprise de voir Victoria, elle n'en montra rien. A vrai dire, ses yeux bleu pâle en partie cachés par des lunettes à monture d'acier ne devaient pas souvent exprimer d'émotion…

Prenant une profonde inspiration, Victoria s'avança vers le bureau.

— Bonjour, je viens voir M. Harold L. Herbert.

La femme ne prit même pas la peine de consulter le registre posé devant elle.

— Je suis désolée, M. Herbert est en réunion. Si vous venez pour le poste de dactylo, veuillez laisser vos références, je vous prie.

Victoria se redressa de toute sa hauteur, et en dépit de sa petite taille elle s'efforça de paraître aussi sûre d'elle et aussi ferme que possible.

— Désolée. Je ne me suis sans doute pas bien exprimée. J'ai rendez-vous avec M. Herbert. Mon nom est V. Buxton, et je suis… botaniste, déclara-t-elle, furieuse contre elle-même d'avoir buté sur le mot *botaniste.*

La femme lui lança un regard qui en disait long, puis consulta le registre et se leva.

— Je reviens dans une minute.

Elle disparut dans un étroit couloir et Victoria entendit une porte s'ouvrir et se refermer.

Elle demeura figée, respirant avec difficulté. Une douzaine de classeurs occupaient un pan de mur, et quelques exemplaires de la revue étaient disposés sur le bureau devant elle. La secrétaire revint, et guida Victoria dans le couloir, puis jusqu'à un bureau exigu.

Cette dernière eut tout juste le temps de voir la petite table de travail ébréchée qui occupait la pièce, avant d'être attaquée par un petit homme chauve vêtu d'une veste noire. *Hairy* Herbert n'était pas du genre poilu, contrairement aux suppositions de Kit.

— Qu'est-ce que cela signifie, mademoiselle ? lança-t-il d'une voix rocailleuse. A quoi jouez-vous ?

L'homme était à peine plus grand qu'elle, mais sa colère le faisait paraître plus imposant. Elle recula d'un pas.

— Je ne comprends pas. Je suis V. Buxton, et j'ai rendez-vous avec le rédacteur en chef. Etes-vous Harold Herbert ?

— Naturellement, mais vous, vous n'êtes pas V. Buxton !

Un tremblement se répandit dans les membres, puis dans tout le corps de Victoria. On ne lui avait jamais parlé sur ce ton. Prudence et Rowena se querellaient parfois et se mettaient à crier comme des folles, mais *personne* n'avait jamais haussé la voix en s'adressant à elle.

Victoria prit sur elle et fit face.

— Je suis V. Buxton. Si vous vouliez bien vous asseoir, nous pourrions jeter un coup d'œil aux autres articles que j'ai écrits…

— Certainement pas. Si vous êtes réellement V. Buxton, vous êtes coupable d'une terrible imposture.

— Que voulez-vous dire ?

— Je pensais que V. Buxton était un homme ! C'est à un *homme* que je voulais acheter ces articles, et non à une gamine !

— Pourtant, vous avez accepté un de mes articles, et vous m'avez même payée. Vous ne pouvez nier la qualité de mon travail, ni le sérieux de mes recherches. Vous avez trouvé mon essai assez bon pour être publié. Je suis là pour vous en proposer davantage, comme vous me l'avez vous-même demandé.

— Je vous le répète, mademoiselle : quand je vous ai demandé cela, j'étais persuadé que vous étiez un homme. *Un homme*, vous m'entendez ? Votre article n'apparaîtra pas dans la revue. Vous pouvez néanmoins garder l'argent que je vous ai envoyé.

Victoria demeura bouche bée. Des larmes lui piquèrent les yeux. M. Herbert s'éclaircit la gorge.

— Je vais vous parler franchement, mademoiselle Buxton, afin qu'il n'y ait plus le moindre doute sur la question. Il n'y a pas de place pour les femmes dans le domaine des sciences, ma petite. Sauf peut-être pour celles qui aident leur mari. Les femmes ne sont pas faites pour ce genre de travail. Elles n'ont pas le cerveau pour cela. Et pour tout dire, il gèlera en enfer avant que *La*

Revue du botaniste choisisse de collaborer avec une femme plutôt qu'avec un homme, père de famille, qui a besoin de cet argent pour nourrir les siens. Je ne veux pas paraître cruel, mais c'est ainsi.

Les larmes qu'elle s'était efforcée de retenir vinrent à bout de sa résistance et se mirent à couler sur ses joues. Elle fut tentée de taper du pied, ou de casser quelque chose, mais le temps où elle pouvait piquer une crise pour obtenir ce qu'elle voulait était révolu. Une réaction aussi infantile ne ferait que conforter cet homme dans sa piètre opinion des femmes.

— Avez-vous des filles, monsieur Herbert ? demanda-t-elle de but en blanc.

Il parut surpris.

— J'en ai une. C'est une enfant bien élevée, qui reste à la maison pour aider sa mère, et continuera de le faire jusqu'à son mariage.

Agacée, Victoria se frotta les joues, afin de faire face à cet homme méprisable les yeux secs.

— Je me demande si votre fille serait fière de vous aujourd'hui, alors que vous refusez le travail d'une jeune femme, sous prétexte que vous vous attendiez à rencontrer un homme.

Il voulut protester, mais elle l'en empêcha d'un geste de la main.

— J'étais extrêmement fière de mon père, monsieur Herbert. Mon père n'aurait jamais fait ce que vous venez de faire. Il savait que les femmes pouvaient se passionner pour la science tout autant qu'un homme.

— Votre père n'était sans doute pas un scientifique, mademoiselle Buxton. Je vous souhaite de passer une bonne journée.

Il lui tourna le dos, et Victoria gagna la porte sans plus attendre.

— Oh ! mais mon père était un scientifique, ajouta-t-elle, la main sur la poignée. Il s'appelait sir Philip Buxton, et non seulement il était un botaniste reconnu, mais encore il avait été fait chevalier pour son œuvre scientifique. C'est *moi* qui vous souhaite une bonne journée, monsieur.

Elle sortit la tête haute, et parvint à se maîtriser jusqu'à ce qu'elle ait atteint le palier. *Quelle idiote!* se morigéna-t-elle. Sous prétexte qu'elle avait été élevée dans un milieu où les femmes étaient estimées, elle avait cru qu'il en allait de même partout! Mme Curie elle-même n'avait-elle pas fait allusion, un jour, à l'attitude condescendante de certains de ses collègues? Mais Victoria n'avait pas voulu l'écouter. Au lieu d'écrire ses articles incognito, elle avait voulu être reconnue pour sa valeur. Quelle fierté stupide!

En voyant la voiture de Kit qui l'attendait, elle se mit à pleurer de plus belle à la pensée qu'elle allait devoir avouer son humiliation, et admettre sa stupidité. Elle passa à côté du véhicule, et entendit la portière claquer derrière elle.

— Victoria, que s'est-il passé? Il t'a fait du mal? Tu veux que j'aille le provoquer en duel?

— Non! Pourquoi ne dis-tu pas juste : « Je te l'avais bien dit » ? Tu savais ce qui allait se passer, n'est-ce pas?

— Je ne sais même pas ce qui s'est passé. Tu ne m'as encore rien raconté.

— On m'a demandé de sortir, à moins que je ne sois intéressée par un poste de dactylo! Voilà ce qui s'est passé! Il ne va même pas publier l'article qu'il avait déjà accepté.

— Oh! Victoria, je suis désolé.

Elle eut brusquement envie de taper sur quelque chose. Ou sur quelqu'un. Elle lui jeta son sac à la tête, et il l'attrapa au vol.

— Mais tu savais comment ça se passerait. Ne le nie pas ! Comment avais-tu deviné ?

— Je n'en savais rien, mais je m'en doutais, admit-il. La plupart des hommes ne sont pas prêts à affronter des femmes comme Rowena et toi.

Elle se tourna vers lui, les poings sur les hanches.

— Mais ce n'est pas…

Elle faillit prononcer le mot « juste », mais l'expression aurait paru trop puérile. Comme si elle croyait que la vie était juste ! Elle ne l'était pas, et ne le serait jamais.

— Ce n'est pas bien, marmonna-t-elle en évitant le regard de Kit.

Il avait deviné le mot qui lui brûlait les lèvres, naturellement. Elle avait honte de se comporter comme une enfant gâtée, s'attendant à ce que le monde soit juste envers elle, alors qu'il ne l'était pour personne.

— Ce n'est pas bien, répéta-t-elle avec conviction.

Tournant les talons, elle se remit à marcher.

— Victoria ? Où vas-tu ?

— Je ne sais pas !

Du coin de l'œil, elle le vit faire un signe au chauffeur. La voiture démarra et se mit à les suivre. Elle se sentit idiote, couvée comme un enfant qui fait un caprice, et cela la rendit encore plus furieuse. Comment pouvait-on la prendre au sérieux, si elle s'obstinait à se conduire comme une petite fille ?

6

La mère de Katie était grande et maigre, avec des cheveux d'un brun terne, et des yeux noirs qui rayonnaient de chaleur et d'énergie. Elle paraissait à peine plus âgée que sa fille, mais ses doigts déformés par l'arthrite étaient ceux d'une vieille femme. Après avoir fait le ménage toute sa vie, elle était très heureuse de tenir la maison de Katie, qui contre toute attente avait réussi à trouver un bon métier. Elle aimait s'occuper des trois amies et collègues de celle-ci, auxquelles elle louait des chambres. Muriel Dixon ne faisait pas mystère du fait que sa fille était illégitime, et elle ne cachait pas non plus sa fierté devant la réussite de celle-ci comme employée de bureau. Pour elle, sir Philip Buxton, qui avait rendu cela possible, était l'équivalent d'un dieu.

— S'il n'était pas lui-même un dieu, le Tout-Puissant l'avait envoyé sur terre spécialement pour le représenter, j'en suis certaine !

Prudence, qui venait deux fois par semaine depuis quinze jours prendre des leçons pour apprendre à tenir une maison, ne la contredisait pas.

— Je ne peux pas croire que vous n'ayez jamais fait cuire un scone.

Muriel secoua la tête, en enfonçant ses doigts enflés dans la pâte à gâteau. Prudence l'imita de son mieux. La semaine dernière, elle avait appris à faire des scones, et à repasser les draps. Elle avait lavé ceux-ci chez elle, et les avait emportés une fois secs chez Muriel pour le repassage. Elle n'en avait brûlé qu'un seul, et la mère de Katie lui avait expliqué que si elle mettait le côté brûlé au pied du lit, Andrew ne s'en apercevrait jamais.

Aujourd'hui, elle apprenait à Prudence à faire une tourte à la viande. Il était temps… Si Andrew avait trouvé bizarre de manger des scones trois jours de suite, il n'avait rien dit. Mais Prudence savait que cela finirait par lui sembler étrange. Elle acheta donc chez le boucher et chez l'épicier les ingrédients inscrits sur la liste tout en se rendant chez Katie. Elle prit tout en double, en guise de paiement pour Muriel, bien que celle-ci lui eût assuré que ce n'était pas nécessaire et qu'elle devait apprendre à faire des économies.

Pour Prudence, qui n'avait jamais eu à se soucier d'un budget, la leçon avait du mal à passer.

— C'est aussi la première fois que je fais une tourte. Vous vous rendez compte ? répondit-elle d'un ton enjoué qui lui était devenu coutumier.

La seule façon d'avancer, c'était d'accepter chaque moment qui se présentait. Certains étaient bons, d'autres mauvais, mais il fallait aller de l'avant quoi qu'il arrive.

Andrew et elle avaient trouvé une routine qui leur convenait. Trois fois par semaine, il partait tôt le matin pour accomplir les petits jobs que le bureau de placement lui avait trouvés pour la journée. Ces jours-là, Prudence allait prendre ses leçons « d'esclavage et de servitude », selon les termes employés par Muriel. Le reste de la semaine, il restait à la maison pour étudier. Sauf le mardi, jour où il allait suivre des cours de chimie, de mathématiques et de français avec un professeur. Et le dimanche matin, Prudence et lui prenaient le petit déjeuner dehors.

Les examens d'entrée à l'école avaient lieu quatre fois

par an. La prochaine session devait se tenir au printemps, à Glasgow. Il y en aurait également à Londres à l'automne suivant, mais Andrew et Prudence avaient décidé d'un commun accord qu'ils ne voulaient pas attendre. Ils ne parlèrent pas de ce qui arriverait si jamais il échouait aux examens.

— Parlez-moi encore de sir Philip, dit Muriel lorsqu'elles eurent mis les tourtes dans le four.

— Vous deviez me montrer comment nettoyer la glacière, n'est-ce pas ? demanda Prudence en souriant.

Muriel balaya l'objection d'un geste de la main.

— Nous verrons cela plus tard. Ce n'est pas urgent. Tenez, prenez une tasse de thé. Même les esclaves ont le droit de faire une pause de temps en temps.

— Pourquoi dites-vous que nous sommes des esclaves ?

Muriel eut un sourire qui dévoila ses dents irrégulières.

— Oh ! c'est juste un nom gentil. En fait, je n'ai jamais été aussi bien que depuis que je tiens la maison pour ces jeunes filles. Ce sont des perles, surtout ma petite Katie. Je savais qu'elle était trop bien pour devenir femme de ménage, mais comment j'aurais fait pour l'envoyer à l'école ? C'est pour cela que sir Philip et sa chère fille, sa Victoria, sont des saints, voilà tout. Mais tenir une maison, c'est pratiquement de l'esclavage. Ces suffragettes ont raison. Maintenant, parlez-moi de sir Philip.

L'appartement de Muriel et Katie était plus grand que celui de Prudence, la cuisine était séparée de la salle à manger. Celle-ci était une longue pièce étroite, avec une seule fenêtre, mais d'une propreté méticuleuse grâce à Muriel. Comme il y avait cinq femmes dans la maison, et que l'une ou l'autre était toujours sur le point de sortir pour un rendez-vous, la planche à repasser demeurait en permanence à côté du poêle. Elles s'assirent devant une longue table de bois, et Muriel lui tendit sa tasse.

Prudence ignorait que sir Philip avait payé les études de

Katie. Sa gorge se serra à cette pensée. Elle reconnaissait bien là sa générosité.

— Vous savez, sir Philip a toujours eu des idées progressistes sur l'éducation. Il suffisait qu'il lise un livre sur une nouvelle méthode d'enseignement, et du jour au lendemain nous devions l'essayer. Comme la méthode de Charlotte Mason, ou quelque chose comme cela. Ma mère était notre gouvernante, et parfois elle renonçait et le laissait nous éduquer à sa guise.

Tout en sirotant son thé, Prudence fouilla dans ses souvenirs.

— Entre ma mère et lui, je suis étonnée que nous ayons été éduquées convenablement.

— Que voulez-vous dire ?

Prudence tressaillit et ses joues se colorèrent. Elle examina un instant ses ongles, avant de relever la tête et de sourire à Muriel.

— Ma mère n'a pas toujours été gouvernante. Elle avait commencé par être femme de chambre. Ma famille était pauvre, et mes ancêtres étaient sans doute les serfs des Buxton, autrefois. Mais sir Philip a pris ma mère en pitié, et l'a engagée afin de veiller sur sa petite et sur son épouse enceinte. Il était si bon qu'il a engagé une femme qui avait déjà un bébé à elle.

Sa gorge se noua. Elle savait, bien entendu, que sir Philip avait cherché à réparer les torts de son propre père envers sa mère, qui à cause de lui s'était retrouvée enceinte d'un enfant Buxton illégitime. Elle ne dit rien de tout cela à Muriel. Elle aurait préféré elle-même ne pas le savoir.

— Ensuite, l'épouse de sir Philip est morte en couches. Il a gardé ma mère comme nourrice, et plus tard comme gouvernante. Il savait qu'elle n'avait pas reçu d'enseignement, mais elle était avide de lecture et il lui a fait confiance pour notre éducation. Ils ont constitué une sorte de partenariat étrange. Plus tard, après que je l'ai perdue, je me suis demandé comment elle avait fait.

Prudence marqua une pause, songeuse.

— Quand j'étais petite, je restais éveillée pendant des heures, à attendre qu'elle ait éteint la lumière et qu'elle vienne se coucher. Plus tard, j'ai compris qu'elle étudiait le soir pour ne pas se laisser dépasser par ses élèves.

Il y eut un moment de silence, puis Muriel lui tapota la main.

— Ce devait être une personne très déterminée.

— En effet, reconnut Prudence en soupirant. Je regrette seulement…

Comme elle hésitait, Muriel demanda :

— Que regrettez-vous, mon enfant ?

— Qu'elle ne m'ait pas parlé de ma naissance, de mes origines. Comme vous en avez parlé à Katie.

Muriel haussa les épaules.

— Oh ! ce n'est pas moi. Il fallait que j'habite chez ma mère, sans quoi nous aurions été à la rue ma fille et moi. Elle appelait Katie « la petite bâtarde ». Aussi, je lui ai tout de suite expliqué ce que cela voulait dire, et que je l'aimais malgré tout. Si j'avais eu le choix comme votre maman, je n'aurais sans doute rien dit non plus.

Prudence repensa à cela en retournant chez elle. Aurait-elle parlé à sa fille, dans des circonstances similaires ? Elle n'en était pas sûre.

Une fois rentrée, elle déposa la tourte, recouverte d'un torchon propre, sur une étagère de la cuisine. Elle la ferait chauffer avant le dîner, quand Andrew serait à la maison. Elle savait que ce serait bon, et elle était sûre de pouvoir la refaire elle-même. Du moins, elle l'espérait. L'appartement était propre, et elle n'avait rien d'autre à s'occuper, aussi elle remit son chaud manteau de laine et ressortit.

Camden Town était un quartier animé à toute heure de

la journée, à l'inverse de Mayfair où elle vivait autrefois. Ici, des hommes et des femmes de tous âges et de toutes classes sociales se côtoyaient. Les bâtiments d'usines voisinaient avec les habitations. Certains quartiers, comme le sien, étaient constitués de vieilles demeures imposantes qui avaient été divisées en appartements. Elle faisait souvent de longues promenades, l'après-midi, pour tromper son ennui. Et elle se demandait parfois si elle n'aurait jamais autre chose à faire à part s'occuper d'Andrew. Même lorsqu'il serait devenu vétérinaire et qu'ils seraient partis dans un petit village de campagne où il pourrait installer son cabinet, elle devrait continuer à s'occuper de lui. Elle passerait ses journées à cuisiner, nettoyer, faire la lessive. S'ils avaient des enfants, ce serait toujours le même travail, en plus difficile. Etait-ce à ce genre de vie que sa mère et sir Philip la destinaient ?

Elle tourna dans Crowndale Road, en direction du parc. S'ils savaient que tel serait son destin, pourquoi avaient-ils pris la peine de lui donner une éducation, alors ? A quoi servait d'avoir lu Chaucer et Shakespeare, si l'on devait passer sa vie dans « l'esclavage et la servitude », comme disait Muriel ? Mais si elle avait *vraiment* été amoureuse d'Andrew, peut-être n'aurait-elle pas considéré le repassage des draps comme une telle corvée…

La culpabilité la rongeait. C'était seulement au cours de ses promenades, quand elle était seule, qu'elle pouvait s'interroger sur ses véritables sentiments. Elle avait moins l'impression de le trahir, quand elle se trouvait loin du petit appartement qu'elle s'efforçait de transformer en foyer chaleureux. Elle éprouvait un sentiment profond pour son mari, et leurs liens se resserraient chaque soir quand ils faisaient l'amour. Mais son cœur ne tressautait pas quand il lui souriait, elle ne sentait pas ses genoux se dérober lorsqu'il riait. *Pas comme avec Sebastian.* L'espace d'un court instant, elle s'autorisa à évoquer son visage. Son sourire plein d'assurance, la lueur qui s'allumait dans ses yeux quand il la regardait.

Puis, comme surgi de nulle part, elle entendit son rire.

Elle se figea et regarda autour d'elle. Regent's Park était rempli de dames et de gentlemen qui se promenaient, de nourrices qui faisaient prendre l'air aux enfants. Son cœur battait à toute allure. Comment avait-elle pu croire entendre Sebastian ? Ce dernier était parti à l'université. Mais elle *connaissait* ce rire, elle l'aurait reconnu entre mille. Il retentit de nouveau, provenant de plus loin, et elle crut qu'elle devenait folle. Ses pensées la ramenèrent en arrière, à la dernière fois qu'elle l'avait vu, la veille de son départ. Il lui avait assuré que tout irait bien. Qu'une opportunité d'emploi se présentait.

Elle ferma les yeux et entendit de nouveau les mots qu'il avait prononcés.

— *Il y a autre chose, qui fait que tout est parfait*, avait-il dit en s'arrêtant pour la regarder.

Ses yeux avaient brillé d'un éclat mystérieux dans l'obscurité.

— *Cela signifie que vous ne disparaîtrez pas, que je vous reverrai.*

Le cœur battant à tout rompre, elle avait cru un instant qu'il allait l'embrasser. Mais il s'était tourné et s'était remis à marcher. Comme s'il avait senti qu'elle était trop fragile pour supporter la moindre émotion.

A présent, elle regrettait amèrement qu'il ne l'ait pas fait, même s'ils ne devaient jamais se revoir. Elle aurait au moins le souvenir de ce baiser pour la soutenir. Troublée, tremblant comme une feuille, elle sortit du parc. Elle avait l'impression d'avoir commis une infidélité. Le visage brûlant, elle se hâta dans le soleil couchant de regagner le logement qu'elle partageait avec Andrew.

— Oh ! sacrebleu, Billingsly. Tu ne veux pas dire que le Parti travailliste a des arguments valables ? s'exclama Kit en assenant une claque sur l'épaule de son ami. Tu es pire qu'un vieux, à t'inquiéter sans cesse pour une chose ou une autre. Si je ne savais que c'est impossible, je croirais presque que tu es amoureux.

Sebastian tressaillit, et Kit l'observa plus attentivement. Tous les membres de leur petit groupe — le « Cénacle du Bel Esprit », comme ils s'étaient surnommés — jouaient au jeu de l'amour, mais jusqu'ici ils avaient tous réussi à éviter le mariage. Apparemment, Kit allait devoir garder Sebastian à l'œil.

— Tu essaies de changer de sujet parce que tu ne comprends pas de quoi je parle, dit ce dernier. Tu es malheureusement complètement inconscient de l'actualité.

— Je trouve l'actualité aussi sinistre que les études à l'université. Tu finiras par te rendre compte que j'ai raison. Maintenant, que dirais-tu d'aller au club ? Il fait un froid de canard, ici.

Sebastian haussa les épaules avec résignation.

— C'est toi qui as voulu faire un tour dans le parc.

— Je pensais que cela te changerait les idées.

— Comment un tour dans le parc pourrait-il me changer les idées, alors que j'ai tant de préoccupations ?

— Ah, fit Kit en hochant la tête d'un air grave. Tu veux parler de la question irlandaise ? Ou bien des grèves de professeurs ? Tu vois, moi aussi, je me tiens au courant de l'actualité. Mais tu te rends compte que tu ne sais parler que de ça ? Tu as toujours été plus sérieux que les autres, mais tu savais aussi être drôle de temps en temps, avant. Maintenant, tu te lamentes comme un chiot abandonné !

Un coup de poing dans l'épaule apprit à Kit que sa flèche avait atteint son but.

— Non, non. Pas de bagarre au club. Ils pourraient

croire que nous ne sommes pas de vrais gentlemen, dit-il en franchissant la porte de l'institution.

— En ce qui te concerne, ils auraient raison, espèce de parvenu vaniteux, marmonna Sebastian.

Le Turf Club était un des clubs les plus fermés dans une ville ne comptant que des établissements snobs. Kit et Sebastian en faisaient partie, car leurs pères en avaient été des membres éminents. Les boissons étaient les meilleures que l'on puisse s'offrir à Londres, les repas délicieux, quoique moins recherchés que chez Brooks. L'ambiance était aussi moins conviviale qu'au White's, mais ils se trouvaient heureux au Turf, où la plupart de leurs amis du Cénacle passaient leur temps. Les femmes, bien entendu, n'étaient pas admises.

— Alors, quelle est ton histoire avec la merveilleuse Victoria ? s'enquit Sebastian, quand ils furent assis dans la salle à manger. Est-elle susceptible d'entrer dans la famille Kittredge, ou bien t'amuses-tu simplement avec elle ?

Kit émit un bref ricanement.

— Ce n'est pas le genre de fille avec laquelle on s'amuse, crois-moi. Elle est beaucoup trop bien pour cela. En fait, je me lance dans quelque chose de tout à fait différent. Je lui ai offert mon amitié, et elle m'a donné la sienne en retour. Nous sommes copains. Des camarades. Et ça me plaît.

Sebastian haussa les sourcils.

— Vraiment ? Comment se fait-il que ta mère n'ait pas encore enclenché le stratagème classique pour te pousser au mariage ?

Kit se mit à rire. Chaque fois que sa mère pensait qu'il s'intéressait à une jeune fille, elle invitait celle-ci dans le domaine familial de Kittredge. Généralement, Kit mettait fin à la relation dans les jours suivants…

— Je crois que cette fois, elle va jouer la partie différemment. Ou alors, elle ignore que je vois Vic régulièrement.

— Si tu t'imagines qu'elle ne sait rien, tu te trompes, mon vieux. N'oublie pas que la mère de Colin lui sert de limier.

— J'ai encore plus peur de lady Charlotte que de ma propre mère, avoua Kit. Ce n'est pas peu dire.

— Nous avons *tous* peur d'elle, ajouta Colin, surgissant à côté d'eux.

Kit se leva et lui donna une tape sur l'épaule.

— Ce que je voudrais savoir, c'est pourquoi nous avons tous de vrais dragons comme mères. Pas une seule douce colombe dans le lot ! A croire que cette brave vieille Angleterre a produit toute une génération de harpies.

— Et que fais-tu ici, vieille branche ? lança Sebastian. N'es-tu pas censé poursuivre tes études à l'université ?

Pendant que les deux autres se mettaient à parler, Kit jeta un coup d'œil à sa montre. Il avait promis à Victoria de l'emmener à l'Opéra ce soir. Bien sûr, il ne s'attendait pas à tomber sur Colin et Sebastian. S'il dînait rapidement, il aurait tout juste le temps de refuser de les suivre dans une nuit de débauche, et d'aller la chercher. Il reprit le fil de la conversation alors qu'ils abordaient le sujet de l'Irlande.

— Oh ! bon sang, on n'en finira donc jamais avec les Irlandais ? Si les mots étaient des armes, ils seraient déjà tous morts et il n'y aurait plus de problème.

— Mais ne penses-tu pas..., dit Sebastian.

— *Non*, je pense aussi peu que possible. Et je m'en félicite.

— Ecoutez, écoutez, lança Colin, en faisant signe au valet de leur servir une nouvelle tournée. De quoi parliez-vous avant mon arrivée ?

— Des femmes, répondit Kit.

— De ta cousine, pour être précis, ajouta Sebastian.

— Laquelle ? Rowena, l'adorable tourmentée, ou bien la petite peste ?

Kit éclata de rire.

— La petite peste est beaucoup plus à mon goût.

— Je te conseille de faire attention à elle, répondit Colin.

— Je ne lui ferai jamais de mal, répliqua Kit, froissé.

— Non, je voulais dire que tu dois te méfier. Tu comprendras, quand je t'aurai dit quelque chose.

Il se pencha en avant d'un air de conspirateur, et les autres l'imitèrent.

— Ma mère elle-même met des gants avec elle.

Kit se renversa dans son fauteuil.

— On te la laisse, lui dit Sebastian en haussant les sourcils.

— Je t'ai déjà dit que nous étions seulement amis. Elle ne désire pas se marier, et moi non plus. Et c'est vrai, ajouta-t-il, en se rappelant la fois où Victoria avait mis en doute sa sincérité.

Elle l'avait frappé. Ou pincé, il ne savait plus trop. De fait, elle l'avait menacé, très sérieusement.

— Tu n'as plus qu'à espérer qu'elle ne change pas d'avis, dit Colin d'un ton malicieux.

— Je le souhaite, répondit Kit en levant son verre.

— J'ai vu l'adorable Rowena, il n'y a pas très longtemps. Ta mère l'avait obligée à l'accompagner dans ses visites, précisa Sebastian.

On leur servit le repas, et ils gardèrent le silence un moment, savourant leur traditionnelle tarte aux rognons et leur plat de frites et de poisson.

— Mère a pris Rowena sous son aile. La pauvre ne s'est toujours pas consolée d'avoir perdu sa femme de chambre, ou je ne sais quoi.

— Prudence n'était pas leur domestique ! protesta Sebastian. Ce n'était qu'une ruse ridicule que Rowena avait employée pour amadouer ton père.

Colin haussa les épaules, et Sebastian se tut.

— Eh bien, je ne sais pas au juste qui était cette fille, admit Colin, mais Rowena a autant de chagrin de l'avoir perdue qu'elle en a eu pour son père. Ne le répétez pas, mais Lainey est ravie, car grâce à Rowena elle subit moins de pression de notre mère. Tiens-toi sur tes gardes, Sebastian. Si tu n'épouses pas Elaine, nos mères te feront épouser Rowena.

Sebastian secoua la tête.

— Je l'emmènerai faire une promenade en voiture, histoire de ne pas la laisser dans leur ligne de mire. Si nous leur donnons un sujet de conversation, nos mères nous laisseront peut-être tranquilles quelque temps.

— Cela vaut le coup d'essayer, admit Colin, l'air peu convaincu.

Kit consulta de nouveau sa montre.

— Je suis désolé, mais je dois vous quitter. J'ai un autre rendez-vous.

— Quoi ? Tu renonces à une soirée de débauche et de décadence avec tes amis ? Ce ne peut être que pour une femme ! s'exclama Colin.

Kit sourit mais ne dit rien. Tout le monde croyait que Victoria était chez des amis, et ils avaient décidé que c'était très bien ainsi. Trop de commérages circulaient déjà à leur sujet, il était inutile d'ajouter de l'huile sur le feu. Vic lui avait promis que personne ne la reconnaîtrait ce soir. Il avait hâte de savoir ce qu'elle voulait dire.

— Je n'arrive pas à croire que tu nous laisses tomber pour une femme, poursuivit Colin. Elle doit te mener par le bout du nez.

— Pas du tout ! Je lui ai juste promis de l'emmener quelque part.

— Mais tu peux au moins boire un autre verre avec nous ?

Kit regarda sa montre encore une fois.

— Encore un, peut-être.

Il dirait à son chauffeur d'aller plus vite. Ils n'auraient que quelques minutes de retard, et Vic ne serait pas trop fâchée. Et puis une petite contrariété ne lui ferait pas de mal, à cette *prima donna*.

Son retard était plus considérable que prévu, constata-t-il un peu plus tard quand son chauffeur le déposa devant une maison de Camden Town. Un peu trop tard, il se rappela que Victoria avait eu une journée épouvantable, et que c'était justement pour cette raison qu'il lui avait promis de l'emmener à l'Opéra.

Les sourcils froncés, il contempla le papier dans sa main, sans parvenir à le déchiffrer. Il avait beaucoup trop bu. Le chauffeur lui désigna la porte de l'immeuble.

— Je crois que c'est en haut, monsieur.

— Oui, je sais, grommela-t-il.

Il ouvrit la porte d'entrée et s'engagea dans l'escalier étroit. En atteignant le palier, il constata qu'il y avait des logements de part et d'autre du couloir.

— Bigre.

Il jeta un coup d'œil en bas, mais la porte s'était refermée derrière lui, et le chauffeur n'était plus là pour l'aider.

Il scruta la pénombre. Les portes étaient numérotées… Malgré ses efforts, il ne parvint pas à voir ce qui était écrit sur le papier. Elle voulait peut-être qu'il devine où elle logeait ? *Quelle friponne !* songea-t-il en souriant. Une douce, une adorable friponne.

Qui allait être très, très en colère. Il contempla les portes de nouveau, perplexe. Il avait une chance sur deux de tomber juste. Et une chance sur deux de se tromper.

Kit n'aimait *pas* se tromper.

Aussi, plutôt que de frapper à une porte au hasard, il décida d'appeler, à voix basse tout d'abord.

— Victoria ! Victoria ?

N'obtenant aucune réponse, il se mit à hurler :

— Victoria !

Oups. C'était un peu fort, cette fois.

Une porte s'ouvrit à droite. Ce n'était pas Victoria, mais une femme grande et maigre, aux yeux noirs, à l'air furieux. Elle portait une robe de chambre rose trop courte pour elle.

— Je cherche Victoria, annonça-t-il, avec autant de dignité que possible.

— Je sais, espèce de gros balourd. Tout le monde dans la maison vous a entendu. Vous arrivez trop tard, elle est allée se coucher.

Mais ils étaient censés aller à l'Opéra !

— Ce n'est pas possible ! Nous devions sortir.

— C'était il y a trois heures ! Maintenant, vous allez redescendre et rentrer chez vous.

Kit s'appuya au chambranle, un peu étourdi.

— Il y a... trois heures ? Vous êtes sûre ? Oh ! non ! Elle a eu une journée terrible. Je voulais lui faire oublier.

— C'est trop tard, dit la femme, d'une voix radoucie. Allez, partez avant de vomir dans mon couloir.

— Je parie qu'elle est très en colère, n'est-ce pas ?

— Vous ne pouvez pas imaginer, lui répondit-elle avec un rire bref.

Elle referma la porte, et l'espace d'un instant Kit eut envie de donner un grand coup de pied dans le battant de chêne, juste pour montrer que ça lui était égal, que Victoria soit en colère. Ce n'était pas comme s'il y avait eu... *quelque chose* entre eux. Il regagna l'escalier, qui lui parut d'une hauteur aussi vertigineuse que l'Everest. Les femmes étaient idiotes. Et qui avait besoin d'elles, de toute façon ? Elles n'étaient rien. Juste des copines. Des meilleures amies.

— Les femmes sont idiotes, énonça-t-il à haute voix.

En s'adossant au mur et en tenant la rampe à deux

mains, il parvint à descendre les marches sans trébucher. Son chauffeur surgit de la berline dès qu'il eut ouvert la porte d'entrée.

— Maintenant, vous êtes là, dit Kit, en se laissant guider jusqu'à la voiture.

— Je vous demande pardon, monsieur ?

— Non, rien.

Kit leva les yeux vers les fenêtres. Il crut voir quelqu'un regarder derrière la vitre, mais ce n'était sans doute qu'un effet de son imagination.

— Je m'en moque ! hurla-t-il en s'affaissant sur les confortables sièges en cuir. Je m'en moque, bon sang, marmonna-t-il encore.

Mais il avait le sentiment que le lendemain matin, il regretterait amèrement ce qu'il avait fait.

7

Après une nuit sans sommeil, au cours de laquelle elle avait imaginé différentes façons d'humilier Kit pour se venger, Victoria s'assit, encore bouillante de rage, à la table de cuisine des Dixon.

La veille, quand Victoria avait frappé à leur porte, Muriel n'attendait pas de visite. Mais un coup d'œil à ses yeux rouges et gonflés avait suffi pour la décider, et elle l'avait fait entrer avec ses deux malles. Après l'avoir installée devant une assiette de crêpes et une tasse de thé bien chaud, elle avait écouté son histoire, l'accompagnant de temps à autre d'un petit claquement de langue censé exprimer sa compassion. Lorsque Katie était arrivée avec les autres filles, Muriel leur avait répété toute l'histoire, les yeux brillants d'indignation, tandis que Victoria soupirait d'un air accablé. Elles élaborèrent plusieurs projets de vengeance, et finirent par reconnaître que la meilleure revanche pour Victoria serait d'obtenir un succès éclatant auprès d'une autre société d'édition.

Ce plan étant beaucoup moins enthousiasmant que les diverses suggestions de vendetta, Victoria se retrouva seule pour y réfléchir. Mais ce n'était pas grave. Avec Kit, elle y parviendrait.

Mais Kit n'était pas venu.

Victoria serra les poings. Un mois auparavant, elle n'aurait pas cru cela possible. Comment imaginer qu'il passerait la soirée à boire avec ses amis, alors qu'il avait promis de l'emmener à l'Opéra ? Ce n'était même pas elle qui avait demandé à y aller, c'était *lui* qui le lui avait proposé, pour l'aider à reprendre courage. Non seulement il ne s'était pas présenté comme convenu, mais encore il était passé des heures plus tard, et avait fait une scène horrible dans le hall comme un vulgaire travailleur des docks.

Avant de partir au travail, les autres filles lui assurèrent qu'elles avaient toutes eu des soupirants qui avaient fait bien pire que cela. Elles ne voulurent pas croire Victoria quand elle leur expliqua que Kit n'était pas son amoureux, qu'il était seulement son meilleur ami — ce qui selon elle aggravait encore la situation.

Lottie, la seule qui n'était pas partie travailler comme les autres, se servit une tasse de thé et s'assit face à Victoria en la dévisageant avec curiosité.

— Tu sais, ça ne sert à rien de te lamenter, et ça ne le ramènera pas. Tu es bien mieux sans lui. Les hommes ne valent rien. Ils ne viennent au monde que pour propager l'espèce et tenir les femmes en esclavage.

Victoria observa Lottie. Celle-ci semblait plus âgée que les autres filles, et avait des traits taillés à la serpe. Ses cheveux étaient tirés en arrière, sans coquetterie, et ses lèvres formaient une ligne dure. Elle ne devait pas sourire souvent.

— Comment se fait-il que tu n'ailles pas travailler ?

— J'ai une journée de congé.

Lottie pencha la tête de côté, sans quitter Victoria des yeux.

— Je vais déjeuner avec une amie. Elle est le chef d'une organisation, dont je fais partie. Les Suffragettes for Female Equality[1]. Tu peux venir avec moi, si tu veux. Tu es suffragette ?

— Oh ! oui, affirma Victoria. Ma sœur et moi sommes membres de la National Union of Women's Suffrage Societies.

Lottie ricana.

— Quoi ? fit Victoria.

— Rien. C'est une bonne organisation… pour les dames qui ne veulent pas se salir les mains, lui rétorqua Lottie avec un regard de défi.

— Oh ! mais je ne crains pas de me salir les mains. En fait, je ne recule pas devant grand-chose.

— C'est bien. Alors, tu peux venir.

Victoria accepta l'invitation d'un sourire, bien qu'en réalité elle eût préféré rester pour attendre une lettre d'excuses de Kit. Elle savait que la missive ne tarderait pas à arriver, ce n'était qu'une question d'heures. Bien sûr, si son chauffeur apprenait à Kit que « Mlle Victoria était sortie » quand il remettrait la lettre, ce serait encore mieux.

— Merveilleux. Où irons-nous déjeuner ? Suis-je habillée convenablement ?

Lottie esquissa une moue, et Victoria détecta un brin de moquerie dans son expression. Il fallait espérer que son amie était un peu plus gentille qu'elle… Et du moins, qu'elle n'avait pas une tête à faire tourner le lait.

Un peu plus tard, assise dans le jardin d'hiver de chez Frascati, elle eut le sentiment douloureux que Lottie et elle, avec leurs sobres ensembles noirs et chemisiers blancs, étaient loin d'être assez élégantes pour le lieu. Impressionnée par le somptueux décor d'or et d'argent, agrémenté de palmiers en pots, Lottie gardait un silence

1. Suffragettes pour l'égalité des femmes.

obstiné. Victoria n'aimait *pas* le silence. Restait à espérer que l'amie de Lottie était plus loquace… Si Kit avait été là, il lui aurait glissé des remarques narquoises sur les clients guindés et l'aurait fait rire. Avec un bref soupir, elle se tourna vers Lottie.

— Parle-moi de ton amie.

Curieusement, Lottie s'agita et détourna les yeux.

— Elle s'appelle Martha, finit-elle par dire, comme à contrecœur.

— Et que fait votre organisation ?

— Nous luttons contre l'oppression.

— De quelle manière ?

— En ce moment, nous nous concentrons sur l'élaboration de notre journal.

— Oh ! vraiment ? s'exclama Victoria en se penchant en avant. Qui sont vos lectrices ?

— Martha t'en parlera. Elle saura répondre à toutes tes questions, et te dira ce que tu peux faire pour nous aider. Si tu le désires, naturellement.

Ces derniers mots furent prononcés d'un ton ironique, et les joues de Victoria s'empourprèrent. De toute évidence, Lottie la prenait pour une timorée.

A cet instant, une femme brune et élancée, vêtue d'une robe en velours et dentelle lie de vin, posa la main sur l'épaule de Lottie.

— Je suis désolée d'être en retard. Je ne vous ai pas fait attendre trop longtemps ?

— Pas du tout, répondit Lottie, esquissant pour la première fois un sourire. Martha, je vous présente Victoria Buxton. *L'honorable* Victoria Buxton, pour tout dire. Elle a une histoire à vous raconter. Victoria, voici Martha Long, fondatrice du mouvement des Suffragettes for Female Equality.

Les yeux écarquillés, Victoria contempla la femme élégante qui se tenait devant elle.

— Enchantée de faire votre connaissance.

Avec un sourire charmant, Martha prit place devant la jolie petite table recouverte d'une nappe de lin.

— Nous ne tenons pas compte des titres dans notre organisation, mais je suis enchantée aussi. Racontez-moi votre histoire, et je verrai si elle mérite une première page ou non. Lottie a tendance à exagérer.

Elle accompagna ces paroles d'un sourire, afin de ne pas paraître blessante.

Victoria inclina la tête, charmée par le ton agréable et l'accent cultivé de Martha. Il n'était peut-être pas question de titres de noblesse dans l'organisation, mais Victoria aurait juré que son interlocutrice était d'aussi bonne naissance qu'elle-même. Elle lui raconta sa mésaventure avec le rédacteur en chef de *La Revue du botaniste*, et Martha sortit un crayon et un petit carnet de son sac, afin de prendre des notes.

Elles s'interrompirent un instant, lorsqu'un serveur s'approcha avec des plateaux en argent garnis d'un assortiment de délicats sandwichs, et une assiette de petits scones. Lottie se chargea de servir ses compagnes, tandis que Martha dévisageait Victoria, les yeux étincelants.

— Votre nom est Buxton ? Et vous dites que votre père était un botaniste estimé ?

Victoria acquiesça.

— Il a été récompensé pour son travail. Je ne suis pas sûre que nous devrions mentionner mon nom, ajouta-t-elle, légèrement mal à l'aise.

Elle ne savait pas que Lottie l'avait emmenée ici pour une interview. L'idée d'avoir un article dans un journal était très excitante, mais elle avait le sentiment que son oncle et sa tante seraient moins enthousiastes qu'elle à cette perspective…

Martha sembla lire dans ses pensées.

— Je ne pense pas que les Buxton seront ravis d'être livrés à la curiosité du public.

— Vous connaissez ma famille ? demanda Victoria en fronçant les sourcils.

— Mmh...

Martha jeta quelques mots sur son carnet, et reprit :

— Cette histoire mérite certainement un article, mais je ne sais pas si elle doit faire la première page, ou être l'objet d'un éditorial.

— Si je comprends bien, vous êtes la directrice du journal ?

— Entre autres, répondit Martha. Il y a tant de choses à entreprendre pour promouvoir notre cause. Il nous est absolument impossible de tout faire nous-mêmes.

Victoria hocha la tête, songeant aux réunions de suffragettes auxquelles elle avait assisté par le passé. Le militantisme ne lui était pas étranger. Son père et ses amis avaient toujours eu une cause à soutenir, comme les droits des travailleurs par exemple. Elle avait tiré quelques enseignements de leurs discussions animées :

— Il faut lever des fonds, éduquer les personnes, avoir un modérateur chargé d'assouplir les relations entre les différents groupes de suffragettes, un comité chargé d'aller sur le terrain... et enfin, savoir que les gens ne peuvent pas travailler pour vous, ni voter, si leurs enfants meurent de faim, dit-elle.

Les yeux sombres de Martha se mirent à briller.

— Vous en savez déjà beaucoup sur nos difficultés, Victoria. Puis-je vous appeler par votre prénom ?

Victoria répondit d'un signe de tête, et Martha poursuivit :

— Il est difficile de tout faire, mais la cause est tellement *importante* !

Sa voix vibrait de passion. Victoria était fascinée

par cette femme au charisme indéniable, qui désirait profondément voir le monde changer.

— Comment vous êtes-vous engagée dans ce mouvement ? demanda-t-elle.

— Je suggère que nous prenions d'abord le thé, répondit Martha.

Victoria mordit docilement dans le petit sandwich au cresson que Lottie avait déposé dans son assiette.

— Ce n'est pas juste. Moi, je vous ai raconté mon histoire.

Elle déglutit, en songeant à la dernière fois qu'elle avait employé cette expression. L'espace d'une seconde, elle se demanda ce que faisait Kit en ce moment, mais elle se ressaisit aussitôt et reporta son attention sur Martha.

Celle-ci arqua les sourcils, l'air amusé.

— La justice est donc quelque chose d'important pour vous, n'est-ce pas ? Quel âge avez-vous ?

Victoria eut une brève hésitation, puis haussa les épaules. Elle n'avait aucune raison d'avoir honte de ce qu'elle était.

— J'aurai dix-neuf ans le mois prochain.

— Je comprends pourquoi vous voudriez encore que le monde soit juste, dit Martha en souriant. Donc, que voulez-vous savoir, exactement ?

Les joues de Victoria se colorèrent, et elle s'éclaircit la gorge.

— Comment vous appelez-vous et quel est le titre de votre père ?

Déconcertée, Martha tressaillit, puis l'observa en plissant les yeux.

— Oh ! je ne m'attendais pas à cela. Je parviens parfaitement à cacher mon identité, d'habitude — excepté avec les gens de ma classe sociale. C'est pourquoi je les évite comme la peste !

Martha repoussa son assiette et ouvrit une minaudière

ivoire au fermoir doré. Elle en sortit une cigarette qu'elle alluma, à la consternation des autres clients. Mais elle avait tant d'assurance qu'elle semblait mettre quiconque au défi de lui faire une remarque.

— Excusez-moi, dit-elle en relevant la tête. Vous en voulez une ?

Lottie et Victoria refusèrent d'un signe de tête. Craignant de passer pour une bégueule, Victoria ajouta :

— J'ai de l'asthme, et la fumée semble accentuer les crises.

Elle buta sur le mot *asthme,* et sa gorge se serra quand elle le prononça.

— J'aime surtout l'odeur, remarqua Martha en exhalant un nuage de fumée. Pour en revenir à votre question, mon vrai nom est Béatrice Martha Longstreet. Mon père est comte.

Victoria arqua un sourcil. Les Longstreet appartenaient effectivement à l'aristocratie, mais ils n'évoluaient pas dans les mêmes cercles que les Buxton.

— Comment une Longstreet en est-elle venue à diriger une organisation de suffragettes ?

— Et comment une Buxton en est-elle arrivée à solliciter un job dans une revue de botanique ? lui rétorqua Martha.

Lottie se mit à rire. Un instant prise de court, Victoria rit à son tour.

— Touché !

Elle voulut payer son thé, mais Martha l'en empêcha.

— Vous m'avez fourni une excellente histoire pour mon journal, et je vous suis redevable. Laissez-moi vous raccompagner chez vous avec Lottie.

A la grande surprise de Victoria, Martha se dirigea vers une petite Saxon Motor Car. Elle fut encore plus étonnée en voyant Martha tourner la manivelle, puis grimper à la place du chauffeur.

— Montez ! lança-t-elle avec un sourire en coin. Désolée, il n'y a pas beaucoup de place. Je trouve qu'une petite voiture est plus pratique.

Martha traversa sans difficulté les rues étroites, encombrées par les piétons et les chevaux. Puis, appuyant sur l'accélérateur, elle se dirigea vers l'est de la ville.

— Cette voiture fait partie des rares luxes auxquels je n'ai pas voulu renoncer quand j'ai créé l'organisation, dit-elle, en parlant assez haut pour dominer le ronflement du moteur. Je me déplace plus vite, et je peux reloger les femmes dans le besoin plus facilement qu'en prenant le métro ou un taxi. En plus, j'adore conduire !

Elle prit un virage un peu trop vite, manquant renverser une femme qui traînait une charrette pleine de poulets. Victoria agrippa la poignée en riant. Martha lui lança un coup d'œil en coin, puis rit avec elle.

Le voyage se poursuivit, Martha conduisant à tombeau ouvert dans les rues étroites de Londres. Victoria se cramponnait à Lottie, mais celle-ci semblait imperturbable. Peut-être était-elle habituée. Victoria éprouva une bouffée d'envie. Elle aurait aimé elle aussi conduire à toute allure, être indépendante, changer le monde. Quand elles s'arrêtèrent devant la maison où vivait Katie, elle descendit de la voiture à regret. Elle aurait aimé que cette journée ne finisse jamais.

Martha lui tendit la main.

— Venez nous voir au siège, mon petit. Lottie vous emmènera. J'aimerais vous montrer le travail que nous accomplissons. C'est tellement important.

— Je viendrai avec plaisir.

Un sourire illumina le joli visage de Martha. Pour la première fois depuis son arrivée à Londres, Victoria eut l'impression d'être quelqu'un de spécial, qui avait de la valeur.

— Merveilleux. Je pense que vous pourriez jouer

un rôle important dans notre cause, Victoria. Je suis enchantée de vous avoir rencontrée.

Victoria suivit des yeux la voiture qui s'éloignait à toute allure. Un frisson d'excitation lui parcourut le corps. Elle avait l'impression d'être sur le point de se lancer dans une grande aventure. Peut-être même l'aventure qu'elle avait cherchée toute sa vie.

8

Rowena resserra l'écharpe qui protégeait son cou.

— Merci de m'avoir invitée à sortir. Summerset devient parfois un peu étouffant.

Sebastian lui adressa un sourire en coin.

— Je regrette seulement que le temps ne soit pas plus agréable. Difficile d'apprécier le paysage quand les vitres sont couvertes de givre. Que diriez-vous de renoncer à la promenade et d'aller plutôt en ville prendre le thé ?

Elle accepta d'un signe de tête, et quelques minutes plus tard ils se garèrent devant la Freemont Inn.

— Oh ! dit-elle, si doucement que Sebastian ne l'entendit pas.

C'était l'endroit où elle avait retrouvé Jon, avant qu'il ne l'emmène à bord de son avion. Il ne lui avait toujours pas écrit, et elle se demandait si sa famille lui avait parlé de sa visite. Parfois, elle se disait qu'il avait dû oublier jusqu'à son existence.

Sebastian ouvrit la porte et ils s'engouffrèrent dans l'auberge pour échapper au vent du nord glacial qui s'était levé.

— Il gèle ! s'exclama-t-elle en riant.

Elle déroula son écharpe et se figea soudain. Son cœur fit un bond.

Jonathon.

Enfin non, pas Jonathon, mais M. Dirkes. Et quand

M. Dirkes était quelque part, Jonathon n'était jamais bien loin. Aussi ne fut-elle pas étonnée quand elle le vit émerger du salon. Leurs regards se croisèrent aussitôt, et le visage de Jon s'illumina de plaisir. A côté d'elle, elle entendit Sebastian dire quelque chose, mais elle n'y prêta pas attention, entièrement concentrée sur le visage de Jonathon. Comme chaque fois qu'elle le voyait, le monde passa d'un gris terne et uniforme à un bouquet de couleurs éclatantes.

Il se précipita à leur rencontre. Sebastian voulut prendre le bras de Rowena, mais elle se dégagea pour courir vers Jonathon. Ils s'arrêtèrent l'un en face de l'autre et demeurèrent face à face, l'air gauche, ne sachant que faire. Puis il lui prit les mains et les embrassa. Elle frissonna, ses joues s'embrasèrent, et ils se fixèrent, captivés.

— Eh bien, cela serait un petit peu embarrassant si mon cœur n'était déjà pris par quelqu'un d'autre, dit Sebastian en s'approchant d'elle.

Jon le dévisagea et relâcha à regret les mains de Rowena.

— En effet, mon cher. Mais puisque vous vous intéressez à une autre personne, je serai très heureux de faire votre connaissance. Je m'appelle Jonathon Wells. M. Douglas Dirkes, que voici, est à la fois mon ami et mon employeur.

M. Dirkes serra la main de Rowena.

— Je vous présente mon ami, lord Sebastian Billingsly. Avez-vous déjà déjeuné ? s'enquit-elle, incapable de lâcher Jon des yeux.

— Non, nous venions juste de nous asseoir. Joignez-vous à nous, je vous en prie, déclara M. Dirkes en les conduisant à leur table. Ajoutez deux couverts, dit-il à l'intention du serveur. Mademoiselle Rowena, n'en voulez pas à notre ami, c'est ma faute s'il est resté absent si longtemps. Nous avons reçu une importante commande d'avions, et nous avons été très occupés.

— Je suppose que vous ne l'avez pas non plus autorisé à m'écrire, répliqua Rowena d'un ton acerbe.

Jon lui avait pris la main sous la table, et il la serra vigoureusement quand elle prononça ces mots.

— Pour que votre oncle et votre tante apprennent que nous étions proches ?

Les joues de Rowena s'empourprèrent. Donc, il considérait qu'ils étaient proches, n'est-ce pas ? Il lui pressa de nouveau la main, mais avec plus de douceur. Rowena fut troublée par sa propre audace. Oser tenir la main d'un homme sous la table !

— Je suppose que ce ne serait pas raisonnable, en effet.

— Dois-je comprendre que votre famille n'approuverait pas ? s'enquit Sebastian avec curiosité.

— Pas plus que la vôtre n'approuvait votre penchant pour Prudence.

Une ombre passa dans les yeux de Sebastian, et Rowena regretta aussitôt ses paroles.

— Je suis désolée, Sebastian, je n'aurais pas dû dire cela.

— Ce n'est pas grave, répondit-il, crispé. Je comprends ce que vous voulez dire. Ma famille n'aurait pas approuvé, mais je l'aurais épousée tout de même, si elle m'avait donné une chance.

Un silence gêné suivit ces paroles, puis Sebastian se tourna vers M. Dirkes.

— Vous construisez des avions ?

La conversation s'orienta vers les affaires, et Rowena concentra de nouveau son attention sur Jon. Celui-ci lui caressait doucement les doigts, et elle avait du mal à rassembler ses idées.

— Combien de temps allez-vous passer chez vous ? lui demanda-t-elle à mi-voix.

— A peine une semaine. Aimeriez-vous remonter en avion ?

Elle se rapprocha légèrement de lui.

— Je n'ai pas cessé d'y penser, depuis la dernière fois.

— Vous n'avez pensé qu'à cela ?

— Non. Vous le savez bien.

Il rit doucement, et Rowena reporta son attention sur la conversation.

— Vous devriez monter dans l'un de leurs avions, Sebastian. Je suis sûre que cela vous plairait.

— En effet, j'aimerais beaucoup essayer.

Rowena pressa la main de Jon et lui lança un regard entendu.

— Demain, cela vous irait ? suggéra-t-il à Sebastian en se penchant en avant. Vous pourriez passer chercher Rowena, pour qu'elle vous montre le chemin.

Sebastian comprit immédiatement où ils voulaient en venir.

— Cela vous permettrait de vous voir, n'est-ce pas ? Très bien, je peux le faire. Mais en compensation, je tiens à mon voyage en avion.

— Marché conclu ! déclara Jon en lui tendant la main.

A ce moment le repas fut servi et ils passèrent à d'autres sujets de discussion, mais Rowena s'intéressa à peine à ce qui se disait. Jon était à côté d'elle et lui tenait la main. C'était tout ce qui comptait.

— Un petit oiseau m'a dit que vous aviez rendu une visite-surprise à Wells Manor, il y a quelque temps.

Rowena baissa les yeux vers son assiette. Son gâteau lui parut soudain aussi fade que du sable quand elle imagina ce que le frère de Jon avait dû lui dire.

— Et qui était ce petit oiseau ?

— Cristobel. Elle m'a dit que vous n'étiez pas restée longtemps, mais que vous aviez promis de revenir et de dîner avec nous. Pouvons-nous arranger cela pour un jour de la semaine ?

— Peut-être.

Elle leva enfin les yeux vers lui. Son cœur manqua

un battement. S'habituerait-elle un jour au bleu intense de ses yeux ?

— Je suis désolée d'être allée là-bas. J'étais inquiète de ne pas avoir de nouvelles…

Il lui pressa encore une fois la main et se pencha pour murmurer :

— Ne doutez plus de moi, d'accord ? Même si je ne peux pas vous contacter, rappelez-vous que je reviendrai toujours vers vous.

Les paroles étaient claires, mais ressemblaient plus à un vœu pieux qu'à une demande en mariage.

Le repas se termina trop vite au goût de Rowena, mais elle savait qu'elle reverrait Jon le lendemain. Elle pouvait supporter n'importe quoi, si chaque soir en se couchant elle *savait* qu'ils allaient se revoir. Il lui prit le bras, en un geste possessif, quand ils retournèrent à la voiture. Sebastian et M. Dirkes s'écartèrent discrètement. Sebastian tourna la manivelle, et leur conversation fut étouffée par le bruit du moteur.

Jon scruta le visage de Rowena. Bien que le pâle soleil d'hiver fût déjà très bas dans le ciel, elle voyait la flamme qui brillait dans ses yeux bleus. Il s'inclina vers elle, comme si la distance qui les séparait était trop importante. Puis sans prévenir, il pressa les lèvres contre les siennes. Comme la première fois, ils étaient dans un lieu public, mais cette fois Rowena n'eut aucune hésitation. Elle lui rendit son baiser, et les secondes s'égrenèrent en un moment d'éternité. Puis Jon s'écarta en riant doucement.

— A demain.

— A demain, murmura-t-elle.

Le lendemain matin, quand Rowena fit son apparition dans la salle à manger, sa tante était assise à la table du petit déjeuner. Elaine lui lança un regard d'avertissement. Rowena eut l'impression que son cœur cessait de battre.

— Bonjour, dit-elle à sa tante et à sa cousine.

Elle interrogea Elaine du regard, et celle-ci haussa les épaules d'un air d'ignorance.

Elle n'obtiendrait pas d'aide de ce côté.

Le petit déjeuner était servi comme un buffet, et les plats disposés sur une desserte, afin que chacun puisse descendre manger à l'heure qui lui convenait. Son oncle déjeunait le premier car il se levait tôt pour travailler. Tante Charlotte descendait rarement car elle préférait déjeuner confortablement dans sa chambre. Elle ne faisait une apparition que lorsqu'ils avaient des invités. Aussi sa présence aujourd'hui était-elle tout à fait inhabituelle et extrêmement suspecte.

Rowena était affamée, et même la présence de sa tante ne pouvait lui couper l'appétit. Elle se servit une coupe de fraises avec un peu de crème fraîche, et quelques harengs sur une épaisse tranche de pain beurrée. Son père adorait les harengs au petit déjeuner. Sa gorge se serra quand elle pensa à lui, mais son angoisse s'était un peu dissipée. Il n'aurait pas voulu qu'elle soit malheureuse.

Elle s'assit à table et se mit à manger de bon cœur.

— Je ne pense pas qu'il fera aussi froid qu'hier, dit-elle à sa cousine et à sa tante.

Cette dernière sourit poliment et continua de lire son journal. Elaine secoua la tête.

— Non. Grâce au ciel, le vent a cessé. J'ai cru que le toit allait s'envoler la nuit dernière.

Son regard passa plusieurs fois de sa mère à Rowena. Des années passées auprès de tante Charlotte lui avaient appris à la connaître et son malaise était perceptible. Quand elle était en présence de sa mère, la Elaine drôle et espiègle disparaissait, ne laissant plus voir que la petite fille gauche et timide d'autrefois.

Rowena lui adressa un sourire encourageant et décida de prendre le taureau par les cornes.

— Que nous vaut le plaisir de votre présence ce matin, tante Charlotte ? demanda-t-elle, imitant presque à la perfection le ton effronté de Victoria.

Sa tante posa son journal et darda sur Rowena un regard sévère. Cette dernière détestait les conflits. Ceux-ci la terrifiaient presque autant que sa tante. Elle contempla fixement ses harengs, l'appétit soudain coupé.

— Je me disais qu'il était temps que nous ayons une petite conversation, ma chère. Quand vous êtes venues vivre ici, ta sœur et toi, je me suis rendu compte que nous avions perdu un temps considérable, parce que ton cher père préférait vous emmener à l'étranger plutôt que de passer du temps avec nous, à Summerset.

— Mais nous venions chaque été…

Tante Charlotte leva une main pour l'interrompre.

— Oui, je sais. Mais vous consacriez beaucoup de temps à vos divertissements et nous n'avons jamais pu devenir aussi proches que je l'aurais souhaité. A présent, tu es une jeune femme, et il est trop tard pour que j'envisage de prendre la place d'une mère dans ta vie.

Rowena risqua un coup d'œil en direction de sa tante, mais celle-ci ne la regardait pas. Son regard était fixé au loin, et un léger pli se dessina sur ses lèvres, comme si elle évaluait toutes les opportunités perdues. Elaine semblait aussi perplexe que Rowena. *Où sa tante voulait-elle en venir ?* se demanda-t-elle, en proie soudain à un mauvais pressentiment.

— Aussi, lorsque j'entends ce que l'on m'a rapporté hier sur ta conduite, eh bien… je ne sais vraiment pas comment réagir…

Les yeux d'Elaine s'arrondirent, et Rowena se tassa dans son fauteuil.

— Ma tante…

Cette dernière poursuivit, comme si elle ne l'avait pas entendue :

— Et bien que je sois, naturellement, horrifiée par un tel comportement en public, et certaine que cela ne se reproduira plus, je suis surtout profondément blessée que tu ne m'aies pas dit que tu étais fiancée à Sebastian.

Rowena se figea. *Sebastian ?* Un comportement en public ? De quoi sa tante l'accusait-elle donc ? Son visage s'enflamma. *Oh mon Dieu.* Comme Sebastian était venu la chercher en voiture, sa tante était persuadée que c'était *lui* qui l'avait embrassée devant l'auberge. Mais qui lui avait rapporté cet incident ?

— Oh ! non, ma tante, nous ne sommes pas…

Tante Charlotte posa sa tasse si brusquement que le thé se renversa sur la nappe.

— Que veux-tu dire ? Ne me dis pas qu'il s'est permis de telles libertés en public, alors que vous n'êtes même pas fiancés ?

Rowena leva les mains devant elle en signe de protestation.

— Non, bien sûr que non.

— Je l'espère. Vous êtes trop bien élevés pour cela tous les deux, et les commérages se sont répandus dans toute la ville comme une traînée de poudre. Dans une *auberge,* par-dessus le marché !

Lady Charlotte n'ajouta pas qu'il y avait des chambres dans cet établissement, mais Rowena comprit que cette pensée l'avait traversée. Elle chercha de l'aide du côté d'Elaine, mais sa cousine semblait toujours pétrifiée, hésitant entre le rire et les larmes. Rowena ferma un instant les yeux. Dieu lui pardonne son mensonge.

— Nous n'en avons pas encore parlé, car Sebastian voudrait d'abord s'entretenir avec mon oncle. Il m'a juste fait sa demande, et… je suppose que nous nous sommes laissé emporter, murmura-t-elle en fixant pudiquement la nappe.

Il y eut un silence, comme si sa tante cherchait à évaluer sa sincérité. Rowena espéra que sa petite scène était convaincante.

— Eh bien, je comprends que cela ait pu arriver, ma chère. Mais cela nous place dans une situation un peu inconfortable, car il nous faudra annoncer les fiançailles le plus vite possible, avant que les ragots ne se soient répandus. Pour l'instant, tout Summerset ne parle que de cela, mais il faut faire une annonce officielle avant que quelqu'un n'en entende parler en dehors du village.

Tante Charlotte posa sa main sur celle de Rowena.

— Je ne peux te dire à quel point cette nouvelle me réjouit. J'ai espéré quelque temps qu'Elaine et Sebastian formeraient un couple, mais tu feras une bien meilleure épouse pour lui qu'Elaine.

Rowena sourit faiblement, tandis que sa cousine levait les yeux au ciel. Mon Dieu ! Dans quoi venait-elle de s'embarquer ? Et Sebastian ? Qu'allait-elle dire à Sebastian ?

A cet instant, Cairns entra et annonça :

— Lady Summerset, lord Billingsly est là.

Sebastian entra sur ses talons.

— Je suis désolé d'arriver à une heure aussi matinale, mais je voulais bien commencer la journée, et n'en dites pas un mot à mère, mais vos petits déjeuners sont incomparables.

Rowena eut envie de disparaître sous terre.

Elaine lui lança un bref coup d'œil, et se leva.

— Je veux être la première à te souhaiter la bienvenue dans notre famille ! s'écria-t-elle en se jetant au cou du jeune homme. Tu en as toujours fait partie, bien sûr, mais maintenant c'est définitif !

Elaine embrassa Sebastian sur la joue, et Rowena la vit lui chuchoter quelque chose à l'oreille.

— Mon cher garçon, déclara tante Charlotte en se levant. Quelle charmante surprise vous nous avez préparée ! Je ne me doutais de rien.

Il l'embrassa gauchement, tout en jetant à Rowena un regard paniqué. Celle-ci haussa les épaules, désemparée. Elle avait l'impression d'être embarquée dans un train lancé à pleine vitesse, sans possibilité de sauter en route.

— Cependant, nous sommes confrontés à un dilemme. Mon époux est sorti tôt ce matin, et ne reviendra que dans l'après-midi. Vous pourrez le voir à ce moment. Votre mère est-elle au courant ? Non ? Oh ! quel dommage ! J'aurais tellement voulu organiser la fête de fiançailles avec elle par téléphone ! Tant pis, cela attendra. Vous lui parlerez ce soir et je viendrai à Eddelson dès demain. Ce sera bien plus agréable de bavarder de vive voix. Voyons, que comptez-vous faire aujourd'hui ?

Si Rowena était étourdie par le flot de paroles de sa tante, Sebastian lui, semblait carrément avoir la nausée. Aussi décida-t-elle de prendre les choses en main.

— Nous allons faire une promenade en voiture. Nous pensions aller passer l'après-midi à Norwich. Nous reviendrons assez tôt pour que Sebastian ait le temps de parler à mon oncle.

— Emmenez Elaine avec vous. Après la scène d'hier, il ne faut pas que l'on vous voie de nouveau seuls ensemble.

Sebastian eut un pâle sourire.

— Je veux bien leur servir de chaperon ! Laissez-moi le temps de me changer, déclara Elaine.

Elle sortit, et tante Charlotte tapota le bras de Rowena.

— Je te répète que je suis enchantée du tour qu'ont pris les événements. Je vais commencer à préparer ton trousseau.

Puis elle sortit à son tour et, pour la première fois depuis qu'ils étaient « fiancés », Sebastian et Rowena se retrouvèrent en tête à tête. Il la prit par le bras et l'entraîna dans le salon, où ils pouvaient parler sans être dérangés.

— Que diable signifie tout cela ? demanda-t-il en refermant la porte derrière eux.

Rowena se laissa tomber dans une affreuse bergère à oreilles rose, et posa une main sur son front.

— Je suis désolée. Je suis tombée dans ce piège ce matin, en descendant prendre mon petit déjeuner.

— Croyez-moi, je comprends ce que vous ressentez, répondit-il d'un ton neutre. Je pense que vous devriez commencer par le commencement, ajouta-t-il en s'asseyant en face d'elle et en croisant les jambes.

— *C'était* le commencement. Ma tante a appris je ne sais comment ce matin que Jon m'avait embrassée hier, et elle a cru que c'était vous.

Sebastian hocha la tête.

— Vous n'avez pas encore mentionné le moment où, au lieu de la détromper, vous l'avez poussée à croire que nous étions fiancés ?

— Non, je n'ai rien fait de tel. Elle a tout simplement conclu que si vous m'aviez embrassée, c'est que nous étions fiancés. Ou alors, c'est que vous êtes un mufle, destiné à périr fusillé par votre mère et ma tante.

— Je comprends, fit-il en hochant de nouveau la tête. Le seul point qui demeure obscur pour moi, c'est pourquoi vous l'avez laissée croire que c'était moi qui vous embrassais, et que nous allions effectivement nous marier.

Une pointe d'humour perçait à présent dans sa voix, et Rowena poussa un soupir de soulagement.

— Eh bien, c'est un peu compliqué. Voyez-vous, les Wells et les Buxton ne se parlent pas. En fait, sa famille déteste profondément ma famille, et ils ont de bonnes raisons pour cela. Je pense que mon oncle considère les Wells un peu comme des fourmis qui ont envahi son panier de pique-nique. D'autre part, ma tante serait bouleversée, car pour elle les Wells n'appartiennent pas à la haute société. Et comme Jon est le fils cadet, il n'aura même pas d'héritage.

— Ah ! Donc, non seulement il n'appartient pas à une bonne famille, mais en plus il n'est même pas riche. Un double péché, pour ainsi dire.

— Exactement.

— Et jusqu'où sommes-nous censés prolonger cette petite comédie ? Jusqu'à la réception de fiançailles ? Jusqu'au mariage ? Et promettez-vous de me protéger des foudres de Jon ? Car lorsqu'il aura entendu parler de nos fiançailles, il risque de venir me demander des comptes. De toute évidence, il est très amoureux de vous.

Les joues de Rowena s'enflammèrent, et malgré elle un sourire s'épanouit sur ses lèvres.

— Je vous promets que nous pourrons rompre nos fiançailles très bientôt. Mais si nous pouvions laisser la rumeur se répandre au moins une semaine, ce serait parfait. A ce moment-là, Jon retournera dans le Kent.

Sebastian se leva et posa sur elle un regard appuyé.

— Et que vais-je gagner, dans cette affaire ?

— Je ne sais pas, avoua-t-elle en secouant la tête. Cela pourrait être amusant ?

— Je ne le nie pas. Mais vous êtes consciente que cela va aussi me causer beaucoup de problèmes avec ma mère, n'est-ce pas ?

Elle acquiesça, et Sebastian laissa échapper un soupir.

— Je dois être le plus grand balourd du monde. Très bien. Nous savons tous les deux que je n'ai aucune raison de refuser de jouer le jeu, mais il vaudrait mieux avertir Jon, avant qu'il ne l'apprenne par quelqu'un d'autre.

— Merci, Sebastian. Vous êtes adorable, le savez-vous ? Prudence a été vraiment idiote.

La mâchoire du jeune homme se crispa brièvement, puis il se détendit et lui offrit le bras.

— Allons-y, ma chère.

Rowena glissa son bras sous le sien.

— Très volontiers, mon cher.

9

— Tu n'es pas encore prête ?

Victoria réprima une envie puérile de tirer la langue. Quelque chose chez Lottie lui tapait sur les nerfs.

Elle vérifia de nouveau sa coiffure dans le miroir. Elle avait revêtu le même ensemble que lors de son rendez-vous désastreux avec Hairy Herbert. Il fallait que Martha la prenne au sérieux, aussi avait-elle décidé d'avoir une allure sobre et grave pour leur prochaine rencontre.

— Je suis prête, annonça-t-elle en jetant un dernier coup d'œil au miroir.

Victoria enfila son manteau sombre, et alla prendre le métro avec Lottie, pour se rendre dans les quartiers est de Londres.

Dès qu'elles sortirent de la station de métro, elles furent assaillies par une odeur d'égout et de poubelles. Des enfants étaient recroquevillés sous les porches en ruine de vieux bâtiments de briques rouges, leurs pieds enveloppés de chiffons ou de journaux. Ils la regardèrent passer, les yeux écarquillés dans des visages hâves et affamés. Dans une ruelle, des rats se disputaient le cadavre d'un chat, près d'un amoncellement d'ordures. Des femmes trop fardées passèrent furtivement, leurs bébés dans les bras, chargées des tissus ou du savon qu'elles avaient marchandés dans la journée, et attendant le coucher du soleil pour se livrer à leurs activités clandestines.

Ce n'était pas simplement une partie différente de la ville, c'était un univers totalement nouveau pour Victoria, qui avait passé la plus grande partie de sa vie dans des quartiers privilégiés comme Mayfair, Belgravia et St James. Cependant, elle n'en souffla mot à Lottie. Cette dernière affichait une expression suffisante qui agaçait Victoria. Aussi s'efforça-t-elle de dissimuler le choc que lui faisaient éprouver la saleté et la pauvreté qu'elle avait découvertes à leur sortie du métro.

Les lèvres pincées, elle suivit Lottie, qui la surveillait du coin de l'œil. Elle avait l'impression d'être jugée pour son titre, son milieu social, et par-dessus tout pour sa naïveté. Mais peut-être méritait-elle d'être jugée, en effet. Comment pouvait-elle avoir autant, quand ces gens n'avaient rien ?

Des sanglots lui nouèrent la gorge, et sa respiration devint difficile. Elle fit signe à Lottie de ralentir.

Cette dernière se retourna, les sourcils froncés.

— Ce n'est pas un endroit sûr, il ne faut pas traîner, dit-elle.

Mais quand elle vit le visage de Victoria, elle se radoucit.

— J'ai pleuré pendant des heures, la première fois que je suis venue, avoua-t-elle à mi-voix.

— Je ne pleure pas, souffla Victoria, en se rendant compte en même temps que les larmes coulaient sur ses joues. Je ne peux pas marcher vite, sans que cela provoque une crise.

— Tu ne pouvais pas le dire ? s'exclama Lottie, exaspérée. Ma petite cousine aussi a de l'asthme. Tu as ton nébuliseur sur toi ?

Victoria désigna son grand sac à main. Elle apprenait à vivre avec sa maladie. Elle n'aimait pas admettre qu'elle avait un problème de santé, mais sa dernière crise chez nanny Iris l'avait terrifiée.

— Eh bien, c'est déjà quelque chose, reprit Lottie.

Anna oublie tout le temps le sien. Nous essaierons de prendre un autobus jusqu'au métro, au retour.

Victoria sentit son aversion pour la jeune femme diminuer un peu.

— Pourquoi le bureau de l'association se trouve-t-il si loin ? demanda-t-elle.

— L'argent, lui répondit sèchement Lottie. Nous gardons le nôtre pour lutter contre la tyrannie.

— Mais comment ?

— Comme nous pouvons.

Lottie ouvrit la porte d'un bâtiment en pierre qui avait sans doute été une écurie, autrefois.

Victoria redressa les épaules et suivit sa compagne dans un escalier exigu. L'odeur de chevaux qui imprégnait les murs lui confirma qu'elle avait vu juste, mais cela lui était égal. Cette odeur-là était bien plus supportable que celle des ordures et de la pourriture qui régnait dans les rues.

Lottie cogna trois fois à la porte qui se trouvait en haut de l'escalier, avant de l'ouvrir.

— Pourquoi tous ces mystères ? demanda Victoria.

Lottie leva les yeux au ciel, l'air excédé, et Victoria décida de tenir sa langue dorénavant.

La salle occupait tout le premier étage du bâtiment, avec deux fenêtres sur la façade avant, une sur le côté, et deux autres à l'arrière. Il était impossible de dire si beaucoup de lumière pénétrait à l'intérieur, car tous les volets étaient hermétiquement clos. Une grosse machine occupait un côté, et des étagères étaient chargées d'objets ressemblant à des outils en acier.

Un petit poêle, complètement inadapté à l'espace, était placé dans un coin, et entouré de bureaux qui empêchaient la chaleur de se répandre dans la pièce. Trois femmes, rassemblées autour d'un des bureaux, étaient en train de lire quelque chose. Martha se détacha du groupe pour accueillir Victoria et Lottie, les prenant chaleureusement dans ses bras.

— Quelle est la dernière catastrophe ? s'enquit Lottie.

— Nous n'avons plus que trois heures de charbon dans le poêle. La police a fait sortir Salma de prison en lui disant d'aller se chercher un bon repas, il faut payer le loyer, et nos caisses sont vides.

— Rien de nouveau, alors ? ajouta Lottie avec un sourire en coin.

— Merci de nous rendre visite dans nos modestes locaux, dit Martha à Victoria. La machine qui se trouve là-bas s'appelle Gerta. Elle est à la fois ma joie, ma fierté, et le fléau de mon existence.

— Elle est toujours en panne, expliqua Lottie.

— Qu'est-ce que c'est ?

— Une presse typographique, répondit Martha avec un geste de la main. Venez, je vais vous montrer.

Elle expliqua à Victoria comment fonctionnait la presse, en quoi consistait leur travail, et l'élaboration du journal. Son visage s'animait au fur et à mesure qu'elle parlait, et sa voix mélodieuse s'enflammait tandis qu'elle rapportait les différentes injustices qu'elle avait rencontrées.

Tout en l'écoutant, Victoria songea à l'humiliation qu'elle avait ressentie à cause de M. Herbert, à l'ostracisme dont elle avait été victime, uniquement parce qu'elle était une femme. Le cœur lourd, elle prit conscience de la réalité.

Elle ne serait jamais botaniste si les femmes n'étaient pas prises au sérieux, et donc si elles ne pouvaient prendre part à la vie politique du pays.

— J'aimerais vous aider, déclara-t-elle de but en blanc.

Le regard de Martha s'illumina.

— Je n'ai jamais cru à l'intervention divine, mais pour la première fois je me dis que nous avons reçu une réponse à nos prières.

Victoria se mit à rire.

— On ne m'avait encore jamais considérée comme une réponse à des prières !

Martha l'attira dans un angle de la pièce, à l'écart des autres.

— J'ai beaucoup de femmes dans mon équipe, et elles sont presque toutes formidables. Mais je me rends compte depuis quelque temps qu'il me faudrait quelqu'un capable d'avoir une vue d'ensemble, et qui pourrait me seconder.

Elle posa un doigt sur ses lèvres, tout en observant Victoria. Celle-ci se redressa, consciente qu'elle était en train de la juger. Au bout d'un moment, Martha hocha la tête comme si elle venait de prendre une décision.

— Excusez-moi un instant.

Elle alla vers Lottie, et discuta avec elle à voix basse. Lottie regarda Victoria en coin, et secoua la tête. Puis elle finit par hausser les épaules.

Martha se tourna alors vers les autres.

— Je vais déjeuner avec Victoria. Lottie, je la ramènerai chez elle. Continuez à travailler tant qu'il y a du charbon, ensuite vous pourrez partir. Je suis sûre qu'il y aura du nouveau demain, et que cela s'arrangera. Tout finit toujours par s'arranger.

Victoria fit un signe de la main à Lottie, qui l'ignora, regrettant sans doute de ne pas être de la partie. Victoria s'en moquait. Martha était une femme fascinante, et elle n'arrivait pas à croire qu'une telle personne puisse s'intéresser à elle.

Martha conduisit aussi vite qu'un pompier pressé d'aller éteindre un incendie, évitant avec habileté les piétons, les chevaux et les autres voitures. Elle s'arrêta devant un petit salon de thé un peu minable, ignorant les protestations d'un homme, furieux qu'elle se soit garée devant sa charrette.

— Ils font des tourtes à la viande formidables, qui

vous calent pour la journée. Je viens toujours ici, quand les fonds sont bas, ajouta-t-elle avec un sourire.

Elles s'installèrent toutes deux à une table, et on leur apporta aussitôt une théière fumante. Martha commanda deux tourtes aux rognons.

Elle sourit en allumant une cigarette.

— Je vous ai emmenée ici pour faire mieux connaissance avec vous. C'est une sorte d'entretien d'embauche, vous voyez.

— Je n'en étais pas sûre, mais je m'en doutais. Mais le fait que je veuille travailler pour vous n'est-il pas aussi important que le fait que vous vouliez que je le fasse ?

Martha cligna les paupières et éclata de rire.

— J'espère que vous écrivez plus clairement que vous ne parlez.

— Vous m'avez très bien comprise. Je suggère que vous me posiez une question sur moi, après quoi, je vous en poserai une sur vous.

Martha parut amusée.

— Très bien. Je vais donc commencer. Pourquoi êtes-vous intéressée par l'association des Suffragettes for Female Equality ? Vous pourriez travailler pour d'autres associations, comme la NUWSS, plus importantes que la nôtre.

Victoria réfléchit un moment. La question était importante, et elle voulait donner une bonne impression à Martha.

— Toute ma vie, j'ai été gâtée et choyée, à cause de ma maladie. Personne ne me croyait capable de faire quoi que ce soit, et tout le monde me sous-estimait, même mon père, qui pourtant m'adorait. J'ai fait des études de secrétariat, bien que j'aie toujours pensé que j'étais faite pour la botanique. Mais je vois bien que pour le moment, ce que vous faites est plus important. Non seulement les femmes devraient avoir le droit de vote, mais il devrait y avoir des lois pour rendre impossible ce qui m'est arrivé avec *La Revue du botaniste*. Personne ne devrait avoir le droit de me refuser un emploi sous prétexte que je suis une femme. Nous n'arriverons peut-être jamais à un tel résultat, mais je veux travailler pour une association qui considère que c'est possible. Et qui ne se limite pas à obtenir le droit de vote.

Victoria aurait aimé en dire davantage, mais elle devina à l'expression de Martha que ce n'était pas nécessaire.

Martha sourit, et une fois de plus Victoria fut frappée par sa beauté.

— C'est une très bonne réponse. A présent, je vais vous en dire un peu plus sur notre association, et vous déciderez si vous voulez vous joindre à nous ou non. Nous sommes à la frontière de la légalité. Certaines des femmes qui ont fait une grève de la faim appartiennent à mon association. Bien que je n'approuve pas vraiment cette tactique, j'admire leur ténacité et leur dévouement à la cause. En fait, je n'approuve rien qui puisse causer du tort à une femme, bien que ma partenaire de crime trouve que certaines idées méritent que l'on meure pour elles.

— Votre *partenaire de crime* ? releva Victoria avec curiosité.

— Oh ! oui. Lottie ne vous a pas dit que nous étions éditrices associées ? Où en étais-je ? Ah, les grèves de la faim. Nous ne faisons pas cela, en revanche nous aidons les femmes à fuir les hommes qui les battent, quand nous le pouvons, et cela nous coûte assez cher, sans compter que c'est dangereux. La loi n'est pas du tout de notre côté, et il arrive souvent que nous soyons obligées de les aider à s'échapper au beau milieu de la nuit. Je sais que cela va un peu loin pour une association représentant les droits des femmes, mais d'après Lottie le droit de vote ne sert pas à grand-chose si nous ne sauvons pas les femmes victimes de brutalité et si nous ne les éduquons pas.

Les tourtes à la viande arrivèrent. Victoria coupa la pâte croustillante, et la sauce brune et parfumée se répandit dans l'assiette, avec des morceaux de viande et de légumes. Elles se mirent toutes deux à manger comme si elles étaient affamées depuis des jours. Le silence se prolongea quelques minutes, puis Victoria avala une gorgée de thé et reprit, d'un ton animé :

— Auriez-vous une liste des autres organisations, qui donnent une aide que vous ne pouvez pas fournir ? Par exemple, des repas gratuits, des crèches qui s'occupent des enfants pendant que les mères vont travailler, ou bien des associations qui viennent en aide aux femmes battues ? Il doit y en avoir.

— En effet, mais la plupart ont moins de moyens que nous.

— Il me semble que vous avez besoin de quelqu'un qui peut diriger les femmes vers les associations les plus susceptibles de les aider. De cette façon, chacune pourrait concentrer ses efforts dans un domaine particulier.

— C'est une idée brillante ! s'exclama Martha. Très bien. La première chose que vous ferez, c'est de dresser la liste de toutes les associations qui aident les femmes. Ce qu'elles font, quels sont leurs faiblesses et leurs points forts. De cette façon, nous pourrons nous concentrer sur le droit de vote et l'éducation.

— Je commencerai dès demain, déclara Victoria avec enthousiasme. Dès que j'aurai acheté du charbon, et payé un ou deux mois de loyer pour le local.

Martha alluma une cigarette et inclina la tête de côté.

— L'association acceptera avec plaisir que vous lui offriez une semaine de chauffage et un mois de loyer, mais rien de plus.

Victoria voulut protester, mais Martha leva une main pour lui intimer le silence.

— Vous croyez que je n'ai pas plus d'argent que ce

que je donne à l'association ? Je n'accepterai jamais que quelqu'un se dépouille pour une cause, quelle qu'elle soit. Lottie n'est pas d'accord avec moi sur ce point, mais à quoi servirait d'avoir une femme pauvre de plus dans les rues de Londres ? L'argent, ma chère, est un facteur d'égalité. C'est la seule chose qui puisse protéger une femme, quand les temps sont durs. Aussi, bien que j'alloue un traitement mensuel à mon organisation, je refuse d'investir toute ma fortune pour elle. Vous seriez étonnée de voir à quelle vitesse file l'argent. Les hommes ne se dépouilleraient pas de leurs biens pour une cause, aussi, pourquoi les femmes le feraient-elles ? Parce que nous éprouvons plus de compassion ?

Martha secoua la tête, faisant virevolter les boucles brunes autour de son visage. De toute évidence, elle avait déjà eu ce genre de discussion.

— En outre, vous n'avez que dix-huit ans. Qui gère votre argent ?

Victoria baissa les yeux sur la nappe.

— Mon oncle règle mes dépenses, mais il ne me pose jamais de questions quand il reçoit les factures, et n'a encore jamais élevé d'objections.

Martha alluma une autre cigarette en faisant la moue.

— Vous seriez surprise de voir sa réaction si vous donniez votre argent aux Suffragettes. A votre place, j'irais moi-même à la banque retirer des espèces. De cette façon, il ne pourra remonter jusqu'à nous. S'il vous pose des questions, vous pourrez toujours dire que vous avez acheté des sous-vêtements. En général, cela leur cloue le bec.

— Est-ce ce que vous faites ? demanda Victoria en riant.

Martha se rembrunit.

— Je suis beaucoup plus vieille que vous, et je n'ai pas de famille pour me surveiller.

— Oh ! je suis désolée. Je sais...

Martha plissa les lèvres et agita la main qui tenait la cigarette.

— Ce n'est pas ce que je voulais dire. Il n'y a simplement personne dans ma famille qui se soucie de ce que je fais.

— Oh ! fit Victoria, déconcertée.

Elle voulut payer la note, mais Martha l'en empêcha.

— Ne vous inquiétez pas. Je suis entourée de gens qui m'aiment et j'ai mon travail chez les Suffragettes for Female Equality, et à la Women's Equality League[1].

Victoria fronça les sourcils.

— Pourquoi votre association a-t-elle deux noms ?

— Nous avons deux organisations différentes, car certaines femmes ont peur de s'engager dans la cause. L'association principale est celle des Suffragettes pour l'égalité des femmes. La seconde constitue un groupe moins connu et plus sélectif. Elle comprend les femmes qui ont déjà donné la preuve de leur loyauté et de leur courage. Si vous travaillez avec nous, il faut que vous sachiez tout cela.

Victoria se redressa, désireuse de paraître digne de la mission qu'on allait lui confier.

— Vous avez entendu parler d'Emily Davison ? La femme qui est morte pendant le Derby d'Epsom, après s'être jetée sous un des chevaux du roi ? Elle appartenait à la Ligue. Elle n'avait peur de rien.

— Mais elle n'est plus là, répondit sèchement Victoria.

— Non, elle est morte en martyre pour notre cause. Certaines de celles qui ont interrompu la session du Parlement le mois dernier étaient aussi des nôtres. D'autres sont en prison, au moment où je vous parle. Nous prenons très au sérieux nos revendications concernant le droit de vote.

1. Ligue pour l'égalité des femmes.

Victoria prit une inspiration, tout en contemplant la part de tourte dans son assiette. Puis elle déclara, d'un ton nonchalant :

— Moi aussi. Il y a autre chose que je dois vous dire, ajouta-t-elle après avoir avalé une gorgée de thé.

— Ne prenez pas l'air aussi triste. J'espère que vous n'allez pas m'annoncer que vous êtes fiancée, ou quelque chose dans ce genre ?

— Oh ! non, pas du tout ! Mais je ne vis pas à Londres en ce moment. Je reviendrai m'y installer après Pâques, mais…

— Je parie que l'oncle qui gère votre fortune exige que vous viviez dans la propriété familiale, c'est cela ?

Victoria hocha la tête.

— J'ai la possibilité d'aller et venir comme je l'entends, et je peux faire beaucoup de choses depuis Summerset. J'ai un bureau à moi, ajouta-t-elle après une légère pause.

— Cela ira très bien en attendant, mais tôt ou tard il faudra que vous veniez en ville. Nous ne pouvons vous payer que cinquante-cinq livres par an, c'est tout ce que nous avons.

Martha haussa les sourcils, attendant la réaction de Victoria.

La somme suffirait tout juste à payer les livres qu'elle achetait régulièrement, mais elle était enchantée d'être rémunérée pour son travail. Elle frappa joyeusement dans ses mains.

— Je ne savais pas que le poste dont nous parlions était payé !

Elles se levèrent et regagnèrent la voiture. La pluie s'était mise à tomber et il fallut quelques minutes à Martha pour faire démarrer le véhicule. Il faisait presque nuit. Victoria n'aurait su dire combien de temps elles étaient restées ainsi à parler dans le salon de thé.

— Six d'entre nous sont rémunérées, même si le

salaire n'est pas versé très régulièrement. Une de vos tâches consistera à solliciter des femmes fortunées pour les engager à faire des dons. La plupart d'entre elles font déjà partie de la National Union of Women's Suffrage Societies, la NUWSS. Les fonds sont essentiels. Ne dites à personne que vous êtes rémunérée. Certaines des bénévoles pourraient penser qu'une ancienne serait mieux adaptée à ce poste qu'une nouvelle venue. Elles ne comprennent pas qu'elles n'ont pas vos qualifications.

Tout en conduisant, Martha lui raconta que son travail l'avait amenée à sillonner l'Europe, afin de donner des conférences lors de meetings. Victoria était fascinée. Cette femme avait une vie passionnante, et œuvrait pour le bien de l'humanité et des femmes.

Lorsqu'elle dit au revoir à Martha, elle se demanda cependant brièvement une chose : quel genre de qualifications avait-elle que les autres n'avaient pas ?

Une main en visière, Rowena et Elaine attendaient que Jon atterrisse. Dans la grange, Sebastian parlait avec M. Dirkes. Plusieurs jours avaient passé depuis le fâcheux incident des fiançailles, et Sebastian avait gentiment joué le jeu, passant chaque jour prendre Rowena à Summerset pour qu'elle puisse voir Jon et monter en avion avec lui.

— Je me demande ce que tu préfères, dit Elaine, sans quitter le ciel des yeux. Jon, ou l'avion ?

Jusqu'ici, Elaine avait refusé de prendre le baptême de l'air, bien que Sebastian et Rowena aient déjà fait deux voyages.

— Les deux, répondit Rowena en souriant. J'adore les deux.

Elle ne pouvait expliquer à sa cousine à quel point son amour pour Jon était lié à sa fascination pour l'aviation.

Pour elle, les deux représentaient la lumière, la liberté, la vie. Aujourd'hui, Jon avait promis à Rowena de lui donner sa première leçon de pilotage. Il lui avait expliqué qu'ils ne quitteraient pas le sol, ce qui l'avait immensément déçue, mais elle était contente tout de même qu'il ait fini par céder à ses demandes.

C'était un de ces rares jours de février où les nuages finissaient par s'effilocher et par disparaître, laissant le pâle soleil d'hiver briller dans le ciel clair. Le vent ne s'était pas levé de la journée, ce qui rendait l'atmosphère plus agréable, mais le froid était encore mordant. Rowena avait les joues glacées, elle ne sentait plus ses doigts de pied, et pendant un bref instant elle rêva d'être au coin de la cheminée, à boire du chocolat chaud. Mais aussitôt, elle se dit qu'elle préférait par-dessus tout se trouver dans ce champ, regarder l'avion et l'homme qui se rapprochaient du sol.

D'autre part, après sa leçon, ils iraient dîner chez Jon avec sa famille. Elaine et Sebastian iraient quant à eux dîner à Thetford et les retrouveraient ensuite à Summerset. Tout cela était un peu compliqué, mais permettait à Rowena de passer plus de temps avec Jon.

L'aéroplane atterrit dans le champ avec quelques soubresauts, et effectua une boucle pour se placer face à l'entrée du hangar. Quand il fut complètement arrêté, Rowena courut vers l'appareil et fit glisser sa main sur la carlingue.

— Je ne sais pas qui tu es plus heureuse de voir. Moi, ou l'aéroplane ? remarqua Jon en ôtant son casque de cuir.

Ses paroles se rapprochaient tant de ce que venait de dire Elaine que Rowena éclata de rire.

— Pourquoi ? Tu es jaloux de Lucy ?

Il lui sourit, depuis son siège de pilote.

— Tu l'as baptisé Lucy ?

— Tous les avions devraient avoir un nom. Ils nous

aimeraient peut-être davantage s'ils en avaient un — et s'écraseraient moins souvent.

Jon sauta à terre en riant, et lui prit les bras.

— Tu crois ?

— Eh, vous deux ! On s'en va ! leur lança Elaine, depuis la voiture.

Sebastian donna un tour de manivelle, et leur fit signe de la main.

— Nous vous retrouverons devant Freemont Inn.

— Alors, tu veux prendre une leçon, oui ou non ?

— Oh ! oui, s'il te plaît.

Jon prit une échelle qu'il cala contre l'appareil. Rowena grimpa et s'installa dans le cockpit. Elle savait qu'elle ne volerait pas aujourd'hui, mais son cœur battait tout de même la chamade. Jon lui montra le tableau de bord et lui fit répéter le nom et la fonction de chaque appareil, jusqu'à ce qu'elle ait tout mémorisé. Puis il la fit descendre, et ils répétèrent l'exercice pour la carlingue.

— Tu apprends vite, dit-il. J'ai formé des hommes qui n'arrivaient pas à retenir ces termes aussi vite que toi.

— C'est parce que mon destin est d'être pilote, lui répondit-elle, rayonnante de plaisir.

Jon lui enlaça la taille.

— Faisons rentrer Lucy à la maison, afin que le reste de l'équipe puisse rentrer se reposer ! lança M. Dirkes, depuis le hangar.

— Lucy ? répéta Jon en souriant d'un air entendu.

— Il faut bien lui donner un nom, dit M. Dirkes, l'air penaud.

Jon éclata de rire.

— Tu vois, tout le monde succombe à ton charme, chuchota-t-il, avant de s'écarter de Rowena pour aider son patron et ami à pousser l'avion dans le hangar.

Jon avait emprunté à ce dernier sa Silver Ghost pour

la soirée, tandis que M. Dirkes rentrerait à l'auberge avec un des hommes de l'équipe.

— Ton frère sait-il que je viens dîner ? demanda-t-elle, alors qu'ils étaient en route pour Wells Manor.

Jon hocha la tête.

— Cela ne lui fait pas plaisir, je ne te le cache pas, mais je lui ai dit que tu viendrais quand même et que c'était comme ça.

Il lui prit la main et la pressa doucement. Rowena esquissa un sourire, mais l'angoisse prit le dessus et elle ne réussit qu'à grimacer.

— Ta mère et ta sœur savent-elles qui je suis ?

Jon ne répondit pas tout de suite.

— Je l'ai dit à ma mère, mais elle m'a demandé de ne pas en parler à Cristobel, tant que celle-ci ne te connaissait pas mieux. C'était la préférée de notre père, et elle ne s'est pas encore remise de sa disparition, elle pleure tous les soirs.

Rowena fixa la route devant elle, l'estomac noué par la culpabilité, même si elle savait qu'elle n'était en rien responsable du comportement de sa famille. Elle se sentait coupable, et toute la logique du monde ne parvenait pas à la décharger de ce poids. Elle était une Buxton. Or les Buxton avaient délibérément dépouillé les Wells de leurs terres et de leur fortune.

— Qu'en pense ta mère ? demanda-t-elle dans un filet de voix.

Jon replia les doigts sur les siens, sans quitter la route des yeux.

— Ma mère est forte. Sa mère était écossaise, et c'est elle qui nous a légué nos cheveux roux et notre caractère obstiné. Elle a été choquée. Mais c'est la première fois que j'aime assez une femme pour l'amener à la maison, ce qui pour elle est très éloquent. Elle aplanira toutes les difficultés avec George.

Ils parvinrent à destination, et une fois de plus Rowena fut frappée par la différence entre Wells Manor et Summerset. Alors que Summerset avait été conçu pour être aussi majestueux que possible, Wells Manor semblait faire passer le sens pratique avant tout. La seule touche de fantaisie était donnée par le lierre qui grimpait sur un côté de la maison jusqu'au toit, et atteignait les cheminées.

— J'aime ta maison, dit-elle.

— Elle était là avant Summerset. Il semble que le premier Wells, si tel était son nom, était un forgeron qui ne voulait pas de la protection du seigneur local, l'ancêtre des Buxton. Il a donc bâti sa demeure loin du château. Tu vois, à part pendant une brève période d'amitié, les Wells et les Buxton ne se sont jamais bien entendus.

Il arrêta la voiture devant la porte et descendit pour lui ouvrir la portière. Rowena avait choisi de porter pour l'occasion un ensemble de tweed à l'allure sage, avec un chemisier de lin. Elle avait noué ses cheveux en chignon sur la nuque, et orné son cou d'un rang de perles. Elle ne voulait pas qu'ils croient qu'elle ne prenait pas la peine de s'habiller pour eux, mais elle ne souhaitait pas non plus jouer à la châtelaine.

Ses paumes étaient moites quand ils entrèrent dans la maison. La mère de Jon passa la tête par la porte de la cuisine.

— Emmène-la dans le salon, Jon. Nous avons un petit problème, ici.

— Pas du tout ! s'écria Cristobel.

Un silence suivit ces paroles.

Jon fit un clin d'œil à Rowena, et ils passèrent dans le salon. Des poutres en chêne sombre striaient le plafond et se reflétaient sur le parquet ciré. La pièce était meublée de vieux canapés confortables et de fauteuils disposés çà et là. Plusieurs tables, chargées de piles de livres aux reliures de cuir, étaient ornées de bouquets de verdure.

Sans doute l'œuvre de Cristobel, que la perspective d'avoir une invitée enthousiasmait. Les murs étaient couverts de lambris qui auraient assombri la pièce sans les cinq fenêtres à meneaux alignées tout le long de la façade, et toutes pourvues d'une banquette. L'élément de décoration principal était la cheminée, dont le manteau de marbre blanc sculpté était d'une superbe simplicité. Rowena s'imagina pelotonnée sur l'une des banquettes avec un livre, devant une des fenêtres.

— Cette pièce me plaît, dit-elle en allant regarder au-dehors.

Jon la suivit. La fenêtre donnait sur le jardin potager, mais Rowena avait aussi repéré un jardin d'agrément sur le côté. En été, la maison devait avoir des fleurs fraîches, et des légumes du jardin.

— Cristobel aime aussi ce salon. Mes frères et moi préférions la cuisine, car nous y trouvions toujours quelque chose à nous mettre sous la dent. Cependant, quand mon père était encore là, nous passions souvent les soirées d'hiver ici, après la journée de travail.

La gorge de Rowena se noua. Les Wells avaient perdu leur père, et leur vie de famille avec.

— Nous nous retrouvions en général dans le bureau de mon père, dit-elle. Victoria, Prudence et moi lisions des romans français à haute voix, chacune notre tour, afin qu'il puisse corriger notre prononciation. Quelquefois, Prudence jouait du piano, ou Victoria récitait des poèmes. Ces moments me manquent souvent.

Jon lui pressa gentiment la main.

— Qui est Prudence ? Tu ne m'en avais jamais parlé.

— C'est…

Rowena hésita. Décrire Prudence comme la fille de la gouvernante aurait été injuste. Prudence faisait partie de la famille.

— Elle était comme une sœur pour nous. Nous l'aimions, finit-elle par dire.

— Oh ! Prudence n'était-elle pas cette petite femme de chambre, dont vous vous êtes débarrassée ? lança dans son dos la voix de George. Un de mes amis qui travaille dans la maison m'a tout raconté, poursuivit-il. Elle est arrivée à Summerset comme femme de chambre, car votre oncle ne voulait pas d'elle chez lui, étant donné que sa mère était une domestique. Et brusquement, elle s'est retrouvée mariée à un valet et expédiée à Londres. Les Buxton ont l'art de se débarrasser des histoires gênantes.

George avait pris un ton dégagé, mais l'amertume imprégnait chacune de ses paroles, et son mépris affiché dissipa l'atmosphère de sérénité qui les avait enveloppés jusque-là. Jon marcha vers lui, les poings serrés.

Rowena le rattrapa et lui prit le bras, horrifiée à l'idée que sa vie personnelle allait être disséquée et jugée.

Son regard croisa celui de George, et la différence avec les yeux de Jon la frappa. Alors que les pupilles de Jon brillaient de tous les feux de l'été, celles de George étaient aussi glaciales qu'un ciel d'hiver.

— Vous avez prêté l'oreille aux rumeurs, et aux demi-vérités, mais vos informateurs ne peuvent savoir ce qui s'est réellement passé. Nous aimions Prudence comme une sœur. Je suis étonnée que vous preniez les commérages pour argent comptant.

— A ta place, je n'irais pas plus loin, dit Jon, sans quitter son frère des yeux.

Ils étaient à peu près de la même taille, mais Jon était plus mince, avec de longues jambes et des hanches étroites. Ses épaules étaient larges et puissantes, mais George avait une silhouette massive, et semblait avoir pratiqué la lutte toute sa vie.

— Tu m'as dit que ce que faisait son oncle n'avait rien à voir avec elle, petit frère. Aussi, j'ai fait mon enquête et c'est ainsi que j'ai découvert cette vilaine histoire. Il n'y a que des pommes pourries dans cette famille. C'est ainsi que tu me remercies de mes efforts pour toi ?

— Ce sera pire encore, si tu ne te tais pas, dit Jon, d'un ton crispé.

— Je suis content de voir que rien n'a changé pendant mon absence ! lança une voix, près de la porte. George et Jon sont toujours prêts à se battre pour quelque chose, mais je ne pense pas qu'ils l'aient déjà fait pour une femme. Et encore moins pour une aussi jolie femme que celle-ci !

Pendant quelques secondes, les deux frères se tinrent figés face à face, comme si le fait de se détourner eût été un signe de faiblesse. Rowena passa son bras sous celui de Jon et s'appuya contre lui. Les muscles de ce dernier se détendirent comme par magie à son contact.

— Je m'appelle Rowena, dit-elle en souriant au nouveau venu. Rowena Buxton.

L'homme élargit les yeux, comprenant instantanément la situation, mais elle ajouta aussitôt :

— Mon père était sir Philip Buxton. Il est né à Summerset, mais il a quitté cette maison il y a fort longtemps. Ma sœur et moi avons grandi à Londres.

Le cœur battant, elle tendit la main. A en juger par ses cheveux roux, cet homme était aussi un Wells, et elle ne pouvait supporter l'idée d'avoir un autre frère de Jon contre elle.

L'homme la considéra un moment, et sourit.

— Enchanté de faire votre connaissance, mademoiselle Buxton. Puisque mes frères se comportent comme des rustres, il ne me reste plus qu'à me présenter moi-même. Je suis Samuel, le frère cadet de la famille. Et ne vous inquiétez pas, mademoiselle Buxton, personne ici ne vous juge.

C'est alors seulement qu'elle remarqua son costume

noir et son col blanc de pasteur. Elle étouffa un rire de soulagement.

— Appelez-moi Rowena, je vous prie. Cristobel ne sait pas encore qui je suis, et je préférerais le lui annoncer moi-même.

Elle jeta un coup d'œil à George, qui détourna les yeux.

— Cela me paraît une bonne idée.

— Qu'est-ce qui est une bonne idée ? demanda Margaret Wells en franchissant la porte. Je vous en prie, ne commencez pas avec vos plaisanteries, avant que cette jeune fille ait eu le temps de s'habituer à nous ! Elle va nous prendre pour des fous.

La mère de Jon se dirigea vers Rowena et l'embrassa.

— Une poignée de main ne me semble pas suffisamment chaleureuse pour la jeune fille qui a apporté tant de bonheur dans la vie de mon fils. Je n'aurais jamais cru que quelque chose puisse le faire sourire, en dehors de ses stupides avions. Mais il suffit qu'il prononce votre nom pour que…

— Mère ! protesta Jon. N'allez pas si vite. Sinon, dans cinq minutes vous lui montrerez le voile de mariée de la famille !

— Ne lui donne pas d'idées, grommela Samuel en embrassant affectueusement leur mère.

George resta à l'écart, rigide, apparemment furieux que son plan pour séparer Jon de Rowena n'ait pas fonctionné. Celle-ci l'observa à la dérobée, en se demandant ce qu'il allait imaginer ensuite. Il n'était pas le genre d'homme à renoncer facilement. Elle savait que Jon serait de son côté, mais il valait mieux cependant lui expliquer très vite ce qui s'était passé avec Prudence. Elle lui dirait toute la vérité, sans se ménager. S'ils voulaient avoir un avenir ensemble, il fallait qu'ils soient honnêtes l'un envers l'autre.

Margaret leur proposa un verre de whisky écossais.

— J'ai entendu dire que les Américains avaient inventé une nouvelle tradition, qui consiste à boire des cocktails avant le dîner. Bien que je ne pense que rarement à associer les Américains à l'adjectif *civilisés*, je trouve cette idée réellement très raffinée.

Les trois frères acquiescèrent, et Cristobel fit son entrée. Elle portait une jolie robe de lainage blanc, garnie de ganses bleu pâle. De toute évidence, la robe avait été reprise pour être à sa taille, et elle lui allait à la perfection. Néanmoins, craignant de la mettre mal à l'aise, Rowena ne fit pas allusion au vêtement, mais la complimenta plutôt sur sa coiffure.

— Comment avez-vous donné ce mouvement à vos cheveux ? Je n'arrive jamais à les coiffer aussi bien.

La jeune fille rosit de plaisir.

— Il faudra demander à mère. Je crains d'être un peu empotée pour ce genre de choses.

— J'étais si contente d'avoir enfin une fille que je pouvais coiffer comme je voulais ! s'exclama Margaret en riant.

Jon prit deux verres qu'elle venait de remplir et entraîna Rowena vers un canapé. Cristobel prit place dans un fauteuil à côté d'eux. Rowena avala une petite gorgée de whisky et se mit à tousser.

— Doucement, lui dit Jon. Ce sont des gens de notre famille qui distillent ce whisky et le mettent en bouteille à Edimbourg. Ils nous en envoient une caisse chaque année, car ils craignent que les hommes de la famille ne deviennent efféminés s'ils n'ont pas de vrai whisky dans le sang !

Rowena sourit.

— Vos verres sont ravissants, madame Wells.

— Appelez-moi donc Margaret. Oui, ma tante me les a offerts quand je me suis mariée. C'est du cristal d'Edimbourg.

Rowena avala encore une minuscule gorgée de whisky, et sourit faiblement. Elle était incapable de finir son verre, cependant elle craignait de les offenser. Elle avait l'impression qu'on lui faisait passer une épreuve. Surtout avec George qui se tenait à l'écart et la regardait avec un dédain non dissimulé. Par bonheur, Cristobel parlait avec volubilité de courses et de chevaux.

— Je voudrais tellement être invitée à une chasse, la saison prochaine. Je monte assez bien pour cela.

— Tu es encore un peu jeune pour aller en société, fit observer Margaret.

Rowena sourit.

— Je suis toujours invitée, au cours de la saison. Si vous voulez, et si votre mère est d'accord, je vous emmènerai la prochaine fois.

Il y eut un moment de silence, et le visage de Cristobel s'empourpra jusqu'à la racine des cheveux. Elle fixa le sol.

Le regard de Rowena passa de Jon à Margaret. Quelle erreur venait-elle de commettre ?

— Je ne suis pas sûre que son habit d'amazone soit prêt d'ici là, expliqua Margaret.

Cristobel releva la tête, soulagée par l'intervention de sa mère.

— Oh ! mais la chasse ne reprendra pas avant des mois. Et si son habit n'est pas prêt à ce moment-là, elle pourra emprunter une des tenues de Victoria. Ma petite sœur est à peu près de la même taille que vous, ajouta Rowena.

Le regard de Cristobel s'éclaira.

— Oh ! ce serait merveilleux ! J'ai travaillé avec Grenadine et je suis sûre qu'il est prêt à relever le défi, mais il n'est sûrement pas aussi bien entraîné que les chevaux de…

George lança son verre contre le mur, et le cristal se

brisa en mille morceaux. Un silence glacé s'abattit sur le petit groupe.

— Nous n'avons pas besoin de la charité de ces maudits Buxton !

Abasourdie, Cristobel ouvrit la bouche et se tourna vers Rowena. Margaret se leva.

— Tu viens de casser un verre d'une valeur inestimable pour moi. Sans compter qu'à présent le service dépareillé ne vaut plus rien.

— Père était une personne *inestimable* pour moi, mère. L'était-il pour vous ? Vous avez une drôle de façon de le prouver, en invitant une Buxton à dîner avec nous.

Margaret blêmit. Ses doigts se crispèrent sur le verre, comme si elle avait eu elle aussi envie de le lancer à travers la pièce.

— Je ne te ferai même pas l'honneur de te répondre. Aucun de vous n'aimait votre père autant que moi. Et si je pensais que cette jeune fille avait une quelconque responsabilité dans sa mort, je ne l'accueillerais pas chez moi. Mais elle n'y est pour rien, tu m'entends ? Le seul responsable de la mort de votre père, c'est lui-même. Ce ne sont ni les avocats, ni les juges, ni les Buxton. Je suis désolée que vous n'arriviez pas à l'admettre.

Margaret avala d'un trait le reste de son whisky.

— Pardonnez-nous pour cette scène, Rowena. George est aussi têtu qu'un enfant. Quand un homme s'ôte la vie, il est difficile de comprendre les raisons de son acte. Nous blâmons souvent tout le monde à l'exception du seul responsable.

Un vieux majordome apparut alors à la porte du salon.

— Madame, le dîner est servi.

Margaret eut un sourire triste.

— Les garçons, j'espère que vous n'avez pas oublié les bonnes manières. Nous avons une invitée, ce soir. Rowena, acceptez-vous tout de même de rester avec nous ? Ne laissez pas cet incident vous chasser. Toutes les familles qui ont de nombreux garçons connaissent ce genre de scènes.

Rowena se leva, les jambes flageolantes.

— Nous étions trois filles à la maison, et nous avions toutes sortes de conflits et de disputes. D'un genre différent.

Jon lui prit le bras et l'escorta jusqu'à la table, dans la cuisine.

— J'espère que vous ne voyez pas d'inconvénient à dîner dans la cuisine. Comme je vous le disais la dernière fois, c'est là que nous passons tout notre temps.

Rowena entendit une porte claquer au loin, et comprit avec un certain soulagement que George avait décidé de ne pas dîner avec le reste de la famille. A en juger par l'allure soudain détendue de Margaret, celle-ci était également soulagée.

Cristobel n'avait pas encore pris part à la discussion. Rowena fit une tentative pour la faire parler, mais n'eut aucun succès. Elle reporta alors son attention sur les trois autres garçons, essayant d'en apprendre le plus possible sur la famille de Jon. William, le quatrième fils, avait deux ans de plus que Cristobel et travaillait en Ecosse, dans la distillerie de la famille. Samuel était le pasteur d'une petite ville à l'extérieur de Theton, et était fiancé à l'une de ses paroissiennes. Quant à M. Dirkes, Rowena apprit que c'était un vieil ami de Margaret.

Le repas était simple, délicieux et copieux à la fois. Quand le pudding aux cerises et à la crème arriva sur la table, Rowena était déjà rassasiée.

— Vous êtes sûre que vous n'en voulez pas encore un petit morceau ? demanda la mère de Jon.

Rowena refusa d'un signe de tête.

— J'aimerais beaucoup visiter les écuries, dit-elle, pressant le genou de Jon sous la table avant qu'il ait pu se proposer pour les lui faire visiter. Cristobel, voudriez-vous me présenter Grenadine ?

Visiblement, la jeune fille n'était pas dupe du stratagème. Mais Rowena espéra que sa fierté et son amour des chevaux la pousseraient à accepter.

L'écurie était aussi propre et bien tenue que celle de Summerset, bien que les Wells aient sûrement moins de personnel. Les selles accrochées au mur étaient usées mais bien entretenues, et les chevaux semblaient en excellente santé. Un hennissement s'éleva dans le box du fond, et Rowena devina que c'était là que se trouvait Grenadine.

Cristobel prit un morceau de sucre dans une boîte sur une étagère, et le tendit au grand cheval bai.

— Il est magnifique, dit Rowena. Il a l'air intelligent.

Cristobel acquiesça, et se détendit pour la première fois de la soirée.

— Oh ! oui. Il sait ce que je veux, bien avant que je le lui fasse comprendre. Il réagit très vite.

Rowena parla alors de sa propre monture, et ajouta qu'elle arpentait parfois pendant des heures le domaine de Summerset à cheval, quand quelque chose la tourmentait.

Cristobel caressa la tête de Grenadine.

— Quel genre de problème pourriez-vous avoir ?

Le ton de la question fit comprendre à Rowena qu'on ne lui avait pas encore pardonné ce qu'elle était. Alors que la perte de son père était si récente, elle aurait aimé pourtant se rapprocher de cette jeune fille, dont la souffrance était si semblable à la sienne.

— Mon père est mort il y a cinq mois. C'était tout à fait inattendu, car il était en parfaite santé. Parfois, il me manque tellement que j'ai du mal à respirer.

Cristobel enjamba la barrière pour caresser son cheval, oubliant sans doute sa robe qui venait d'être retaillée pour elle. Elle ne regardait pas Rowena, mais celle-ci savait qu'elle l'écoutait attentivement.

— J'ai laissé le chagrin me paralyser, et quelqu'un que j'aime a souffert à cause de cela...

Sa voix s'éteignit tandis qu'un nœud douloureux se formait dans sa gorge.

— Pourquoi me racontez-vous cela ? demanda Cristobel à voix basse.

Rowena alla vers la stalle voisine, dans laquelle se trouvait une jolie jument alezane.

— Je ne sais pas. Peut-être pour que vous sachiez que vous n'êtes pas la seule à avoir souffert et à avoir vu le monde basculer.

— C'est différent, chuchota Cristobel. Votre père ne voulait pas vous quitter. Le mien s'est tué.

Elle ne se tourna pas vers Rowena, et cette dernière devina qu'elle pleurait.

— Moi aussi, je lui en ai voulu d'être parti, dit-elle.

Cristobel s'essuya les joues et la regarda.

— Vous m'emmènerez à la chasse, l'été prochain ?

— Bien sûr, répondit Rowena en lui tendant la main. Quand je ne serai pas en train de piloter, naturellement.

Cristobel ramassa la lanterne et elles sortirent de l'écurie. Rowena frissonna en sentant la fraîcheur du soir s'abattre sur ses épaules.

— Jon va vraiment vous apprendre à piloter ?

— Oui, bientôt je pourrai voler vers les étoiles, répondit-elle, en contemplant le ciel d'hiver. Il me tarde que cela arrive.

10

Prudence mit la chemise de son mari à sécher sur une corde tendue en travers de la cave. Elle partageait celle-ci avec les quatre autres familles qui louaient un logement au-dessus de l'épicerie et de la quincaillerie. Elle ne pouvait descendre faire sa lessive que le mardi.

Un grand bassin séparé en deux se trouvait au fond de la cave, sous une fenêtre en mauvais état. Une essoreuse à rouleau était accrochée à la cloison entre les deux bassins. En théorie, elle était censée extraire la crasse et le savon des tissus, mais en réalité elle n'était pas très efficace. Prudence avait eu de l'eczéma après avoir lavé ses sous-vêtements avec le savon bon marché qu'elle achetait pour la lessive. A présent, elle lavait tout son linge délicat chez elle, dans le lavabo du cabinet de toilette.

La cave était un lieu proche de l'enfer, que Prudence imaginait grouillant de rats, bien qu'elle n'ait jamais eu la preuve de leur présence. Une des locataires entretenait le sous-sol, l'escalier et le hall d'entrée, en échange d'une réduction de loyer, et elle semblait faire ce travail très consciencieusement. Ce n'était donc pas la saleté qui faisait frémir Prudence, c'était le manque de lumière et le fait que la pièce ne disposait que d'une seule issue. S'il y avait le feu… Elle frissonna d'appréhension et se hâta. Grâce à la chaudière qui servait à chauffer tout l'immeuble, il faisait assez chaud dans la cave et le linge séchait rapidement. En été, elle ferait sans doute comme toutes les femmes de l'East End, et utiliserait les cordes à linge munies de poulies qui partaient de sa fenêtre et rejoignaient le mur d'en face. Si elle ne s'était pas efforcée d'économiser sou par sou, elle aurait fait une folie et se serait offert une de ces nouvelles machines à laver électriques qui se vidaient dans l'évier.

Elle n'était pas seule à se soucier de leurs dépenses. C'était devenu une obsession pour Andrew. Mais lorsqu'il voulait travailler un jour de plus dans la semaine, Prudence protestait vigoureusement.

— Il te faut du temps pour tes études, déclarait-elle avec fermeté.

Il était obligé de reconnaître qu'elle avait raison.

Prudence remplit d'eau le bassin de droite et mesura avec précaution le produit bleu que Muriel lui avait donné pour blanchir le linge. Elle le saupoudra dans l'eau, puis ajouta ses draps et le linge de corps d'Andrew. A cause de la lessive bon marché, les draps avaient pris un vilain ton jaunâtre. Il fallait qu'elle les laisse tremper un moment pour qu'ils redeviennent blancs. Avec lassitude, elle se massa les reins, et transporta le paquet de linge qu'elle venait d'essorer jusqu'à la corde sur laquelle elle l'accrocha. Ensuite, elle remonta chez elle avec son panier vide. Elle avait perdu un premier panier qu'elle avait oublié là. Personne n'avait voulu avouer l'avoir pris, mais c'était forcément quelqu'un qui avait la clé de la cave. Par une règle tacite, on ne touchait pas au linge de ses voisins — mais tout le reste échappait à la règle.

Prudence entra dans l'appartement et alla préparer du thé. Andrew était à la maison aujourd'hui. Il étudiait dans la pièce principale, où elle lui avait installé une table. Le petit bureau de la chambre était trop près du lit, disait-il. Il était tenté de repousser ses livres, et de s'allonger pour faire un somme. Cet après-midi, il irait travailler pendant une heure avec le professeur Gilcrest, retraité de Cambridge, qui améliorait ses revenus en donnant des cours particuliers dans son appartement de King's Cross. Prudence mit l'eau à chauffer pour le thé et examina ses provisions. Il leur restait des biscuits au gingembre qu'elle avait faits elle-même et du pain qu'elle avait acheté à la boulangerie, ayant décidé qu'elle n'était pas encore assez bonne cuisinière pour se lancer dans sa fabrication. Muriel, si encourageante fût-elle, avait bien été obligée de l'admettre. Ils prendraient donc du pain, du beurre, et des biscuits pour le thé.

Elle passa la tête par la porte du salon. Andrew était assis dans son fauteuil. Les pieds posés sur la banquette de la fenêtre, il lisait un livre sur les animaux d'élevage. Après avoir passé tant d'années en livrée, il appréciait d'avoir un logement à lui, où il pouvait s'habiller comme il voulait. Il déambulait généralement dans l'appartement en chaussettes, vêtu d'un pantalon et d'un tricot de corps. Il pouvait s'habiller impeccablement en un clin d'œil, mais il était comme un grand enfant, et aimait ne pas faire de manières. Prudence n'avait jamais vu sir Philip en tenue négligée. C'est tout juste si dans des occasions spéciales, comme le matin de Noël par exemple, il s'autorisait à garder sa veste d'intérieur. Aussi trouvait-elle attendrissante cette manie qu'avait son mari.

— Veux-tu prendre le thé maintenant ?

Il leva les yeux, et la regarda par-dessus ses lunettes.

— Très volontiers.

Elle sortit le pain du placard, et s'interrompit en entendant frapper à la porte. Etait-ce un effet de son imagination ? Seule Katie était venue une fois chez elle, et ils n'avaient pas d'amis à Londres susceptibles de leur rendre visite.

Comme on frappait une deuxième fois, elle alla ouvrir et demeura figée sur le seuil, ne sachant si elle devait crier ou se mettre à pleurer. *Victoria*. Victoria se tenait face à elle. Elle portait une superbe redingote noire et une petite toque couverte de plumes de la même couleur. Elle tenait les mains jointes et ses yeux bleus contenaient à la fois de la joie et de l'inquiétude, comme si elle ne savait pas comment elle allait être reçue. Derrière elle, Katie arborait un large sourire.

— Mlle Victoria craignait que vous refusiez de la voir. Mais je sais que vous vous adoriez toutes les trois et que vous ne pourriez pas résister. Peu importe quelles eaux sont passées sous les ponts entre-temps !

Katie avait raison. Prudence céda instantanément et ouvrit grand les bras. Victoria s'y précipita et se blottit contre elle. Comment avait-elle pu imaginer qu'elle pourrait vivre sans Victoria ? A peine deux ans les séparaient, mais Prudence avait toujours considéré Victoria comme une enfant, dont les fantaisies la fascinaient.

Prudence se rappela, mais un peu tard, tous les mensonges qu'elle avait racontés à Susie, au sujet de son logement et de son style de vie. Elle ne pouvait supporter que les gens de Summerset sachent à quel point sa vie avait changé. Victoria s'attendait-elle à voir un immeuble luxueux ? Des gens de maison ? Prudence cacha derrière son dos ses mains rougies par la lessive.

— Bienvenue chez moi, dit-elle avec toute la dignité dont elle était capable.

Susie avait peut-être rapporté ses mensonges à Victoria, mais tant pis, elle n'y pouvait plus rien, à présent.

— Que fais-tu en ville ? ajouta-t-elle alors qu'elles entraient dans l'appartement.

— Oh ! j'ai beaucoup de choses à te raconter ! Je suis venue pour écrire des articles pour une revue de botanique, et finalement je me retrouve employée par l'association des Suffragettes for Female Equality !

Prudence prit les manteaux de Katie et de Victoria.

Elle ne pouvait détacher les yeux de cette dernière, qui avait désormais l'air d'une adulte avec sa robe à rayures qui lui arrivait juste au-dessus des chevilles et dont la jupe s'ouvrait de quelques centimètres sur le devant. Quand Victoria avait-elle autant changé ?

— Mais comment tout cela est-il arrivé ? Rowena sait-elle ce que tu fais ? Ta tante Charlotte n'approuvera jamais ce...

Victoria l'interrompit d'un geste de la main.

— Peuh ! Tout ce que je veux, c'est savoir comment tu vas. Nous parlerons de moi plus tard.

Prudence s'empourpra en voyant Victoria regarder autour d'elle avec curiosité. Tout à coup, son logement lui parut minuscule et un peu miteux.

— J'allais justement faire du thé, dit-elle.

— Surtout, nous ne voulons pas nous imposer, dit Victoria en s'asseyant. Oh ! Tu as reconverti notre ancienne table de jeu en table de salle à manger ! Quelle bonne idée !

Les joues de Prudence s'enflammèrent de plus belle. Si seulement elle n'avait pas passé les deux derniers mois à mentir, elle aurait pu profiter sans le moindre souci de la présence de Victoria. Pour l'heure, elle ne cessait de s'interroger sur ce que Susie avait bien pu lui dire.

Katie lui tendit une boîte qu'elle avait apportée.

— Maman vous envoie ce gâteau. Cela ne veut pas dire qu'elle pensait que vous n'auriez rien à nous offrir. Elle nous a bien dit que vous faisiez des progrès.

Prudence fronça les sourcils et désigna la pièce voisine d'un signe de tête.

— Andrew est là, et il ne sait pas que je prends des leçons pour apprendre à tenir une maison, chuchota-t-elle.

— Quoi ? s'écria Victoria, abasourdie. Pourquoi fais-tu cela ? Pour l'amour du ciel, tu ne pourrais pas simplement engager une ou deux servantes ?

Prudence se mordit la lèvre. Sans répondre, elle ouvrit la boîte et en sortit un magnifique gâteau couvert d'un glaçage rose.

— Il a l'air délicieux ! dit Victoria.

— Je ne saurai jamais faire aussi bien, murmura Prudence, soulagée que l'attention de Victoria ait été détournée. Moi qui pensais avoir fait des progrès, quand je vois cela, je me rends compte que j'ai encore beaucoup à apprendre.

Prudence alla chercher des assiettes, et appela Andrew. Ce dernier écarquilla les yeux.

— J'étais tellement absorbé par ma lecture que je n'ai pas entendu frapper à la porte. Oh ! quel superbe gâteau !

— Katie l'a apporté. Je te présente Katie, une amie très chère. Tu connais Victoria, bien sûr.

A sa grande surprise, Andrew et Victoria se saluèrent assez fraîchement. Leur conscience d'appartenir à des classes sociales différentes était-elle trop forte pour qu'ils deviennent amis ? Ou bien y avait-il autre chose qui les séparait ? Victoria n'était certainement pas bêcheuse !

Un silence s'installa. Prudence coupa le gâteau et tendit une assiette à chacun. Comme il n'y avait pas assez de chaises autour de la table, Andrew s'installa dans le gros fauteuil, près du poêle.

— C'est mon fauteuil préféré, dit-il à Prudence en souriant.

— Je n'arrive pas à croire que tu n'aies pas de domestiques, remarqua Victoria en prenant une bouchée de gâteau.

— Oh ! tu sais..., répondit Prudence, embarrassée par l'insistance de Victoria. Je suis parfaitement capable de tenir la maison pour nous deux.

— Ne vaudrait-il pas mieux que tu enseignes le français ou le piano, au lieu d'apprendre à faire la lessive, à cuire une oie, ou à faire toutes ces choses qui te sont complètement étrangères ?

— Victoria ! marmonna Prudence, en enfouissant le visage dans ses mains.

— Tu ne sais pas faire la lessive ? demanda Andrew, choqué.

Prise au piège de ses mensonges, Prudence se figea. Lentement, elle secoua la tête.

— Pourquoi diable ne me l'as-tu pas dit ? J'aurais pu te montrer comment faire.

Il y avait tant d'incrédulité et de peine dans sa voix qu'elle en eut le cœur serré. Victoria ne pouvait-elle donc pas tenir sa langue ? Il est vrai que son amie n'était pas connue pour sa discrétion…

Prudence eut un pâle sourire.

— Ce n'était pas très important. Victoria, je n'ai pas envie de donner des leçons. J'aime ce que je fais.

— Ah, bon, répondit celle-ci, décontenancée. Oh ! mais j'ai une meilleure idée ! Tu devrais inviter Susie à te rendre visite. Elle pourrait t'aider à t'installer !

Un désastre. Victoria avait provoqué un véritable désastre. Prudence était partagée entre le rire et les larmes. Mais Victoria avait cependant raison sur un point. Prudence adorerait avoir la visite de Susie. Andrew était si souvent absent que la perspective d'avoir de la compagnie fit surgir sur ses lèvres un sourire de soulagement. Néanmoins, il fallait aiguiller Victoria sur un autre sujet, afin de laisser un peu de temps à Andrew pour s'habituer à l'idée d'avoir une invitée sous son toit. Il ne prenait jamais de décisions à la légère. C'est dire s'il avait fait preuve d'une rapidité exceptionnelle quand il avait décidé de l'épouser.

— Tu ne m'as toujours pas parlé de ton emploi, dit-elle à Victoria pour rattraper la situation.

Celle-ci arbora un grand sourire. Prudence la connaissait

suffisamment pour savoir que cela ne laissait augurer que des problèmes.

— Comme je te l'ai dit, je travaille pour une association de suffragettes. Pour le moment, elles veulent que je dresse une liste des services dont les femmes ont besoin en urgence, afin de ne pas s'éparpiller. Par exemple, en ce moment, non seulement nous essayons d'obtenir le droit de vote pour les femmes, mais nous les éduquons aussi pour qu'elles sachent comment se battre pour leurs droits. Et en plus de cela, nous aidons celles qui veulent travailler à faire garder leurs enfants, et celles qui sont battues à quitter l'homme qui les maltraite. Une de nos batailles constantes est de trouver de l'argent pour leur payer un loyer, afin qu'elles ne se retrouvent pas à l'hospice. Mais toutes ces choses prennent du temps et de l'argent. Aussi, je fais une liste des groupes qui viennent en aide aux femmes en dehors du nôtre, pour que nous puissions nous concentrer sur le droit de vote.

Victoria conclut avec un sourire éblouissant, et prit une nouvelle bouchée de gâteau, comme si elle venait d'énoncer des évidences. Prudence avait toujours été fascinée par le don de son amie pour clamer son opinion sans aucune retenue. Mais c'était bien la première fois que Prudence en demeurait sans voix.

Elle jeta un coup d'œil à Katie, qui souriait comme si tout cela était parfaitement normal. Son mari continuait de manger, un petit sourire surpris flottant sur ses lèvres.

— Tout cela est très bien, finit-elle par dire.

— *Bien ?* rétorqua Victoria en agitant sa tasse. C'est plus que bien, c'est formidable ! Je pense que je serai excellente dans ce travail, et j'aurai enfin quelque chose de mieux à faire que de me changer pour le thé ! Toute ma vie, j'ai rêvé de faire quelque chose d'important. C'est sans doute une chance !

Katie gloussa, et Prudence eut un sourire mesuré.

— Depuis quand ta vie ne te paraît-elle pas bien remplie ? Tu n'en avais jamais parlé jusqu'à présent.

Katie et Victoria rirent ensemble.

— Avant la mort de père, je prenais des cours de secrétariat. Avec Katie.

Prudence arqua les sourcils.

— Avec Katie ? Je ne le savais pas.

— A l'époque, je faisais cela pour pouvoir aider père dans son travail. J'ai toujours pensé que je deviendrais botaniste, comme lui. Ou que j'écrirais des articles sur la botanique.

Victoria se mordilla le pouce, et son joli visage s'assombrit.

— Je ne pourrai pas devenir botaniste tant que les femmes n'auront pas le droit de travailler dans le domaine qui les intéresse. J'ai rencontré l'amie d'une amie, Martha Long, qui est à la tête de cette petite association. Et soudain, j'ai trouvé non seulement un emploi, mais aussi une mission, un but !

Victoria se remit à manger, mais son enthousiasme avait considérablement diminué. Le cœur de Prudence se serra. Visiblement, Victoria avait été profondément blessée par quelque chose, alors qu'elle n'était plus là pour l'aider. Mais peut-être était-ce mieux ainsi ? Vic semblait avoir beaucoup mûri.

Andrew se leva brusquement, et alla déposer sa tasse et son assiette dans l'évier.

— Désolé de ne pouvoir rester bavarder avec vous, mesdames, mais j'ai un rendez-vous.

— Andrew prend des cours avec un professeur de maths deux fois par semaine, expliqua fièrement Prudence. Il étudie, afin de passer les examens d'entrée de l'école vétérinaire au printemps prochain.

Andrew passa dans la chambre afin de s'habiller. Prudence se tourna alors vers Victoria.

— Tu ne m'as toujours pas dit ce que Rowena et ta tante Charlotte pensent de cette aventure.

— Eh bien… elles ne savent rien, expliqua Victoria d'un ton patient, comme si elle s'adressait à une enfant. Je viens juste d'obtenir ce poste, et je ne travaille que depuis deux jours. Martha sait que je n'habite pas à Londres, mais je pourrai faire ce travail depuis Summerset, en attendant de venir m'établir en ville.

— Tu habites chez Katie ?

— Depuis quelques jours, oui.

Katie comprit immédiatement la pensée qui venait de traverser l'esprit de Prudence.

— Il ne faut pas en vouloir à maman de ne vous avoir rien dit. Victoria voulait vous faire une surprise. C'était mieux comme ça, vous ne trouvez pas ?

Les yeux de Prudence s'emplirent de larmes, et Victoria se précipita vers elle.

— Ne pleure pas, ma Prudence chérie. Tu m'as manqué aussi. Il ne faut plus penser au passé, d'accord ?

Prudence renifla doucement.

— C'est facile à dire pour toi, répondit-elle en songeant à Rowena.

Katie lui tendit un mouchoir. Prudence se moucha et posa la tête sur l'épaule de Victoria. Pour la première fois, les bras de cette dernière lui semblèrent forts et réconfortants. Elle aurait eu tant de choses à lui dire ! Mais tout était confus dans sa tête.

— Alors, que penses-tu de mon idée ?

— Je la trouve merveilleuse, répondit Prudence. Tu crois que ta tante laissera Susie venir ici ?

— Je vais faire en sorte qu'elle accepte, déclara Victoria en se rasseyant. Je suis assez obstinée quand je veux.

Prudence plissa les yeux et la considéra d'un air suspicieux.

— Et donc, que comptes-tu dire à Rowena et à ta tante ?

Victoria s'agita tout à coup, comme si elle avait été assise sur des épines.

— Je ne sais pas encore. Cela risque de créer beaucoup de soucis pour rien, aussi je pense garder mon petit secret. D'après ce que j'ai compris, nous viendrons tous à Londres pour Pâques, de toute façon. Je rendrai visite à tous mes amis, en attendant.

Prudence détourna les yeux. Rowena n'avait cessé de lui dire que si elle tenait bon jusqu'à Pâques, ensuite tout s'arrangerait. Puis elle avait découvert que Rowena lui mentait. Des larmes lui piquèrent les yeux, mais elle les réprima au prix d'un violent effort. La trahison de son amie l'avait assez fait pleurer. Elle ne verserait plus de larmes à cause d'elle.

— Quand dois-tu retourner à Summerset ?

— Demain.

Une fois de plus, Victoria se rembrunit, mais Prudence ne posa pas de questions. Cette nouvelle Victoria était bien plus intimidante que l'ancienne, et Prudence sentait qu'il faudrait du temps avant de retrouver leur relation d'autrefois. Si elles la retrouvaient un jour. Victoria avait peut-être trop évolué pour cela.

Elles parlèrent encore quelques minutes avant que Victoria ne prenne congé. Prudence eut le cœur serré en la voyant partir. Le fait d'être de nouveau près d'elle avait ravivé les souvenirs de son ancienne vie. Elle avait une conscience aiguë de tout ce qui manquait à sa nouvelle existence. Elle serra Victoria contre son cœur.

— Reviens vite, lui chuchota-t-elle à l'oreille. Tu m'as tellement manqué.

— Je te le promets. Nous enverrons Susie pour t'aider à faire le ménage, en attendant que tu sois complètement installée.

Après avoir serré une dernière fois Prudence dans ses bras, elle descendit l'escalier et se retourna à mi-chemin pour lui faire un petit signe de la main. Pour Prudence, c'était comme si Victoria illuminait tous les lieux où elle passait, et que tout replongeait dans l'ombre après son départ.

Une fois ses visiteuses parties, elle se mit à laver les tasses, la tête ailleurs. Que pensait Andrew, maintenant qu'il avait découvert qu'elle ne savait même pas faire la lessive ? Dans son milieu, même les hommes savaient comment il fallait s'y prendre — à défaut de s'y mettre vraiment, bien sûr. L'aurait-il épousée s'il avait su à quel point elle était une mauvaise ménagère ?

La lessive !

Se séchant rapidement les mains, elle descendit l'escalier quatre à quatre et entra dans la cave. Après avoir allumé, elle se précipita vers le bassin où elle avait laissé les draps et le linge d'Andrew à tremper. A l'aide d'un bâton, elle sortit le linge et le déposa dans l'autre bassin pour le rincer. Elle le remua vivement pour éliminer la poudre bleue, mais sans succès. Leurs draps, et tout le linge d'Andrew étaient tachés de bleu. Elle vida le bassin, et rinça encore deux fois le linge, avant de renoncer. S'essuyant soigneusement les mains sur son tablier blanc, elle s'assit sur le sol, accablée.

Andrew avait été surpris d'apprendre qu'elle ne savait pas faire la lessive : il le serait donc d'autant moins en voyant l'état de leur linge.

Face à Kit, Victoria balança entre deux réactions : lui claquer la porte au nez, ou bien rester pour le voir ramper devant elle.

Elle choisit de le voir ramper.

— Tu n'as pas répondu à mon message, dit-il.

Elle croisa les bras, sans dire un mot. Ses bagages étaient prêts, entassés près de la porte, mais elle n'avait pas encore décidé si elle le laisserait l'accompagner à la gare. Martha ne demandait pas mieux que de l'y conduire elle-même. Victoria n'aurait qu'à l'appeler, elle serait là en un rien de temps.

Mais ce serait plus amusant avec Kit.

— Je te demandais pardon, dans ma lettre. J'ai rencontré Sebastian et ton cousin au club, et je n'ai pas vu le temps passer. J'ai voulu venir t'expliquer, mais tu ne m'as pas ouvert.

Elle porta sur lui un regard accusateur.

— Tu as fait irruption, soûl comme une barrique, une fois que tout le monde était couché en plus ! Ce n'était pas le meilleur moment pour présenter des excuses, tu ne crois pas ?

Kit se dandina d'un pied sur l'autre.

— J'ai envoyé un mot, grommela-t-il d'un ton boudeur.

Victoria eut le plus grand mal à réprimer un sourire de triomphe. Ramassant un de ses sacs de voyage, elle le lui lança dessus. Il trébucha et manqua tomber, déséquilibré.

— Hé ! Pourquoi fais-tu cela ?

— Je croyais que tu m'emmenais à la gare ?

Le visage de Kit s'éclaira.

— Alors, tu me pardonnes ?

— Je n'ai pas dit cela, lui répondit-elle en lui lançant un deuxième sac. Va mettre ça dans la voiture. Je descends.

Elle serra Katie et Muriel dans ses bras. Lottie était sortie un peu plus tôt, en lui disant qu'elles se verraient bientôt. La nouvelle position de Victoria au sein de l'association ne l'emplissait pas d'allégresse, mais elle s'y était résignée. Bien sûr, Lottie exerçait un autre travail, et investissait la plus grande partie de son salaire dans l'organisation, elle avait donc de bonnes raisons d'être amère.

— Ecoute, Vic, je t'ai dit que j'étais désolé, que puis-je faire de plus ?

Kit semblait plus grincheux que repentant, et il fixait la route devant lui au lieu de la regarder d'un air malheureux. Certes, il conduisait. Mais ces vieux romans français qu'elle aimait lire étaient très clairs sur la façon dont un homme devait s'excuser. Kit ne s'y prenait pas du tout comme il le fallait. Bien sûr, dans ces romans, l'homme et la femme étaient amoureux, ce qui n'était pas le cas pour Kit et elle. Pas du tout, même. Dans ce cas, les excuses devaient être différentes également, non ? Elle se cala sur le siège en cuir souple de la voiture et le laissa mijoter un peu. Pas question de céder trop vite. Elle avait été humiliée. Deux fois, par-dessus le marché ! D'abord quand il lui avait posé un lapin, ensuite quand il était venu brailler, complètement ivre, devant la porte de Katie.

Au fur et à mesure qu'ils approchaient de la gare, elle voyait ses épaules s'affaisser.

— Tu as ton billet ? s'enquit-il, laconique.

Elle acquiesça, et il sortit de la voiture. Au lieu de venir lui ouvrir la portière, il souleva le hayon et sortit les bagages qu'il confia à un porteur. Victoria descendit en hésitant et s'approcha, alors qu'il donnait un pourboire au porteur.

— Je te pardonne, dit-elle d'une petite voix.

— Quoi ? cria-t-il, tandis que le porteur s'éloignait.

Elle leva la tête pour le regarder.

— J'ai dit que je te pardonnais.

— Ah, tu me pardonnes, n'est-ce pas ? Comme c'est gentil. Vraiment très généreux. Pour qui te prends-tu ? Pour une princesse ? Je devrais peut-être te remercier ?

Elle recula d'un pas, effarée. Puis toute sa colère resurgit.

— Tu as de la chance que je te pardonne, alors que tu t'es conduit comme un mufle ! Tu m'as humiliée devant mes amies…

— Ah, c'est cela le vrai problème, n'est-ce pas ? Tu étais gênée à cause de tes amies.

Victoria regarda autour d'elle. Ses joues étaient brûlantes de honte.

— Arrête. Tu te donnes en spectacle.

— Dans ce cas, je ferais sans doute mieux de partir ?

— Peut-être. Je n'ai pas besoin de toi pour trouver le quai d'embarquement, répondit-elle, la gorge nouée par les larmes.

Cela ne se passait pas *du tout* comme prévu. Comment avait-elle pu laisser la situation lui échapper à ce point ? Kit était censé être son ami.

— Bonne journée, alors.

Le visage de Kit vira à l'écarlate, mais il souleva son chapeau pour la saluer et fit mine de s'éloigner.

— Tu te comportes comme un bébé ! cria-t-elle.

Il marqua une pause très brève, mais ne se retourna pas.

Très bien, songea-t-elle en essuyant quelques larmes de ses doigts gantés. S'il voulait être rasoir, libre à lui. Son cœur se serra douloureusement. Ce n'était pas le malaise annonciateur d'une crise, mais plutôt une douleur, aussi aiguë que lorsqu'elle avait perdu Prudence, ou son père avant elle. Cela n'avait aucun sens ! se dit-elle, tout en cherchant le quai. Kit ne faisait pas partie de sa famille, c'était juste un ami. Et pas un ami exceptionnel, si on pensait à toutes ses taquineries et au fait qu'il ne la comprenait absolument pas.

Elle monta à bord du train, en récapitulant toutes les déceptions que Kit lui avait déjà fait éprouver. Et après tout, ils n'étaient amis que depuis quelques mois. Peut-être ne pouvaient-ils pas du tout s'entendre, en fin de compte. Il n'y avait qu'à le laisser à ses amis idiots, ses beuveries interminables, et leur ridicule Cénacle. Elle avait des choses à accomplir, *elle*. Notamment pour Martha, qui n'était pas une patronne, mais une amie.

Victoria entra dans son compartiment, rassérénée. Pas vraiment sereine, car il était bien triste de perdre un ami, après tout. Mais elle se consola en pensant au travail qui l'attendait.

A son arrivée, Victoria demeura bouche bée en apercevant Rowena qui agitait son chapeau et son ombrelle sur le quai de la gare de Theton. Quelle différence avec la jeune femme indolente qu'elle avait quittée une semaine plus tôt !

Rowena lui sauta au cou dès qu'elle eut posé le pied sur le quai.

— Mon Dieu, comme tu m'as manqué ! Il s'est passé tellement de choses.

Elle avait toujours eu le teint clair, mais elle était devenue d'une pâleur mortelle ces derniers mois. Pour la première fois depuis des semaines, ses joues avaient pris une jolie couleur rosée, et ses yeux pétillaient.

— Je n'arrive pas à le croire ! s'exclama Victoria. Tu es amoureuse !

Rowena s'écarta, les yeux écarquillés.

— Comment as-tu deviné ?

A cet instant, Sebastian apparut derrière Rowena, souriant sous un parapluie noir. Le regard de Victoria passa de l'un à l'autre.

— Sebastian ?

— Félicitez-nous, ma chère sœur, car je suis fiancé à Rowena.

— Que dites-vous ? balbutia Victoria, éberluée.

Rowena éclata de rire.

— C'est une longue histoire, sœurette. Disons simplement que les événements se sont bousculés depuis ton départ.

— Je vais chercher vos bagages pendant que Rowena vous met au courant.

Les filles rallièrent la voiture de Sebastian sous une pluie battante.

— Comment le temps peut-il changer aussi vite ? Il ne pleuvait pas comme ça à Londres, remarqua Victoria en grimpant dans la voiture.

— La pluie a commencé hier. Avant, nous avions un temps merveilleux. Du soleil, pas de vent ni de nuages. Idéal pour l'aviation, ajouta-t-elle en jetant à Victoria un regard de côté.

Celle-ci parut bondir sur son siège.

— Tu ferais mieux de me dire ce qui se passe. Ton amoureux, c'est le pilote, pas Sebastian, n'est-ce pas ?

Elle écouta Rowena raconter son histoire, sans l'interrompre.

— Mais que vas-tu faire pour tante Charlotte ? Elle sera folle de chagrin quand tu lui annonceras que tu ne vas pas épouser Sebastian, mais un pilote issu d'une famille sans le sou !

Rowena détourna les yeux.

— Attends ! cria Victoria. Il ne t'a même pas demandée en mariage ?

— Non, avoua-t-elle. Nous ne pensons pas à cela pour le moment. J'apprends à piloter ! Je vais être pilote d'avion, et je suis amoureuse. Tu ne trouves pas que c'est assez pour une semaine ?

— Oui, mais je ne comprends pas, répondit Victoria en fronçant les sourcils. S'il t'aime, pourquoi ne fait-il pas sa demande ?

Sebastian ouvrit alors le coffre de la voiture pour y déposer les sacs de Victoria, puis vint s'installer au volant. Victoria garda le silence. Les muscles de sa nuque étaient noués. Elle avait envie de raconter elle aussi ses aventures londoniennes, mais ce qu'elle avait à annoncer n'était rien, comparé à de fausses fiançailles ! Elle n'avait pas l'habitude de passer au second plan. De plus, sa querelle avec Kit la contrariait encore.

— Quand diras-tu à tante Charlotte que tu as rompu tes fiançailles ? Il faut que tu le fasses avant que les gens ne vous envoient des cadeaux.

— Jon doit repartir dans le Kent dans quelques jours, marmonna Rowena, l'air penaud.

Victoria s'agita, un peu mal à l'aise. Rowena n'avait encore jamais été amoureuse, et Vic ne savait rien de son bien-aimé, en dehors du fait qu'il se promenait dans le ciel avec sa sœur.

Quand ils arrivèrent à Summerset, elle attendit patiemment le moment où elle pourrait se réfugier dans son bureau secret. Elle bavarda avec Elaine et tante Charlotte, leur parlant de son séjour à Londres comme si elle avait passé tout son temps dans la bonne société. Elle eut un peu de mal à inventer des gens que sa tante ne connaissait pas, bien qu'ils fussent censés appartenir à la haute aristocratie. A la fin, elle finit par avouer qu'elle avait rencontré toutes ces personnes à l'Opéra, ou dans des lieux similaires, mais qu'elle était restée la plupart du temps chez les Kingsly, et qu'elle avait été invitée chez les amis de son père. Tante Charlotte avait fait la moue en entendant cela, mais n'avait pu lui adresser de reproches.

Lorsqu'elle eut passé un laps de temps suffisant à décrire de fausses réceptions, elle monta dans sa chambre, rassembla les dossiers que Martha lui avait confiés, et partit se cacher dans sa pièce secrète. Elle alluma un feu pour chasser le froid qui y régnait en permanence, et se mit au travail. Tous ces articles qu'elle avait cru pouvoir écrire pour *La Revue du botaniste*... Submergée un bref instant par l'abattement, elle se consola en pensant à l'importance du travail auquel elle allait pouvoir se consacrer.

L'un des dossiers que Martha lui avait donnés contenait de précieuses informations sur la façon d'accomplir ses nouvelles tâches. En plus de son travail de bureau, Martha souhaitait qu'elle soit le porte-parole de l'association. L'autre chemise de cuir contenait des papiers que Victoria avait elle-même rassemblés sur les différents services à offrir aux femmes. Elle ouvrit le premier et en examina le contenu.

Tout d'abord, elle découvrit un paquet de cartes de visite, sur lesquelles étaient imprimés les mots : Suffragettes for Female Equality, avec une adresse postale, tracée d'une belle écriture féminine. Puis elle examina des documents sur lesquels figuraient des listes de noms répartis en plusieurs groupes. Elle haussa les sourcils en comprenant le classement. Dans le premier groupe se trouvaient une vingtaine de femmes, parmi lesquelles sa tante, qui pouvaient être considérées comme le haut du panier dans la société londonienne. Ces femmes établissaient les règles que toutes les autres appliquaient docilement. Comme tante Charlotte, elles étaient titrées, fortunées, et âgées d'une quarantaine d'années.

Le groupe suivant constituait une énigme que Victoria ne tarda pas à résoudre. Ces femmes étaient les plus chic, celles qui lançaient la mode. Elles étaient riches, mais plus jeunes que les précédentes, n'appartenaient pas forcément à la noblesse, mais faisaient indéniablement partie du gratin. Le troisième groupe ne lui posa aucun problème. Il regroupait toutes les femmes de confession juive, tolérées par la bonne société en raison de leur richesse. La quatrième liste était celle qui comprenait le plus de noms. Victoria n'en connaissait que quelques-uns. Il lui fallut cinq minutes pour se rendre compte qu'il s'agissait des épouses de self-made men dont la fortune était récente et qui voulaient grimper dans l'échelle sociale.

Plusieurs étaient américaines. Cette dernière liste était suivie d'une lettre de Martha.

Je suis si heureuse de vous compter parmi nous ! Je sais que vous allez nous être précieuse. Mon nom ayant été terni dans la bonne société, je n'ai plus aucune influence sur ces femmes. Mais vous êtes la personne idéale, ma chère, pour les gagner à notre cause. Il me semble que vous devriez mettre l'accent sur l'aide que nous apportons aux femmes et ne pas insister sur nos activités de suffragettes. La plupart de ces pauvres femmes ont été persuadées par leurs maris qu'il valait mieux pour elles ne pas avoir de droits. Incroyable, n'est-ce pas ? Cela me met hors de moi !

Aussi, pour travailler parmi elles, il est préférable d'utiliser le nom principal de notre mouvement : Suffragettes for Female Equality, qui est moins agressif. Vous vous demandiez pourquoi je vous recommandais de la discrétion vis-à-vis des autres, et voici la raison. Naturellement, ma chère, je n'exige pas que vous mentiez sur vos activités. Soyez juste prudente, n'en dites pas trop.

Pour en revenir à cette liste. Vous parviendrez sûrement à vous faire présenter ces femmes par votre tante, si vous ne les connaissez pas déjà. La saison ne va pas tarder à commencer, et vous aurez de nombreuses occasions de leur parler de notre noble cause. Nous aurons bien sûr plusieurs réunions de travail avant de vous lâcher, pour ainsi dire, dans la nature. Aussi, je vous suggère de revenir à Londres le plus vite possible. De plus, vous me manquez terriblement.

Votre mission pour l'instant se borne à mémoriser ces noms. Faites comprendre à votre tante que vous êtes impatiente de faire votre entrée dans le monde, et trouvez un prétexte pour revenir dans les prochains jours ! Je vous fais confiance, connaissant votre esprit d'initiative !

Bien à vous,

Martha Long

Victoria se rembrunit. Faire son entrée dans le monde ? Elle *détestait* la bonne société ! Leur père leur avait appris à mépriser les snobs. Et maintenant, il faudrait qu'elle les courtise ?

Elle frémit à cette idée. Martha n'avait pas conscience du sacrifice qu'elle lui demandait. Mais d'un autre côté, elle voyait l'intérêt d'avoir quelqu'un en bons termes avec les femmes suffisamment riches pour les aider à faire fonctionner leur association, et surtout avec celles dont les maris siégeaient au Parlement. Il fallait simplement espérer que la tâche de les convaincre ne lui incomberait pas. Elle se voyait mieux sur le terrain que dans les salons des riches et puissants.

Que dirait nanny Iris, si elle apprenait ce qu'elle faisait ? Elle serait heureuse pour elle, se dit-elle, sachant que Victoria cherchait depuis toujours à exercer son talent et à dépenser son énergie. Mais elle savait aussi que, tout au fond de son cœur, nanny Iris ne serait pas du tout enthousiaste.

C'était la fin du monde. Kit se doutait depuis longtemps que cela allait arriver avant qu'il ait eu le temps de s'amuser vraiment. Et maintenant la preuve était là, sous ses yeux.

Lady Edith Billingsly d'Eddelson Hall a le plaisir d'annoncer les fiançailles de son fils, lord Sebastian Billingsly, avec l'honorable Mlle Rowena Buxton, nièce de lord et lady Summerset, lord

Conrad Buxton et lady Charlotte Buxton, et fille de feu sir Philip Buxton.

Cela continuait ainsi sur plusieurs lignes, mais Kit n'avait pas le courage d'aller plus loin. Il avait un peu envie de se lamenter comme Benedict, dans *Beaucoup de bruit pour rien,* et de clamer à son exemple : « Je ne verrai jamais un célibataire de soixante ans ? »

Il se rendrait dès le lendemain chez les Billingsly et y resterait deux jours. Il fallait qu'il fasse entendre raison à ce crétin de Sebastian. C'était un service à lui rendre.

Ecœuré, il jeta le journal sur la table du salon de thé, où il avait rendez-vous avec un ami. Ils avaient prévu de se rendre au club ensemble et de faire une partie de tennis avant de rentrer se changer pour le dîner. Bientôt, plus un seul de ses amis ne serait libre pour ce genre de choses. Les malheureux seraient tous mariés avec d'affreuses petites filles gâtées comme Victoria. Par chance pour Sebastian, la sœur de celle-ci avait meilleur caractère.

Mais bien sûr, Victoria ne se marierait jamais.

Kit se resservit du thé et reprit son journal, tournant soigneusement la page pour ne plus poser les yeux sur l'article. *Seigneur.* Bien sûr qu'elle se marierait. Avec un type guindé, qui se moquerait bien qu'elle se lance dans des diatribes, ou récite des passages de contes de fées, au moment le plus mal choisi. Néanmoins, lorsqu'elle avait évoqué « le grand méchant loup » à l'instant précis où lady Billingsly faisait son entrée, l'effet avait été assez hilarant. Même si sa tante avait failli en avoir une crise d'apoplexie.

Elle était certainement très spirituelle, et parfois même carrément drôle. Comme la fois où ils avaient trouvé un oiseau mort dans son bureau secret. Elle avait insisté pour le faire brûler, en accompagnant la crémation d'une petite cérémonie d'adieu. Puis elle s'était rendu compte avec horreur que le volatile sentait le poulet rôti — et que cela leur donnait faim.

Mais c'était aussi une horrible grincheuse. On ne savait jamais comment elle allait réagir. Sebastian aurait beaucoup moins de problèmes avec Rowena, qui était d'humeur égale et tout aussi ravissante, à condition d'aimer les madones aux yeux verts, au teint pâle, et à la longue chevelure sombre. Tout le monde considérait qu'elle était de loin la plus belle des deux. Kit n'était pas de cet avis. Il trouvait Rowena un peu trop apathique et fade, comparée à sa sœur dont les yeux bleus pétillaient d'intelligence. Avec sa petite taille, Victoria avait l'allure éthérée d'une fée de la forêt, et à côté d'elle les autres paraissaient lourdauds et maladroits.

Non que cela ait pour lui la moindre importance, bien sûr. Il s'en moquait comme d'une guigne. Mlle Victoria lui avait fait clairement comprendre ce qu'elle pensait de lui, notamment quand elle avait « accepté » ses excuses. Elle avait de la chance qu'il ne lui ait pas tordu le cou !

Une mouche se mit à tourner autour de lui en bourdonnant, et il se servit de son journal replié pour la chasser. Elle lui manquait ? Et alors ? Il avait voulu avoir une amie femme, et ça n'avait pas marché, voilà tout. A vrai dire, il ne s'attendait pas à ce que leur amitié résiste au temps.

Il agita le journal en direction de la mouche. Les femmes étaient trop ennuyeuses, et Victoria était la pire de toutes. Pourquoi voulait-elle absolument montrer ce qu'elle savait faire ? Les vraies dames ne travaillaient pas, elles se contentaient d'être décoratives. Bon sang, les gentlemen ne travaillaient pas non plus. Ils engageaient des hommes de loi pour gérer leur argent, et leur allouer des rentes annuelles.

Ce n'était pas sa faute si Victoria lui donnait l'impression d'être… oisif. Il faisait ce que tout homme était censé faire. Ce que ses parents l'avaient habitué à faire. Il déjeunait avec ses amis. Il assistait à des cérémonies, se faisait tailler ses costumes chez Peel, et flattait les gens qu'il fallait. Il avait même des intrigues avec les femmes qu'il fallait, suffisamment inaccessibles pour qu'il ait l'air d'un vaurien. Dans leur monde fermé, il était un homme important. Encore jeune, certes, mais prometteur.

Il agita de nouveau le journal, et manqua renverser son thé. Stupide mouche. Et où diable était Peter ?

Mais Victoria, elle, le voyait sous un autre jour. Elle posait sur lui ses ravissants yeux bleus à l'expression critique, et se demandait comment un homme pouvait se lever le matin sans avoir envie de travailler. C'était la faute de son père. Un homme respectable, qui avait choisi d'étudier les plantes. Quelle idée ! Il l'avait gâchée, en l'élevant parmi tous ces artistes, ces intellectuels, ces capitaines d'industrie. Il l'avait poussée à croire que tout le monde avait un talent, une passion, et qu'il était du devoir de chacun de cultiver ses qualités. Résultat, sa fille avait la beauté d'une déesse, l'esprit d'une intellectuelle, l'imagination d'un farfadet, et un caractère de mégère. On lui avait appris à ne pas respecter les hommes, voilà tout !

Il détestait de tout son cœur sir Philip Buxton, sans l'avoir jamais rencontré.

La mouche revint à la charge et il se leva, agitant frénétiquement son journal. Satané insecte.

— Est-ce la dernière danse à la mode ? s'enquit quelqu'un derrière lui.

— Où diable étais-tu passé ? Ça fait des heures que je t'attends !

Un gentleman aux cheveux noirs haussa les sourcils.

— Ce n'est pas ma faute, mon vieux. Je n'ai que cinq minutes de retard.

— J'ai l'impression d'avoir attendu une éternité, grommela Kit en jetant une pièce sur la table.

— Il me semble que quelqu'un est de mauvaise humeur. Une ou deux parties de tennis et un bon dîner au club arrangeront cela. Tu comptes garder ton journal en guise de raquette ?

Kit lança le journal sur la banquette de cuir.

— Non, dit-il avec plus de brusquerie qu'il n'en avait l'intention. Je n'en ai plus besoin.

11

Rowena ferma les yeux tandis que Jonathon amorçait la descente. Elle savoura la sensation de légèreté, et le vent froid qui lui fouettait les joues. Des gouttelettes de brouillard se collèrent à ses lunettes, et elle les essuya avec agacement. Ils volaient bas à présent, sous les nuages, et elle contempla le quadrillage formé par les champs en jachère.

Ils testaient un nouvel avion. Normalement, Jon ne la laissait monter que dans les modèles qu'il connaissait et dont il était sûr. Mais Rowena avait insisté et il avait fini par céder, rendant ainsi hommage à son courage et à sa volonté d'apprendre. Le nouvel avion semblait plus lent que Lucy, leur appareil habituel, mais il était aussi plus stable et fendait les airs avec souplesse. Jonathon obliqua sur la droite et le cœur de Rowena s'envola, dans une sensation de vertige qu'elle connaissait bien désormais. Puis il plongea vers la gauche et elle accompagna le mouvement de son corps, comme si elle avait été à cheval.

Puis le nez de l'appareil remonta vers le haut. Ils traversèrent la couche de nuages qui obscurcissait le paysage, mais l'avion gagnait encore en altitude. En peu de temps, ils émergèrent des nuages et retrouvèrent un univers lumineux, tout de bleu et de blanc.

Dans son enthousiasme, Rowena aurait voulu hurler

de joie. Des larmes lui piquèrent les yeux, faisant surgir de la buée sur les verres de ses lunettes d'aviateur.

L'aviation avait amené dans sa vie un changement irréversible.

Jamais elle ne replongerait dans la grisaille déprimante qui l'avait consumée pendant des mois. L'aviation n'était pas considérée comme une activité convenable pour une dame, mais elle mettait quiconque au défi de l'empêcher de monter en avion. Car elle avait enfin trouvé une activité dans laquelle elle s'épanouissait.

Il devait y avoir d'autres femmes comme elle. Il fallait qu'elle les rencontre, qu'elle les imite, qu'elle apprenne avec elles. Jonathan et M. Dirkes n'étaient pas pressés de la voir piloter seule. Elle ferait en sorte qu'ils ne lui mettent plus de bâtons dans les roues. Il était temps de rompre ses fiançailles avec Sebastian et de se battre pour atteindre son objectif. Un avenir de pilote. Un avenir avec Jon.

Elle ouvrit grand les bras pour embrasser le ciel. Peu importait que Jon trouve son geste stupide.

Son père aurait été fier d'elle.

— Tu dis que tu t'es cassé le bras comment, déjà ?

Kit fusilla Sebastian du regard.

— C'est de l'amusement que je perçois dans ta voix ? Quel genre de personne faut-il être pour se moquer d'un ami blessé ?

— Je ne me moque pas. J'exprime simplement de l'incrédulité et de la curiosité. Comment un champion de tennis peut-il non seulement perdre contre Peter Tremain, mais aussi se casser le bras pendant le match ?

Ils prenaient tous deux leur petit déjeuner dans la salle à manger d'Eddelson Hall. Les plats étaient disposés sur une desserte, et un valet se tenait à côté d'eux au cas où ils auraient eu besoin de quelque chose. Kit jeta un coup d'œil maussade au plâtre qui enveloppait son bras droit. La seule chose dont il aurait eu besoin, c'était d'apprendre à manger de la main gauche, mais pour cela le valet ne pouvait lui être d'aucune aide.

— J'avais la tête ailleurs, répondit-il sèchement.

Il se garda bien d'ajouter qu'il avait vu une jolie blonde passer près de la pelouse et que, l'espace d'une seconde, il l'avait prise pour Victoria. C'est alors qu'il avait trébuché et s'était affalé contre le filet, se brisant le bras dans sa chute.

Ils ne se parlaient même plus, et elle parvenait tout de même à lui gâcher la vie.

Kit était ensuite parti à Eddelson, tard le soir, incapable de supporter davantage les questions et les remarques incessantes de sa mère. En outre, il avait besoin de se changer les idées pour oublier Victoria.

— Si tu veux aborder un sujet amusant, parlons de tes fiançailles avec Rowena. Il suffit donc que je tourne le dos cinq minutes pour que tu te fiances ? Aurais-tu perdu la tête ?

Sa blessure le faisait souffrir et il avait conscience d'être ronchon, mais il n'y pouvait rien. De toute façon, Sebastian méritait bien d'être remis à sa place. Qui aurait eu l'idée de se fiancer, sans en parler d'abord à son meilleur ami ?

Sebastian le considéra avec stupeur.

— Bonté divine, calme-toi, mon vieux. Tu es pire qu'une vieille femme.

Kit haussa les épaules.

— Je croyais que si tu tombais follement amoureux, je serais le premier à le savoir, c'est tout. J'aurais pu te sauver de toi-même. Tu as oublié notre accord ?

Sebastian parut soudain très las.

— Je ne suis pas amoureux d'elle, confia-t-il à voix

basse. C'est une feinte. Une comédie. Elle est amoureuse de quelqu'un d'autre. Apparemment, cet amour aurait provoqué un scandale et, à la suite d'un quiproquo inattendu, je lui ai sauvé la mise sans le vouloir. En réalité, c'est plutôt comique, ajouta Sebastian, le regard perdu au loin.

Kit cligna des paupières. Sebastian n'avait pas l'air amusé du tout, il semblait même plutôt triste.

— Alors, tu n'es pas amoureux ?

— Je ne le suis plus, précisa-t-il, si doucement que Kit l'entendit à peine.

— Tu as été amoureux de Rowena ?

Sebastian tressaillit et sourit, revenant au moment présent.

— Non, bien sûr que non. En revanche, plus je la connais et plus j'éprouve du respect pour elle.

— Tu fais semblant d'être fiancé, parce que tu la respectes ?

Kit avait l'impression de passer à côté de quelque chose d'essentiel, mais il ne voyait pas du tout ce que c'était. Il observa son ami plus attentivement, et Sebastian reporta son attention sur son assiette.

— Pas du tout. Je voulais simplement lui donner une chance avec son amoureux. Tu vas me prendre pour un romantique.

Kit n'était pas à son aise. Sa spécialité à lui, c'étaient les discussions à bâtons rompus dans lesquelles il pouvait faire preuve d'esprit de repartie. Pas les conversations sérieuses concernant les peines de cœur. Mais le désespoir qu'il devinait dans les yeux de Sebastian le touchait.

— Et qu'est-il arrivé à la femme dont tu es amoureux ?

— Elle s'appelait Prudence et elle en a épousé un autre.

Kit se renversa contre le dossier de sa chaise.

— La Prudence de Victoria ?

Sebastian acquiesça d'un signe de tête — et coupa court :

— Comment va Victoria, d'ailleurs ? Je ne l'ai pas vue depuis son retour de Londres.

Kit aurait préféré en apprendre davantage sur l'amour secret de Sebastian, mais de toute évidence son ami ne souhaitait pas poursuivre dans ce sens. Rien d'étonnant.

— Je suppose qu'elle va bien. Victoria est comme les chats, elle retombe toujours sur ses pattes. Je ne l'ai pas revue non plus.

— Je croyais que vous étiez comme les deux doigts de la main. Que s'est-il passé ?

Kit demeura un instant déconcerté. Que s'était-il passé ? Rien, sinon qu'il s'était comporté comme un mufle et qu'elle le lui avait dit. Si elle avait été comme les autres filles, elle lui aurait pardonné gentiment dès l'instant où il s'était excusé. Mais justement, il trouvait les autres filles mortellement ennuyeuses.

Avec Victoria, il ne s'ennuyait jamais.

Il pianota un instant sur la table, de la main gauche, avant de rencontrer le regard de Sebastian.

— Divergence d'opinions.

Sebastian siffla doucement.

— Elle te plaît.

Kit tapa du poing sur la table et poussa un grognement quand une pointe douloureuse se propagea dans son bras blessé.

— C'est une amie. C'est tout, dit-il, les dents serrées.

— Tu en es sûr ? Je te trouve beaucoup plus agréable quand elle est dans les parages.

— Et moi, je trouve ta remarque déplacée !

— D'accord, d'accord. Elle ne te plaît pas. Si elle entrait dans cette pièce maintenant, cela te laisserait complètement indifférent. Je comprends.

— Tant mieux. Je ne voudrais pas être obligé de t'assommer avec mon plâtre.

Sebastian repoussa son assiette, et le valet se précipita pour débarrasser.

— Je te suggère de te faire discret aujourd'hui. Mère aura des visites tout l'après-midi, et je serai obligé d'aller saluer ses invitées. Tu peux te reposer dans la bibliothèque, si tu le souhaites. J'enverrai une servante t'approvisionner en thé à intervalles réguliers.

Kit ne chercha pas à dissimuler un frémissement, et ce n'était pas de la comédie. La perspective de passer une demi-journée en compagnie de la mère de Sebastian et de ses amies était glaçante. Alors il allait s'installer comme un vieux bonhomme au coin du feu, et lire. La douleur dans son bras était lancinante, mais il répugnait à prendre le laudanum que le médecin lui avait prescrit. Il avait vu trop de gens devenir dépendants à cette drogue.

Mais une fois confortablement assis dans la bibliothèque, il ne put se concentrer sur son livre. Il avait pourtant un bon feu qui crépitait dans la cheminée, toute la meilleure littérature à portée de main, et une tasse de thé chaud posée devant lui. Mais la pensée de cette petite peste de Victoria ne cessait de l'assaillir. Quand cette espèce d'enfant gâtée était-elle devenue aussi importante pour lui ?

Et surtout, comment allait-il la faire sortir de ses pensées ?

Si lady Summerset fut étonnée que les trois jeunes filles demandent à l'accompagner dans ses visites ce jour-là, elle n'en montra rien. Mais Rowena savait que sa tante ne s'abaisserait jamais à montrer sa surprise.

Rowena voulait désespérément voir Sebastian pour convenir avec lui de la meilleure façon de rompre leurs fiançailles. Elaine lui apportait son soutien moral, et ne voulait surtout pas risquer de manquer un événement scandaleux ou excitant. Quant à Victoria...

Rowena contempla la nuque de sa petite sœur en fronçant les sourcils. Pourquoi Victoria tenait-elle tant à les accompagner, au juste ?

Celle-ci se retourna à cet instant. Comme elles voyageaient à plusieurs, il fallait que l'une d'elles s'assoie à côté du chauffeur, et Victoria s'était aussitôt portée volontaire.

— Qui allons-nous voir aujourd'hui, tante Charlotte ?

Cette dernière sortit une liste de son sac.

— Les Kinkaid, les Honeywell, les Winthrop, et naturellement les Billingsly. Nous irons chez eux en dernier et resterons pour le dîner. Il n'y aura que quelques amis, en plus de la famille. Il nous faut discuter des préparatifs du mariage, précisa-t-elle en souriant à Rowena.

Celle-ci lui rendit son sourire.

Les préparatifs du mariage.

— Je trouve cela follement amusant ! s'exclama Elaine. Tu vas être la reine de la soirée.

Rowena lui décocha subrepticement un coup de coude. Parfois, Elaine en faisait un peu trop.

— Ne commence pas à jacasser, Elaine, lança tante Charlotte d'un ton sec.

Elaine se tut, vexée, et Rowena regretta son geste. Les tempes douloureuses, elle posa la tête contre le dossier de cuir. L'après-midi promettait d'être long.

Au lieu de prendre part à la conversation, elle se concentra sur Jon. Il l'avait embrassée avant de partir, ses lèvres cherchant une réponse à une question silencieuse. Victoria pouvait bien s'inquiéter qu'il ne l'ait pas demandée en mariage, Rowena s'en moquait. Elle *savait* que Jon l'aimait. Mais la situation était plus compliquée que ne le croyait sa sœur. Néanmoins, tout finirait par s'arranger, elle en était sûre.

Elle entendit vaguement la voix animée de Victoria, s'adressant à leur tante. Mais de quoi parlait-elle ? Rowena ouvrit les yeux.

— Vous savez, tante Charlotte, je suis tellement impatiente de voir la saison commencer ! De plus, il y aura toutes sortes de réceptions pour les fiançailles de Rowena ! Je n'ai encore jamais fait de saison complète, vous le saviez ? Croyez-vous que j'ai assez de robes ? Je sais que je devrais porter des tenues de couleur sombre, mais père ne voudrait pas que je reste indéfiniment en deuil. Je devrais peut-être commander de nouvelles toilettes ?

Rowena en demeura figée de surprise. Sa sœur *détestait* la saison, elle trouvait que c'était une perte de temps ridicule. Elle tenta de croiser son regard, mais Victoria ne lâchait pas leur tante des yeux.

— Nous passerons ta garde-robe en revue demain, déclara celle-ci. Si tu veux vraiment faire ton entrée dans le monde, il te faudra au moins quatre nouvelles robes de bal. Elaine en a commandé deux de plus à l'automne, avec tous les accessoires assortis, aussi est-elle prête pour la saison. Rowena aura besoin d'un trousseau complet, naturellement.

Elle s'interrompit et fronça les sourcils, avant de reprendre :

— Je n'y avais pas encore pensé. La couturière nous prendra une fortune pour tout faire dans des délais aussi courts, mais il vous faut de nouvelles robes à toutes les deux.

Victoria sourit, l'air enchanté à la perspective de tous ces essayages. Mais Rowena la connaissait trop bien. Elles adoraient les jolies robes, certes, mais avaient les essayages en horreur, et tous les prétextes étaient bons pour les éviter. Quelque chose sonnait faux. Tout d'abord,

Victoria demandait à les accompagner en visite, et maintenant elle s'extasiait à l'idée d'aller chez la couturière ? Dès qu'elles seraient en tête à tête, elle la questionnerait. Il fallait qu'elle sache ce que sa sœur mijotait.

Le moment fut plus difficile à trouver qu'elle ne le pensait. Tout le monde voulait voir la bague de famille que Sebastian lui avait offerte pour leurs fiançailles. Elle avait tout d'abord refusé de la porter, mais Sebastian avait insisté, afin que leur ruse paraisse plus vraisemblable.

— Vous serez peut-être la première épouse Billingsly à être réellement amoureuse, avait-il ajouté pour plaisanter.

Rowena avait trouvé cette idée déprimante.

Au cours de la première visite, alors que Rowena était emportée dans un flot de conversations portant sur son prochain mariage, Victoria s'immisça dans les bavardages avec une détermination qui intrigua de nouveau sa sœur aînée. Avant que Rowena ait eu le temps de la prendre à part, tante Charlotte les poussa vers la voiture. A la visite suivante, le même manège se répéta. Rowena devrait sans doute attendre d'arriver chez les Billingsly. Elle demanderait à se reposer avant le dîner, et emmènerait sa sœur.

Sebastian vint les accueillir à la porte et lui embrassa chaleureusement la main.

— Comment va ma délicieuse fiancée, aujourd'hui ? demanda-t-il avec un sourire taquin.

Elle eut envie de le frapper. La situation amusait Sebastian ! Puis, se rappelant sa tristesse lors de sa précédente visite à Eddelson, elle se dit qu'elle préférait le voir sourire.

Une nouvelle fois, Rowena fut entraînée dans un tourbillon. Mais comme le fiancé était le fils de la maîtresse de maison, tout sembla prendre une importance démesurée. Tout ce que Rowena disait semblait être parole d'Evangile, et était aussitôt commenté par sa tante ou par Sebastian. Quand on eut déclaré fermement que l'orange sorbet était radicalement différent de l'orange tango, Elaine, excédée, décida finalement de prendre les choses en main.

— Je pense que Rowena est aussi fatiguée que moi. Pourrions-nous nous reposer et nous rafraîchir avant le dîner ?

— Oh ! ce serait merveilleux, renchérit Rowena d'un ton faible.

— Bien sûr. Larson va vous conduire à une chambre.

— Victoria, tu viens avec moi ? lança Rowena par-dessus son épaule, avant d'emboîter le pas au majordome.

Victoria, en grande conversation avec une certaine lady Worthington, haussa les sourcils.

— Je ne suis pas fatiguée, Rona. Et la conversation est si agréable !

Elle adressa en même temps un sourire éblouissant à la femme en robe de soie mauve assise à côté d'elle. Celle-ci lui tapota le genou.

— Allez-y, ma chère. Votre sœur désire certainement vous parler du mariage.

Victoria céda comme à regret et se leva — non sans avoir passé subrepticement une carte à sa nouvelle connaissance. Le trio suivit le majordome, qui les fit entrer dans une grande chambre dont les fenêtres donnaient sur le jardin dans lequel Rowena s'était promenée avec Sebastian lors de sa première visite. Un grand lit occupait le centre de la pièce, et plusieurs fauteuils et canapés étaient disposés devant la cheminée où crépitait un feu.

Elaine s'installa dans un fauteuil à rayures et leur fit un signe de la main.

— Pour l'amour du ciel, détendez-vous. Ce n'est même pas mon mariage, et j'ai l'impression d'être un renard dans une chasse à courre ! Tout le monde croit que j'en sais plus que je ne veux le dire. C'est vrai, mais je ne peux pas l'avouer. Vous imaginez ?

Rowena s'allongea sur un canapé, et s'enveloppa dans un plaid.

— Ce n'est même pas un vrai mariage, et j'ai la même impression que toi.

Victoria lui lança un regard noir, et alla s'asseoir dans le fauteuil voisin.

— Je ne comprends pas pourquoi il fallait que je vienne me reposer avec vous. Je m'amusais beaucoup.

Rowena roula sur le ventre, et regarda sa sœur. Victoria était en meilleure santé depuis qu'elle vivait à Summerset, mais elle était aussi plus renfermée, plus rêveuse. Elle avait un secret, ce qui n'était pas inhabituel chez elle. Victoria avait toujours eu des secrets, qu'elle protégeait comme des pierres précieuses. Mais cette fois, c'était différent. Elle semblait avoir gagné en assurance, être devenue plus adulte.

— C'est exactement pour cela que je voulais te voir. D'où te vient cet amour soudain pour la bonne société ? Tu as toujours détesté cela, encore plus que moi. Et maintenant tu vas rendre visite aux voisins avec tante Charlotte et tu lui demandes de te présenter dans le monde ? Tu veux des robes et des essayages ? Faire une saison ?

Victoria détourna les yeux.

— Nous avons tous besoin de quelque chose, Rowena. Tu as ton pilote, tes fausses fiançailles, et moi je me suis trouvé un intérêt pour les fêtes et les réjouissances. Le Cénacle se retrouvera dans toutes ces soirées, n'est-ce pas ? Pourquoi ne voudrais-je pas passer autant de temps que possible avec eux ?

— Et avec Kit aussi, tu veux dire ?

L'espace d'un instant, un tel chagrin se peignit dans les yeux de Victoria que Rowena eut envie de la prendre dans ses bras et de lui affirmer que tout irait bien. Mais presque aussitôt son effronterie coutumière refit surface. Prudence avait toujours su saisir Vic beaucoup mieux qu'elle.

— Bien sûr, qu'est-ce que tu crois ? lui rétorqua celle-ci d'un ton vif. Et pourquoi faudrait-il que tout tourne toujours autour des hommes ?

— Ce n'est pas ça… Je pensais juste que Kit était ton ami, répondit Rowena avec un geste vague de la main.

— Ce n'est pas parce que tu es amoureuse que tout le monde doit l'être aussi. Je ne me marierai jamais, tu le sais. Et Kit n'a rien à voir dans cette conversation !

Rowena secoua la tête. Elles s'éloignaient du sujet. Elle se rassit, et tenta de prendre les mains de sa sœur. Vic voulut se dégager, mais Rowena tint bon, glissa les doigts sous ses poignets en dentelle, et en sortit plusieurs cartes de bristol ivoire. Les mots Suffragettes for Female Equality étaient tracés dessus, suivis d'une adresse.

— Qu'est-ce que c'est ?

A sa grande surprise, sa sœur entra dans une violente colère, comme lorsqu'elle était enfant. Elle repoussa violemment Rowena sur le canapé, et lui arracha les cartes des mains.

— Cela ne te regarde pas !

— Ce sont ces cartes que tu distribuais ? C'est pour cela que tu as soudain si envie de rencontrer des gens ?

Rowena ne comprenait pas. *Pourquoi sa sœur faisait-elle tant de mystères pour une association de suffragettes ?* Elles appartenaient déjà toutes les deux à l'une d'entre elles.

Le visage de Victoria s'empourpra et elle pinça les lèvres.

— Je ne vois pas pourquoi il faut toujours que tu te mêles de mes affaires. Maintenant, tu voudras bien m'excuser…

Levant le menton, elle sortit d'un pas ferme. Rowena

s'attendait à ce qu'elle claque la porte, mais elle n'en fit rien.

Elaine se tenait toute droite, les yeux écarquillés.

— Que se passe-t-il ? Je ne l'avais plus vue se mettre dans cet état depuis qu'elle était enfant.

— C'est parce que tu ne l'as pas vue souvent, expliqua Rowena en ricanant.

Cependant, elle s'interrogea pendant tout le reste de la soirée.

Victoria se posa les mêmes questions en regagnant le hall. Pourquoi s'était-elle mise en colère ? Il n'y avait aucun mal à ce que Rowena connaisse son engagement auprès des suffragettes. Elle aurait pu lui parler de son nouvel emploi. Mais en réalité, elle se sentait agressée, un peu comme si sa sœur avait touché du doigt une plaie qui refusait de se refermer.

Une minute… Elle aurait déjà dû retrouver l'entrée du salon. Elle regarda autour d'elle, et rien ne lui parut familier. Eddelson Hall n'était certes pas de la même taille que Summerset, mais de toute évidence il était tout de même possible de s'y perdre. Les murs étaient bleu pâle, bien plus clairs que dans leur propriété familiale, et garnis des portraits des ancêtres des Billingsly, accompagnés de leurs chiens de chasse.

Des portes sculptées s'ouvraient de part et d'autre du couloir, et Victoria était soudain beaucoup moins pressée de retrouver les bavardages du salon, alors qu'elle pouvait se détendre un moment dans une pièce vide. La vie en société se révélait extrêmement fatigante, en fin de compte.

Elle n'était pas prête à admettre la vérité sur la cause de sa réaction. Rowena avait mentionné le nom de Kit, or celui-ci lui manquait terriblement, malgré tout. Il lui manquait tant que le seul fait de penser à lui était douloureux.

Elle secoua la tête, comme pour se débarrasser de cette pensée. Kit avait fait son choix, après tout. Il s'était comporté en égoïste et avait mis leur amitié de côté, comme si elle ne représentait rien pour lui. A présent, elle avait juste envie d'être seule. Au moins pendant un moment.

Elle avança dans le corridor sur la pointe des pieds, en jetant un coup d'œil dans chaque pièce. Puis, en arrivant au bout du couloir, elle eut la certitude d'avoir trouvé l'endroit idéal pour se reposer. La pièce était chaleureuse et confortable, avec des fauteuils de cuir, et des centaines de livres garnissant les étagères. Des fenêtres occupaient tout un pan de mur, laissant entrer des flots de lumière, et des flammes dansaient joyeusement dans la cheminée.

Elle entra et referma la porte sans bruit, espérant profiter d'une heure de repos avant de descendre pour le dîner.

Elle alla jusqu'aux étagères qui couvraient un mur entier. La personne qui avait conçu cette pièce l'avait fait en pensant à son confort. Et peut-être aussi en hommage à l'Ecosse, songea-t-elle en observant les plaids verts jetés sur les canapés. Elle venait juste de se tourner vers les rayons pour chercher un recueil de poésie parmi les impressionnants volumes reliés de cuir quand elle entendit un bruit. *Un éternuement.* Elle se figea, le cœur battant. Elle n'était pas seule dans la bibliothèque. Se tournant sans bruit, elle tenta de déceler un intrus.

Elle ne vit rien. Balayant de nouveau la pièce du regard, elle s'arrêta sur le canapé placé devant la cheminée. Le dossier était trop haut pour qu'elle puisse voir une tête, mais la manche d'un costume dépassait de l'accoudoir.

Sebastian, le seul homme de la maison, se trouvait dans le salon, assailli par une foule de questions se rapportant au mariage. Son père était mort. Donc… Soudain, elle crut que son cœur allait s'arrêter. Cette bibliothèque était sans doute celle du père de Sebastian. Une pièce qu'il avait aimée. Elle regarda fixement le tissu noir du vêtement. Il paraissait bien réel. Soudain, une main pâle comme celle d'un fantôme tomba de l'accoudoir et resta suspendue au-dessus du sol, comme si elle n'était rattachée à rien.

Victoria voulut crier, mais elle n'émit qu'un gloussement rauque.

La personne à qui appartenait la manche bondit sur ses pieds et pivota.

— Seigneur !

Kit.

Ils se dévisagèrent longuement.

— Que fais-tu ici ? parvint-elle à articuler.

— Pourquoi cries-tu chaque fois que tu me vois ?

Victoria eut un sourire penaud, en pensant à la fois où il l'avait découverte dans son bureau secret, à Summerset Abbey, au beau milieu de la nuit.

Un sourire se dessina malgré elle sur ses lèvres. Elle le réprima aussitôt, en se rappelant sa colère.

— Parce que tu me fais peur, répliqua-t-elle. C'est peut-être ta tête, qui me fait cet effet, ajouta-t-elle, narquoise.

— Vraiment ? Tu es bien la première femme à ne pas aimer ma tête.

Il sourit d'un air satisfait, et Victoria éprouva une furieuse envie de le gifler. Elle leva crânement le menton.

— Les autres sont polies, c'est tout.

— Oh ! je ne crois pas.

Le sourire de Kit s'élargit, et elle eut encore plus envie de le frapper. Puis elle vit pourquoi sa main avait un aspect aussi étrange. Un plâtre la recouvrait en partie, et remontait sur l'avant-bras.

— Tu es blessé ! s'écria-t-elle en se précipitant vers lui.

— Je me suis cassé le poignet en jouant au tennis. Rien de grave. Le médecin a dit qu'il m'enlèverait le plâtre dans cinq semaines. Le seul problème, c'est pour manger ou se raser.

Victoria prit sa main blessée. Ses doigts étaient brûlants.

— Que fais-tu ici ? Pourquoi ta mère n'est-elle pas là pour te soigner ?

— Tu ne connais pas ma mère, dit-il avec un sourire. Je ne pouvais pas rester seul dans mon appartement, et j'avais promis à Sebastian de lui rendre visite. Je savais qu'on s'occuperait bien de moi ici. Je rentrerai sans doute chez moi dans une semaine ou deux.

Elle leva les yeux. Kit était pâle, sa mâchoire était crispée, et il avait les yeux brillants.

— Tu as mal, dit-elle doucement, en le repoussant sur le canapé. As-tu pris quelque chose pour te soulager ?

Du coin de l'œil, elle vit un flacon et une tasse de thé sur la table. Le thé était froid. Il n'y avait donc personne qui était censé veiller sur lui ?

— Non, ne te fâche pas contre les domestiques. Ils sont tous occupés, avec les invités et la préparation du dîner. Et non, je n'ai rien pris. Le médecin m'a prescrit du laudanum, mais je sais quels effets ce remède peut avoir.

— Ne sois pas niais. C'est fait pour soulager la douleur. Mais je pourrais t'aider, si j'avais des herbes.

Elle saisit un plaid qu'elle posa sur les jambes de Kit, puis sonna. Une servante arriva aussitôt.

Victoria prit une feuille de papier sur le bureau, et y inscrivit le nom de quelques ingrédients susceptibles de se trouver dans la cuisine. Elle aurait préféré descendre à l'office préparer l'infusion elle-même, mais elle ne voulait pas laisser Kit. D'autre part, elle avait le sentiment que cela ne plairait ni à sa tante ni à lady Billingsly. Victoria tint un conciliabule avec la servante, devant la porte.

Quand la jeune fille fut partie, elle retourna vers Kit. Celui-ci avait fermé les yeux, mais elle était certaine qu'il ne dormait pas.

— Je pense que tu as de la fièvre, dit-elle en lui posant une main sur le front.

— J'ai pris froid l'autre jour. Il pleuvait à torrents, j'étais trempé.

— Tu n'avais pas ton parapluie ?

— Je te trouve drôlement gentille, tu sais, dit-il de but en blanc, l'air accusateur. Je croyais que tu me détestais ?

Le ton était nonchalant, mais Victoria crut déceler comme une incertitude. Elle approcha du canapé un pouf de cuir usé, s'assit et prit sa main valide dans la sienne, s'abandonnant à la joie de le voir.

— Bien sûr, mais je n'allais pas te détester pour toujours ! Je ne comprends pas pourquoi tu es resté à l'écart si longtemps.

— Comment étais-je censé savoir que tu ne me détestais plus ? Il fallait que je le devine ?

— Non. Tu aurais pu me le demander, tout simplement. Quand nous sommes devenus amis, je t'ai dit que tu devais oublier tout ce que tu savais sur les femmes. Alors, si tu veux savoir quelque chose, il faut me le demander. Je te le dirai… si je ne te déteste pas ce jour-là.

Elle sourit, pour lui montrer qu'elle le taquinait, et aussi qu'elle voulait laisser le passé derrière eux. Il lui manquait, elle avait envie de retrouver leur amitié.

— Je ne sais pas si je pourrai survivre à tous ces hauts et ces bas, dit-il en secouant la tête.

— Que veux-tu dire ? Je pensais que tu n'aimais pas t'ennuyer. Quand on est ami avec moi, on ne s'ennuie jamais, non ?

Il secoua de nouveau la tête et grimaça de douleur. La servante entra à ce moment avec un plateau sur lequel se trouvaient deux théières. Une autre jeune femme suivait avec une bassine blanche, un broc d'eau et une serviette propre.

— Mme Billingsly vous recommande de l'informer si vous avez besoin d'autre chose. Elle montera vous voir avant le dîner, annonça la première servante.

Victoria acquiesça.

— La cuisinière avait tout ce qui figurait sur la liste ?

— Tout, sauf la racine de valériane, mademoiselle. Le reste est là, dit-elle en désignant la plus petite des deux théières.

— Merci.

Victoria versa elle-même l'infusion dans une tasse, et la goûta. Celle qui se trouvait dans la petite théière avait un fort parfum de menthe. Restait à espérer que la cuisinière avait mis les bonnes quantités, et que la menthe masquerait l'amertume des autres herbes et du laudanum. Elle prit le flacon qu'elle avait caché dans sa poche et en versa l'équivalent d'une cuillère à café dans le mélange. Combiné aux autres ingrédients, le laudanum le ferait dormir.

Elle lui apporta la tasse et lui ordonna de boire.

— Oui, mon commandant, maugréa-t-il.

Mais le petit sourire qui flottait sur ses lèvres révélait qu'en réalité il aimait bien se faire dorloter. Quel homme n'aimait pas cela ? Victoria ne savait peut-être pas grand-chose sur les hommes, mais elle était au moins sûre de cela.

Elle plaça un petit coussin derrière sa tête, et le regarda boire.

— Que diable as-tu mis là-dedans ? marmonna-t-il en faisant la grimace. Tu veux m'empoisonner ?

— Non. Fais-moi confiance, si c'était mon but tu serais déjà mort. Ce sont juste des herbes que nanny Iris utilise pour soigner un rhume ou atténuer la douleur.

— Bon, si c'est nanny Iris…

Victoria sourit. Kit n'avait rencontré la vieille dame qu'une seule fois et ils s'étaient parfaitement entendus. Ce qui était bizarre, en y pensant bien. Comment un jeune homme comme Kit, cynique, paresseux et blasé, pouvait-il avoir l'approbation de nanny Iris ?

Elle versa de l'eau dans la bassine, et trempa la serviette, qu'elle posa ensuite sur le front de Kit.

— Je ne savais pas que tu étais capable d'autant de sollicitude, dit-il en fronçant les sourcils.

— Bois ton thé.

Elle le regarda avaler une infime gorgée, et ajouta :

— Tu peux faire mieux.

Il lui lança un regard noir, et avala tout le contenu de la tasse. Victoria se détendit.

— Je ne suis peut-être pas vraiment gentille, déclara-t-elle.

— Tu ne l'étais même pas du tout, la dernière fois que je t'ai vue.

Le ton était accusateur, et Victoria réprima son irritation. Pourquoi revenait-il encore à la charge ?

— Cela t'apprendra à me poser un lapin, et à faire irruption trois heures plus tard, complètement soûl, dit-elle doucement, sans se départir de son sourire afin de le rassurer.

Kit lui prit la main.

— Le problème, c'est que je ne peux pas affirmer que ça ne se reproduira plus. Je ne suis pas un très bon garçon, tu sais.

Elle plongea le regard dans ses yeux bleus, et son cœur s'emballa.

— Dans ce cas, c'est une bonne chose que nous soyons simplement amis.

Elle voulut se dégager mais il la retint, retirant la serviette qu'elle tenait entre les doigts.

— Tu as des mains minuscules. Je peux les recouvrir toutes les deux avec la mienne. Regarde.

Elle se détendit. Ses paupières étaient lourdes, son élocution lente. Il allait s'endormir d'une seconde à l'autre.

— Oh oui, tu es un homme fort et je suis une toute petite femme faible, murmura-t-elle, narquoise.

Il fronça les sourcils en la regardant, les paupières mi-closes.

— L'infusion de nanny Iris me fait dormir. Et non. Tu n'es pas faible. Tu es forte. Et jolie. Drôle. Je n'avais jamais réalisé à quel point tu étais jolie, avant notre dispute. Il y a encore une chose que je ne savais pas, chuchota-t-il en se penchant en avant.

— Quoi donc ?

— Je ne savais pas à quel point j'avais envie de t'embrasser.

Il lui lâcha la main, la prit par la nuque pour l'attirer vers lui, et pressa les lèvres sur les siennes. Elle fut si surprise, que pendant une seconde elle ne réagit pas. Puis elle se rejeta en arrière. Kit avait fermé les yeux, et un sourire flottait sur ses lèvres. Le cœur battant, elle se leva, sous le choc. Comme il ne bougeait pas, elle arrangea le coussin sous sa tête. *Pourquoi avait-il fait cela ?*

Les mains tremblantes, elle déposa la tasse sur le plateau. L'idée d'embrasser Kit ne l'avait jamais effleurée. Elle croyait qu'il en allait de même pour lui. Ils étaient juste amis…

Elle pressa les doigts contre ses lèvres. Un sourire se dessina sur celles-ci, sans qu'elle en ait pleinement conscience. Elle comprenait pourquoi on accordait tant d'importance au baiser. C'était vraiment très agréable.

Quel dommage que cela ne doive plus jamais se reproduire !

12

Prudence faisait les cent pas sur le quai, en proie à un mélange d'excitation et d'appréhension. Elle avait tout d'abord attendu avec impatience que Susie vienne l'aider, puis elle s'était rendu compte que la jeune fille devait s'imaginer qu'elle vivait dans un appartement luxueux, avec une équipe de domestiques. Quelle déception, quand elle découvrirait que Prudence lui avait menti ! Puis il y avait eu sa conversation avec Muriel, dont le visage mince et expressif avait montré de sérieux signes d'inquiétude. Elles étaient en train de préparer des tourtes aux rognons pour leurs familles respectives, et bavardaient gaiement en travaillant, quand Prudence avait soudain parlé de Susie.

— Qu'y a-t-il ? avait-elle demandé en voyant l'expression de son amie.

Muriel, qui avait su toute sa vie tenir sa langue, avait juste secoué la tête. Prudence avait insisté.

— Oh ! voyons, je sais bien que quelque chose vous tracasse. Pourquoi ne me dites-vous pas ce que c'est ?

Muriel soupira et s'essuya les mains sur son tablier.

— Vous croyez qu'il est bien raisonnable de faire entrer quelqu'un chez vous, alors que vous venez à peine de vous marier, et tout ?

Prudence continua d'étaler sa pâte à l'aide du rouleau.

— Je ne vois pas ce que vous voulez dire. Je connais bien Susie et Andrew, et…

— Oh ! Dieu du ciel ! J'oublie toujours que malgré votre âge vous n'êtes qu'un bébé.

— Je ne suis pas un bébé !

— Disons une innocente, alors. Ce n'était pas du tout ce que je voulais dire. Votre mari et vous apprenez à vivre ensemble. Tout le monde voit bien que vous vous sentez seule sans vos sœurs. Alors, au lieu de vous tourner vers votre mari qui est encore un étranger pour vous, vous invitez votre meilleure amie à vous rendre visite. Et maintenant, vous vous sentez heureuse comme un poisson dans l'eau, mais qui va se retrouver seul et rejeté ?

Prudence tapa des pieds pour se réchauffer. Il faisait un froid glacial sur le quai. Elle s'était promis de tout faire pour consolider la fragile intimité qui s'était établie entre Andrew et elle.

— Prudence !

Elle sursauta et fit volte-face en entendant la voix de son mari. Celui-ci vint à sa rencontre d'un pas vif, le sourire aux lèvres. Il portait un lourd pardessus de laine et une casquette à chevrons.

— Que fais-tu là ? Je croyais que tu allais travailler aujourd'hui ?

Andrew lui prit les mains et l'embrassa sur la joue.

— Je marchais vers les quais, et tout à coup je me suis dit que je ferais mieux d'être avec ma charmante épouse pour accueillir notre invitée, et les emmener toutes les deux déjeuner. Nous n'avons pas souvent de visites, après tout.

Il la fixait de ses yeux noisette, et la gorge de Prudence se serra.

— Je ne te mérite pas, lui dit-elle.

— Ne sois pas idiote. C'est une occasion spéciale.

Néanmoins, il semblait ravi que sa surprise ait eu le succès escompté.

Un autre train entra en gare dans un grincement de freins, et Prudence espéra que c'était bien celui de Susie. Elle passa son bras sous celui de son mari. Les passagers commencèrent à descendre et elle se tordit le cou pour guetter la jeune fille, et s'aperçut au bout de quelques secondes qu'elle ne cherchait pas dans la bonne direction. Susie ne se trouvait pas dans cette partie du train. Elle avait dû voyager en troisième classe.

A peine se fut-elle retournée que celle-ci lui sauta au cou avec tant de force qu'elle aurait été déséquilibrée sans le soutien d'Andrew.

— Oh ! mon Dieu, comme je suis contente de te voir ! Londres est toujours aussi sinistre ? Il y avait un homme à l'air louche dans le train, qui n'arrêtait pas de me sourire. Tu habites loin d'ici ? Comme tu es jolie ! Merci d'avoir accepté que je vienne vous rendre visite, ajouta-t-elle en se tournant vers Andrew.

Prudence agrippa Susie par les épaules, et la repoussa légèrement.

— Laisse-moi te regarder !

La jeune fille était telle qu'elle l'avait quittée. Petite mais robuste, avec des cheveux bruns et fins noués sur la nuque, et un large sourire dévoilant des dents un peu irrégulières. Elle portait une chemise de couleur foncée et un pardessus noir qui semblait neuf. Sans doute avait-elle entamé ses maigres économies pour cet achat de dernière minute. Seuls ses yeux, élargis d'excitation, contrastaient avec l'ordinaire. Prudence reprit Susie dans ses bras. Celle-ci avait été la seule, parmi les domestiques, à l'accueillir gentiment et à l'aider, pendant ces mois sombres à Summerset, quand elle avait été reléguée à l'office. Elle oublia d'un seul coup les avertissements de Muriel, et le tissu de mensonges dans lequel elle s'était empêtrée. Jamais elle n'avait été aussi contente de voir quelqu'un !

Quand Andrew se fut assuré que tous les bagages de Susie, un grand sac en tapisserie et un réticule, étaient bien là, il les fit sortir de la gare. Prudence garda une main sur le bras de son amie, autant pour l'empêcher de s'aventurer dans la circulation que pour s'assurer qu'elle était vraiment auprès d'elle.

En arrivant à proximité de leur immeuble, ils s'engouffrèrent dans un salon de thé, où Andrew leur offrit une collation digne de la table de la reine. Il commanda du thé, des sandwichs, des scones avec de la crème, de la confiture et, en adressant un clin d'œil à Prudence, de grosses tranches de génoise.

Susie prit un air lointain et détaché, comme si elle déjeunait ainsi tous les jours, et Prudence sourit, comblée par la générosité de son mari.

— Tu devrais mettre tes sacs sous la table, entre nos jambes, si tu ne veux pas les perdre, dit-elle à Susie.

La jeune fille ouvrit de grands yeux.

— Tu crois que quelqu'un oserait les voler, sous notre nez ? Ma mère m'a dit que ça se passait comme ça, à Londres.

— Je n'ai jamais eu de problème, admit Prudence en haussant les épaules. Mais on n'est jamais trop prudent.

Elle savait que ses propres préjugés sur cette partie de la ville étaient dus au fait qu'elle avait grandi dans Mayfair.

La serveuse leur apporta le thé, et Prudence la remercia d'un sourire.

— Mes sœurs sont terriblement jalouses. Je suis la première de la famille à sortir de Summerset, dit Susie.

Prudence servit le thé et ajouta une cuillère de crème sur son scone. La remarque de Susie la ramena à la réalité. Jusqu'ici, elle n'avait pensé qu'à elle, sans imaginer un instant ce que ce voyage à Londres représentait pour son amie. Cette dernière mordit dans un morceau de génoise et la regarda en souriant. Prudence se mit à rire.

— Raconte-moi tous les potins de Summerset.

Prudence n'avait pas vraiment le cœur à écouter ce qui se passait dans cette demeure où elle avait été si malheureuse. Mais Susie avait tant d'histoires à raconter et d'anecdotes à partager ! D'autre part, Andrew avait réellement envie d'avoir des nouvelles.

Susie leur relata donc par le menu tous les derniers événements et Prudence écouta aussi attentivement que possible. La jeune fille était difficile à suivre, et Prudence devait l'interrompre de temps à autre pour se faire expliquer un détail. Mais elle comprenait tout sans trop de difficulté — jusqu'à ce que Susie prononce le mot *mariage*.

— Attends. De quel mariage parles-tu ? Du mien ?

Très peu de personnes vivant à Summerset avaient assisté à son mariage avec Andrew, aussi était-elle étonnée que l'événement ait été mentionné dans une conversation.

— Non, idiote, le *prochain* mariage, bien sûr ! Toute la maison est sens dessus dessous, alors que les fiancés n'ont même pas encore fixé une date pour la cérémonie ! Mon Dieu, je suis contente d'avoir pu m'échapper quelques jours ! Tu imagines la panique dans la cuisine ? Une vraie maison de fous !

Prudence se redressa, décontenancée.

— Susie, je suis complètement perdue. De quoi parles-tu ? Mlle Elaine va se marier ?

Susie écarquilla les yeux.

— Tu ne le sais pas ? Comment est-ce possible ? Je parle du mariage de Mlle Rowena, bien entendu ! Avec lord Billingsly.

Prudence se figea. Les bruits du salon de thé semblèrent disparaître, des taches noires passèrent devant ses yeux et sa tête se mit à tourner. Elle resserra les doigts sur sa fourchette, dans une tentative désespérée pour se ressaisir.

— Prudence ! Tu te sens bien ?

La voix anxieuse d'Andrew lui parvint de très loin et, au bout de quelques secondes, tout redevint normal. Elle inspira longuement, ignorant la tempête qui faisait rage dans son cœur.

— Je suis désolée, bredouilla-t-elle avec un sourire tremblotant. Ce doit être le choc…

— Rien d'étonnant ! s'exclama Susie. C'est quand même ton amie. Je croyais que tu étais au courant.

Prudence secoua la tête et avala une gorgée de thé. Son pouls battait la chamade, et la jalousie la taraudait. *Rowena allait épouser Sebastian*. Comment cela avait-il pu se produire ?

— Non, je l'ignorais.

— Tu es sûre que ça va ? demanda Andrew d'un air inquiet. Nous pouvons rentrer, si tu veux.

— Je me sens très bien. Vraiment.

Elle sourit bravement à son mari, alors même que son cœur était sur le point de se briser.

La maison des Buxton à Belgravia n'avait rien à voir avec celle de sir Philip à Mayfair. C'est ce à quoi songeait Victoria en cherchant refuge dans l'une des nombreuses chambrettes inutilisées de l'immense demeure.

Pour commencer, on ne s'attendait pas à ce qu'elle soit aussi vaste. De l'extérieur, elle ne semblait pas plus grande que la maison de son enfance, mais en réalité elle était extrêmement profonde. Et bien qu'elle ait été restaurée à l'arrivée de tante Charlotte dans la famille Buxton, elle gardait encore un aspect ancien. Ses chambres minuscules, trop encombrées, paraissaient des reliques d'une époque révolue. Surtout quand on les comparait aux pièces claires et spacieuses dans lesquelles Victoria avait grandi.

Victoria but une gorgée de thé, et posa les pieds sur un pouf orné de pompons. Les meubles sentaient bon la cire. *Combien de domestiques étaient-ils employés pour que toutes les chambres soient prêtes à recevoir un membre de la famille à l'improviste ?* se demanda-t-elle. Elle savait que son oncle et son cousin Colin arrivaient souvent sans prévenir, et que sa tante venait à Londres quatre ou cinq fois par an.

Victoria avait absolument besoin de s'échapper, afin de retrouver Martha pour lui faire un rapport sur ses activités. A vrai dire, elle ne s'en sortait pas trop mal. Il n'était pas si facile de demander des fonds aux amies de sa tante, sans que celle-ci sache ce qui se passait sous son nez. C'était tout un art. Il fallait espérer que Martha serait impressionnée par la somme qu'elle avait réussi à atteindre.

Elle avait même dû présenter des excuses à sa sœur et lui parler de la cause qu'elle soutenait, sans toutefois lui révéler qu'elle était employée par l'association. Rowena ne comprendrait pas pourquoi elle ressentait le besoin de faire quelque chose d'utile et de gagner son indépendance. Sa sœur n'avait jamais éprouvé les mêmes envies qu'elle. Peut-être celle-ci aurait-elle des sentiments similaires à présent, avec l'aviation ? Qui sait… Mais comment être sûre que ce n'était pas une énième passion passagère, juste comme le golf ou le tennis ?

Sa cousine passa la tête dans l'embrasure de la porte.

— Mère te cherche, mais je ne lui dirai pas où tu es si tu ne me dénonces pas.

Elaine entra et referma doucement la porte.

— J'allais te remercier pour ce petit voyage impromptu en ville, et puis il a fallu que tu me fasses passer toute une journée chez la couturière, avec toi. J'ai déjà eu cette corvée à l'automne dernier, merci bien !

Elle s'assit à côté de Victoria et posa ses pieds sur le même pouf.

— Tu n'aurais pas pu trouver une pièce avec du feu dans la cheminée ? Ou au moins apporter une autre tasse de thé pour moi ?

— Je ne savais pas que tu allais venir, ma chère cousine. Et j'aurais bien demandé à un domestique de faire du feu, mais alors quelqu'un aurait su où j'étais. Maintenant regarde bien, je vais t'apprendre quelque chose.

Victoria se leva et alla s'agenouiller devant la petite cheminée de marbre sculpté. Sous les yeux de sa cousine stupéfaite, elle alluma un feu en quelques minutes.

— Tu sais en faire, des choses ! s'exclama Elaine en secouant la tête.

— Mon père m'a appris quand j'étais petite.

Elle retourna s'asseoir, et sentant sa gorge se nouer au souvenir de son père, elle préféra changer de sujet.

— Dis-moi, chère cousine. Comment pourrais-je faire pour avoir quelques heures de liberté, pendant que nous sommes en ville ?

Elaine haussa les épaules.

— Nous pourrions faire une promenade. Le temps s'est enfin remis au beau.

— Je voudrais m'éclipser seule, précisa Victoria.

— Oh ! seule. Tu as un amoureux secret ? Tu voudrais retrouver Kit ? Dis-moi. Moi, je n'arrive pas à me trouver un amoureux secret pour me sauver la vie.

— Idiote ! s'exclama Victoria en riant. Non, il n'y a pas de mystérieux soupirant, et je te répète que Kit est seulement un ami.

Songeant au baiser qu'ils avaient échangé, elle dissimula un sourire. Elle n'avait pas revu Kit depuis ce jour-là.

— D'accord. Alors parle-moi des suffragettes. Je me dis que je devrais m'inscrire dans un de ces groupes.

Victoria fronça les sourcils, suspicieuse. Si elle avait appris quelque chose sur sa cousine, c'était bien que celle-ci n'était pas aussi stupide qu'elle voulait le faire croire. C'était juste une manière de se défendre de sa mère.

— Tu peux choisir un autre groupe que le mien. Le NUWSS te conviendrait beaucoup mieux.

Les yeux d'Elaine brillaient de curiosité.

— Et combien d'argent as-tu collecté ? Oh ! la barbe, ajouta-t-elle en voyant les yeux furibonds de Victoria. Tu peux garder tes secrets. Mais je ne voulais pas que tu croies que je n'avais rien vu.

La porte s'ouvrit et les deux filles sursautèrent. Une femme de chambre passa la tête et parut soulagée en les voyant.

— Oh ! vous êtes là. Madame vous cherche toutes les deux.

— Combien voulez-vous pour faire comme si vous ne nous aviez pas vues ? demanda Elaine, tandis que Victoria se levait d'un air las.

— Vous n'auriez jamais assez, lady Elaine, répliqua la femme de chambre en souriant.

— Je m'en doutais, Nora, grommela-t-elle. Un si bon feu, qui ne profitera à personne !

— Vois le bon côté des choses, lui dit Victoria, alors qu'elles redescendaient dans le hall accompagnées de la domestique. Nous allons prendre le thé.

Le lendemain, Victoria esquiva d'autres essayages, en prétendant qu'elle allait rendre visite à Prudence. Tante Charlotte demeura de marbre en l'entendant prononcer le nom de son amie.

— N'oublie pas que nous devons encore aller acheter des accessoires, dit elle simplement.

Victoria détourna les yeux et vit l'expression peinée de

Rowena. Elle savait que Prudence lui manquait, et elle se promit de les réconcilier. En fait, elle regrettait de ne pas aller *réellement* voir Prudence aujourd'hui. Il ne se passait pas un jour sans qu'elle pense à elle.

Elle s'échappa enfin de la maison, avec un sentiment d'exaltation. Comme il aurait été merveilleux d'avoir un appartement à elle, loin de la famille ! De pouvoir aller et venir à sa guise. Martha jouissait de ce luxe. Victoria espérait qu'un jour ce serait aussi son cas.

Martha lui fit un bref signe de la main quand elle entra dans le bâtiment, aussi distante que si Victoria était simplement sortie pour déjeuner une heure plus tôt. Tout d'abord blessée par cette désinvolture, Victoria reconnut que c'était en fait la meilleure attitude. Pourquoi perdre du temps en cérémonies, alors qu'un travail aussi important les attendait ?

Martha et Lottie se trouvaient au milieu d'un groupe de femmes qui discutaient avec une bonne humeur qui semblait habituelle dans le bureau.

Martha leva un doigt en l'air quand Victoria approcha.

— Je veux vous présenter quelqu'un. Mary Richardson, et Lilly Johansson, voici Victoria Buxton, la personne dont je vous ai parlé. Vous lirez son histoire en première page de notre prochaine édition. C'est elle aussi qui récolte tous ces jolis petits chèques qui entrent dans nos caisses.

Les trois femmes applaudirent et Victoria eut un sourire radieux.

— J'en apporte encore quelques-uns.

— Magnifique, dit Lottie. Ce bureau absorbe l'argent comme un ogre avale les petits enfants.

Mary les regarda sans sourire. Toute son attitude exprimait l'impatience. De toute évidence, elle était pressée de revenir à leur conversation.

— Je vous ai interrompues ? suggéra Victoria.

— Non, répondirent Martha et Lottie d'une seule voix.

— *Oui*, dit Mary, en haussant les sourcils. J'admets que la collecte de fonds est une chose importante, mais elle ne sert à rien si on ne mène pas une action simultanément. Vous n'êtes pas d'accord ?

— Bien sûr que si, reconnut Victoria, en cherchant de l'aide du côté de Martha et de Lottie.

Ces dernières gardèrent le silence. Victoria eut un doute. Etait-elle soumise à son insu à une sorte de test ? Lilly, une femme à l'aspect doux et aux cheveux gris, s'éloigna un peu, comme si elle ne voulait pas s'impliquer dans la discussion.

— Vous pensez que l'action doit être décidée par tous les membres du groupe ? Ou bien juste par quelques-uns ? ajouta Mary.

— Tout dépend du régime. Dans une démocratie, il vous faut l'accord de tous les votants. Dans une dictature, vous n'avez besoin que de l'accord du dictateur.

Mary Richardson écarquilla les yeux.

— Bien dit, mademoiselle Buxton. Ce n'est pas mal pour une aristocrate, ajouta-t-elle en se tournant vers Martha et Lottie. Que sait-elle faire d'autre ? Faire la belle et aboyer sur commande ?

Lottie demeura interdite, et Martha s'empourpra, mais avant que l'une d'entre elles ait pu répondre, Victoria se mit à rire.

— En fait, je sais faire beaucoup de choses. J'écris assez bien, j'ai une excellente mémoire pour la poésie et la littérature, un talent spécial pour soutirer les secrets, et je fais très bien le thé. Vous voulez que je vous en prépare une tasse ?

Un silence les enveloppa et se prolongea quelques secondes, puis Martha et Lottie éclatèrent de rire. Mary elle-même eut du mal à garder son sérieux.

— Touché, mademoiselle Buxton. Touché. Oui, j'aimerais bien une tasse de thé.

Victoria éprouva une sensation de triomphe, alors qu'elle faisait chauffer l'eau pour le thé sur le poêle à charbon. Mais cela ne dura pas longtemps. Les trois autres femmes se retirèrent dans un coin de la salle en attendant. Elles reprirent leur conversation sans proposer à Victoria d'y prendre part, et ne la remercièrent même pas quand elle leur apporta le thé.

Agacée, Victoria s'installa à un bureau et sortit les documents qu'elle avait apportés, parmi lesquels figuraient trois chèques. Elle avait recopié la liste de tous les groupes qui venaient en aide aux femmes, et déposa un exemplaire de cette liste sur chacun des bureaux.

A en juger par les gesticulations des trois autres femmes, la discussion s'envenimait de nouveau. Finalement, Mary se leva et serra la main à Martha et à Lottie. Elle s'arrêta devant le bureau de Victoria avant de sortir.

— Pardonnez ma brusquerie, mademoiselle Buxton. J'ai tant de projets en tête que j'oublie parfois la politesse. Nous sommes en guerre, que les gens en soient conscients ou non. Je voudrais juste que les trois chefs du groupe acceptent ce fait et qu'elles le montrent par leur comportement.

Avec un dernier regard en direction de Martha et Lottie qui continuaient de parler à voix basse, Mary sortit.

La cause des suffragettes s'apparentait-elle vraiment à une guerre ? Martha lui avait assigné comme tâche de répondre aux lettres de femmes qui rencontraient toutes sortes de difficultés à Londres. Victoria devait leur dire où trouver de l'aide. Au fur et à mesure que son travail progressait, elle prenait conscience de l'ampleur de la tâche. L'une avait besoin d'un médecin, l'autre de nourriture pour ses enfants. Elles demandaient du travail, de quoi manger, de l'argent pour le loyer, il leur fallait quelqu'un pour garder leur bébé, ou leur vieille mère malade... La liste était interminable.

Soudain, des cris de joie la firent sursauter. Martha venait d'apporter un panier plein de tourtes à la viande. Victoria jeta un coup d'œil à la pendule. Elle avait passé trois heures à travailler.

Tout en mangeant, elle discuta avec Martha et les autres.

— Bien sûr, c'est une guerre, dit une femme de l'East End. Si nous voulons changer la société, il faut que nous puissions voter pour les gens qui se soucient des besoins des femmes.

— Je te mets au défi de trouver un seul homme pour qui cela a de l'importance, lui répliqua Lottie.

— Pour mon père, cela en avait, dit Victoria. Pour ses amis aussi.

Lottie hocha la tête — mais Mary n'en avait pas fini :

— Et où sont-ils, à présent, mademoiselle Buxton ? Aucun homme n'acceptera de lutter contre ses semblables pour nous défendre. Il en existe peut-être quelques-uns, mais on ne les entend pas.

— Ce qu'il nous faut, ce sont plus de femmes capables de faire le travail nécessaire pour attirer leur attention, si vous voyez ce que je veux dire, déclara la femme de l'East End, avec un sourire triste.

Sur le chemin du retour, Victoria se demanda ce qu'elle avait voulu dire. Emily Davison avait sacrifié sa vie à leur cause. Saurait-elle aller aussi loin, être aussi altruiste ? Ou bien se contenterait-elle de suivre le mouvement, comme une aristocrate qui a du temps et des relations à mettre à la disposition de l'association ?

13

Comment le contrôle de la situation avait-il pu lui échapper aussi totalement ? Rowena regarda sa tante et lady Edith se lancer dans de nouvelles chamailleries au sujet de détails sur l'organisation du mariage. Rowena n'avait jamais été aussi heureuse d'avoir une relative indépendance que lorsque la mère de Sebastian s'était jointe à eux pour ce voyage à Londres, sous prétexte de faire quelques achats pour la nouvelle saison. En réalité, Rowena la soupçonnait de vouloir s'assurer qu'aucune décision ne serait prise sans qu'elle ait eu son mot à dire.

Rowena et Sebastian avaient refusé jusqu'ici de fixer une date pour la cérémonie, ce qui leur permettait de gagner un peu de temps avant l'annonce de leur rupture. Mais il semblait que plus rien ne pouvait arrêter le train des préparatifs, une fois qu'il avait été lancé. Ils cherchaient tous deux un moyen de rompre sans provoquer de scandale — mais n'avaient encore rien trouvé.

Alors qu'une nouvelle bataille venait de surgir au sujet du lieu de l'événement, Rowena parvint à s'éclipser en promettant à sa tante d'être là pour le dîner.

Le fait de pouvoir s'échapper quand elle le voulait était un luxe merveilleux. Surtout quand elle recevait un message comme celui de ce matin.

R,
Suis en ville avec D. Peux-tu me retrouver à l'Aiguille de Cléopâtre à 2 heures ?
J.

Le mois de mars était magnifique, et un ciel d'un bleu lumineux dominait Grosvenor Gardens, tandis qu'elle se dirigeait vers Victoria Embankment.

Comment Jon avait-il réussi à persuader Douglas de se rendre à Londres ? Ils s'écrivaient régulièrement et envoyaient les lettres chez la mère de Jon. Si celle-ci trouvait étrange qu'ils ne s'écrivent pas directement, elle n'en disait rien. Cristobel pour sa part était toujours enchantée de la voir, quand elle passait chercher le dernier message de son bien-aimé. George, lui, rôdait autour d'elles d'un air sombre, jusqu'à ce que sa mère le chasse et s'excuse pour l'attitude de son fils aîné. Parfois, Rowena en arrivait à se demander s'il était sain d'esprit.

Chassant George de ses pensées, elle traversa la Cathedral Piazza. Elle aimait revenir à Londres. Summerset faisait partie de sa vie, et elle était attachée à cette demeure, mais à Londres elle se sentait chez elle. Elle avait passé la plus grande partie de sa vie en ville, avec son père, Victoria et Prudence. Elle eut un petit pincement au cœur, comme chaque fois qu'elle pensait à son père ou à Prudence. Deux membres de sa famille perdus à jamais. Que faisait Prudence en ce moment ? Etait-elle heureuse ? Victoria prétendait qu'elle l'était, mais Rowena aurait aimé s'en assurer par elle-même. Et lui expliquer qu'elle n'avait pas su maîtriser la situation…

Elle inspira profondément. Non, elle ne voulait pas être malheureuse aujourd'hui. Elle ne se laisserait pas submerger par la grisaille de ces derniers mois.

Elle s'obligea à penser à Jon. Cela faisait presque

trois semaines qu'il ne l'avait plus serrée dans ses bras. Quatre semaines s'étaient écoulées depuis la dernière leçon de pilotage. Ce jour-là, il lui avait enfin laissé le contrôle de l'appareil, l'autorisant à survoler les champs. Son cœur s'accéléra quand elle se rappela la sensation qu'elle avait éprouvée, assise aux commandes. Il avait dit qu'elle avait un don naturel.

La prochaine fois, il prendrait la place du passager. Ensuite, elle pourrait voler sans lui. En solo.

Elle sentit l'odeur de la Tamise avant de la voir, un curieux mélange de pourriture et de goudron. Quand elle aperçut l'Aiguille de Cléopâtre, elle arrêta un passant qui portait une chaîne de montre à son gilet et lui demanda l'heure.

L'homme sortit sa montre à gousset.

— Il est une heure et demie, mademoiselle.

— Merci.

Elle s'assit sur un banc, au soleil, près de l'obélisque. Des pigeons tournaient autour d'elle, à la recherche de quelques miettes. La foule avait envahi le jardin, profitant du soleil après la longue période hivernale. Il y avait des bébés dans des poussettes noires, des enfants pâles, étonnés par cette liberté inattendue, des messieurs distingués qui prolongeaient leur déjeuner.

Elle était impatiente à l'idée de revoir Jon. La dernière fois qu'ils s'étaient vus, il l'avait embrassée à lui faire perdre la tête. Les yeux fermés, elle se rappela ce moment.

Quelque chose lui chatouilla la nuque, et très vite elle sentit des lèvres se presser sur sa peau. Elle frissonna.

— J'espère que c'est bien mon Jon qui est en train de scandaliser les nurses, dit-elle en renversant la tête en arrière.

— Qui d'autre ? lui chuchota-t-il.

— Oh ! Jon !

Elle se leva, et il contourna le banc pour la prendre dans ses bras et l'embrasser.

— Arrête ! dit-elle en s'écartant, un peu haletante. Nous allons nous faire arrêter pour comportement indécent en public !

— Je pense que les bobbies[1] seront bien trop jaloux pour songer à verbaliser !

Ses yeux bleus pétillaient, et elle rit de bonheur. Puis il s'assit avec elle, passant un bras sur ses épaules pour la maintenir contre lui. Le cœur de Rowena s'emballa quand il pressa sa jambe contre la sienne.

— Je n'arrive pas à croire que tu es vraiment là, dit-elle en lui caressant la joue. Comment as-tu persuadé Douglas de venir ?

Jon lui immobilisa la main.

— Je n'arrive pas à réfléchir quand tu fais cela, dit-il en souriant. En fait, je n'ai pas eu besoin de le persuader. Douglas avait une réunion avec des gens haut placés dans le gouvernement, qui veulent signer un contrat avec nous pour les Flying Alices.

— Oh ! je savais que c'était un bon appareil !

— Moi aussi.

Ils demeurèrent silencieux, les doigts entrelacés. Elle se laissa aller contre lui, la gorge serrée par l'émotion et le désir.

— Douglas va passer le reste de la journée en réunion. Nous logeons au Parkrose, à quelques rues d'ici.

Son regard glissa sur elle et se détourna, et elle comprit immédiatement l'allusion. Elle pouvait passer un moment seule avec lui… si elle osait.

— L'hôtel est confortable ?

— Oui, je crois.

1. « Bobbies » est le surnom familier donné aux agents de police britanniques.

Le cœur de Rowena s'emballa de plus belle. Elle se serra davantage contre lui, les joues brûlantes.

— Mmh. Eh bien, j'aimerais bien y jeter un coup d'œil. Juste pour m'assurer que vous êtes bien traités.

— Tu es sûre ? demanda-t-il d'une voix rauque.

Elle eut envie d'enfouir les doigts dans ses cheveux, de l'attirer vers elle.

— Je n'ai jamais été aussi sûre de quelque chose. Sauf… sauf quand je t'ai dit que je voulais devenir pilote, rectifia-t-elle doucement.

Il l'aida à se lever, et posa les lèvres sur sa joue. Rowena savait que ce n'était que la promesse d'autres baisers. Il marchait lentement, peut-être pour lui laisser le temps de changer d'avis. Mais ce n'était pas nécessaire. La chaleur de sa main posée sur ses reins suffisait à lui couper le souffle. Elle ne ressentirait jamais cela pour un autre que lui. Elle savait, tout au fond de son cœur, que si elle ne passait pas ce moment avec lui, elle le regretterait toujours. Quoi qu'il advienne par la suite.

Plus tard, Rowena ne saurait jamais s'ils avaient parlé ou non. Elle ne se rappelait même pas comment ils étaient arrivés devant la chambre. Avaient-ils pris un ascenseur ? Le concierge les avait-il vus passer ? Ces détails s'étaient effacés pour toujours de sa mémoire.

En revanche, elle se souvenait du parfum de sa peau. De la douceur de ses cheveux. La douleur n'était qu'un vague souvenir, mais elle n'oublierait jamais la douceur des draps enroulés autour de ses jambes, ni le contact de la joue de Jon contre son cou. Des impressions si vives qu'elles la poursuivraient toute sa vie. Elle n'avait qu'à fermer les yeux pour que les souvenirs surgissent, l'emplissant tout autant de joie que de chagrin.

— Je t'aime, lui dit-il ensuite.

— Je sais.

Il lui donna un coup d'oreiller, et elle retomba en riant

contre son torse. *Qui aurait pu croire*, songea-t-elle avec délices, *que le torse d'un homme était recouvert d'une toison, et qu'il était si doux de se lover tout contre ?*

— Pas étonnant que les jeunes filles soient tenues dans l'ignorance, murmura-t-elle. Nous ferions toutes la même chose, si nous savions ce que c'est.

— C'est pour votre bien, murmura-t-il, les lèvres dans sa chevelure. Vous êtes censées attendre l'homme de votre vie.

— Et les hommes ? rétorqua-t-elle en relevant la tête.

Jon ricana.

— Tu imagines, si aucun des deux ne savait ce qu'il doit faire ?

— Je ne sais pas. Je pense que nous aurions deviné. La première femme avec laquelle tu as couché savait ce qu'elle faisait ? questionna-t-elle, en proie à une soudaine jalousie.

— Oui. Elle était plus âgée que moi. C'était une domestique, en fait.

Rowena frissonna en songeant à son grand-père, qui n'avait jamais su résister au désir que lui inspiraient les femmes de chambre. Et à la mère de Prudence, qui avait dû porter ce fardeau toute sa vie, à cause de lui.

— Mais..., ajouta Jon, en l'attirant vers lui, il n'y a jamais eu d'autre femme que toi dans mon cœur.

Elle soutint son regard un moment, essayant de mettre de l'ordre dans ses pensées.

— Le monde n'avait aucun sens avant que je te rencontre, murmura-t-elle. Je sais que cette déclaration a l'air un peu dramatique, mais c'est vrai. Je n'avais pas de but dans la vie, avant de voler avec toi. J'avais renoncé à me trouver une passion... je n'étais qu'à moitié vivante.

Il resserra son étreinte, et elle s'abandonna contre lui. Leurs cœurs battaient à l'unisson.

— Qu'allons-nous faire ? demanda-t-il doucement.

Pour la première fois, la peur la traversa. *Comment pourrait-elle le laisser repartir ?* C'était impossible.

— Il faudra trouver un moyen de leur dire. Ta famille m'aime bien, à présent. Enfin, ceux qui me connaissent vraiment. Ma famille t'acceptera peut-être aussi.

— C'est justement le problème, dit-il lentement. Je ne *veux pas* que ta famille m'accepte, car je ne pourrai jamais pardonner à ton oncle.

Rowena s'assit, ramenant le drap sur sa poitrine.

— Alors, ma famille ne compte pas ?

Il s'assit également, et elle regretta aussitôt la distance qui venait de s'établir entre eux.

— Si ton père était vivant, ce serait différent, dit-il. Je suis sûr qu'il ignorait le mal que ton oncle faisait à ma famille.

— Naturellement ! Il n'aurait jamais cautionné une chose pareille !

— Et je veux bien rencontrer ta sœur, bien sûr. Mais cela s'arrêtera là. Par respect pour mon père, je n'irai pas plus loin.

Elle scruta ses traits, et hocha la tête.

— Je comprends.

Mais alors qu'elle se rhabillait, elle songea au sacrifice qu'il lui demandait. Il faudrait qu'elle renonce à son oncle et à sa tante, à ses cousins, et à Summerset. Que se passerait-il si son oncle désapprouvait son choix ? Devrait-elle aussi renoncer à son héritage ? Il faudrait qu'elle en parle avec son notaire.

Soudain, il vint l'enlacer.

— Je ferai en sorte de compenser tout le reste, lui chuchota-t-il.

Elle sourit, oubliant tout, consciente uniquement de ses lèvres dans son cou.

— C'est déjà fait.

Kit était inquiet. Pourtant, Kit Kittredge ne s'inquiétait jamais. Et, comme tout ce qui allait de travers dans sa vie, c'était la faute de Victoria. Cette adorable peste, cette source intarissable d'irritation.

Par bonheur, dans la résidence londonienne de sa mère, on servait un petit déjeuner chaud et abondant à une heure suffisamment tardive pour lui. Sa mère avait déserté leur résidence de campagne à la mort de son mari, préférant vivre à Londres toute l'année. Kit se demandait d'ailleurs comment son père avait pu la persuader d'aller séjourner à la campagne aussi souvent. Dans sa jeunesse, sa mère était considérée comme une femme scandaleuse. En vieillissant, elle était devenue une excentrique. Ses parents avaient fait en sorte de s'intégrer dans les cercles chic grâce à leur fortune, mais cela ne voulait pas dire pour autant qu'ils appréciaient la haute société. Kit s'était souvent demandé pourquoi ils avaient pris tant de peine pour se faire accepter. Il avait reçu l'éducation d'un gentleman, et était devenu aussi oisif et inutile que tout aristocrate qui se respecte. Récemment cependant, il s'était rendu compte que les femmes qui l'intéressaient un tant soit peu méprisaient l'oisiveté et préféraient les hommes *industrieux*, pour employer l'expression irritante de Victoria.

Il transperça sauvagement une saucisse de sa fourchette.

— Quelqu'un est de mauvaise humeur, lança sa mère, en entrant dans la salle à manger.

Elle vint l'embrasser sur le sommet de la tête.

— Comment va ton bras ce matin, mon chéri ?

Il l'observa avec méfiance.

— Vous êtes gentille. Pourquoi êtes-vous gentille ?

— Je le suis toujours, lui répondit-elle d'une voix douce.

Elle s'approcha du buffet d'acajou et prit une assiette d'œufs au jambon, et une coupe de fraises nageant dans la crème et le sucre. Après quoi elle s'assit face à lui et se servit une tasse de café fort, qu'elle préférait largement au thé.

Sa mère portait l'une de ses robes « orientales », comme elle les appelait. C'est-à-dire un vêtement de soie d'un prix exorbitant, taillé comme un caftan, et noué sous la poitrine. Cela avait l'avantage de mettre en valeur son opulent décolleté, tout en dissimulant sa taille.

— Quand vous êtes gentille, cela signifie en général que vous voulez quelque chose, insista Kit.

Elle haussa un sourcil.

— J'avais raison, tu es de mauvaise humeur. Une mère devine toujours ces choses-là.

Il la dévisagea, et elle lui rendit son regard. Ses grands yeux sombres ne laissaient rien filtrer. Elle finit par sourire.

— Oh ! bon. J'attends tout simplement que tu me parles de Victoria.

— Ah, ah…

— Les autres mères n'ont pas besoin d'user de telles tactiques pour découvrir les choses, soupira-t-elle avec un haussement d'épaules résigné.

— J'ai la seule mère du royaume qui considère que le fait d'être gentille avec son fils est une tactique ! remarqua-t-il en ricanant.

— Mais les autres mères sont si prévisibles ! C'est d'un ennui… Ta mère, au moins, n'est pas ennuyeuse.

— C'est vrai, concéda-t-il.

— Et donc, cette jeune fille ?

— Je ne vois pas de quoi vous parlez, marmonna-t-il en se concentrant sur la saucisse dans son assiette.

Sa mère lisait en lui comme dans un livre. Mais de fait, elle connaissait bien les hommes. C'était sa spécialité. La seule arme dont il disposait face à elle, c'était le secret.

— Ce n'est pas ce que Colin a eu l'air de dire hier quand il est passé te voir. Tu étais sorti, mais il semblait avoir besoin de se restaurer un peu.

Kit ferma brièvement les yeux. Il comprenait tout, à présent. Colin était comme de la pâte à modeler entre les mains de sa mère. La plupart des hommes perdaient tous leurs moyens face à elle ! Bien que les années aient un peu empâté sa silhouette déjà ronde, elle avait toujours une allure exotique que les hommes trouvaient irrésistible. Etait-ce dû à ses cheveux noirs et raides coupés au carré, ou bien à ses yeux en amande ? C'était difficile à dire, mais les hommes croyaient sa mère plus intéressante qu'elle ne l'était en réalité. Pauvre Colin… Il était sans défense, face à une femme de cet âge et de cette expérience.

— Il s'agit de sa petite cousine, n'est-ce pas ? C'est bizarre. Je ne t'avais jamais vu avec une fille aussi jeune.

Kit ricana.

— Quoi ? fit-elle en écarquillant les yeux.

Il soupira. Dieu sait quels renseignements elle avait déjà soutirés à Colin. Autant tout avouer.

— Victoria n'est pas jeune. Je veux dire, la plupart du temps, elle ne se comporte pas comme quelqu'un de jeune. Elle est… compliquée, déclara-t-il après une courte pause.

— Compliquée ? répéta sa mère. Comme c'est intéressant.

— Vous ne le pensez pas vraiment.

Elle soupira.

— Je suis désolée, mon chéri, tu as raison. Je trouve que les femmes compliquées sont terriblement ennuyeuses. Pourrais-tu me passer un de ces petits pains, à côté des saucisses ? Cette saucisse était bonne ? Dans ce cas, apporte-m'en une aussi. Merci, mon chéri. Maintenant continue. Je te promets d'écouter sagement.

Kit lui apporta une assiette, et prit deux saucisses de plus pour lui. Curieusement, il avait envie de parler de Victoria à sa mère. Ce qui montrait bien que c'était le monde à l'envers. Normalement, il n'avait *jamais* envie de lui parler de quoi que ce soit.

— Comment est-elle ? Colin m'a dit qu'on la trouvait plutôt jolie.

Kit réfléchit un instant.

— Elle n'est pas vraiment jolie… Ce terme est trop conventionnel pour s'appliquer à elle. Elle est petite et délicate, avec un visage en forme de cœur et de grands yeux bleus.

— Ne me dis pas que tu es amoureux d'une blonde aux yeux bleus ? Comme c'est commun.

Elle esquissa une moue, et il lui lança un regard noir.

— Désolée, désolée.

— Elle ne ressemble à personne d'autre. Elle est terriblement intelligente, et elle a l'audace de dire ce que tout le monde pense mais n'ose pas formuler à voix haute. Et nous sommes seulement amis.

— Les hommes et les femmes ne peuvent pas être *seulement amis,* répondit sa mère avec un geste vague de la main.

— C'est ce que je lui ai dit, mais je crois que nous le sommes tout de même.

Elle secoua la tête en signe de négation.

— Non, l'un des deux tombe toujours amoureux. S'ils ont de la chance, ils sont amoureux tous les deux, mais, en général, cela n'arrive qu'à un seul.

Elle le regarda, et Kit crut déceler de la compassion dans ses yeux sombres.

— Et vous pensez que c'est moi ? lança-t-il d'un ton plus agressif qu'il ne l'aurait voulu.

Ils mangèrent un moment en silence, puis il reprit :

— Elle a toujours dit qu'elle ne se marierait pas.

— Eh bien, il va falloir que tu la fasses changer d'avis et que tu l'épouses, répliqua sa mère d'un ton plat.

— Que je l'épouse ? Mais personne n'a parlé de mariage !

— Oh ! mon cher enfant, ne sois pas stupide. Tu ne parles que de cela.

Il se leva brusquement.

— Je ne comprends pas pourquoi j'essaie d'avoir une conversation avec vous. Vous êtes complètement folle, vous savez.

Sa mère hocha la tête.

— Peut-être, mais moi je n'ai jamais été aussi follement amoureuse que tu l'es en ce moment.

Kit sortit, poursuivi dans l'escalier par le rire de sa mère.

14

Prudence considéra avec dégoût le poisson argenté. Il sembla lui renvoyer son regard, de son œil grisâtre.

— Je n'aime pas le hareng bouffi, gémit-elle, tandis que Muriel et Susie rassemblaient les autres ingrédients de la recette. Pourquoi faudrait-il que j'apprenne à le préparer ? Ne pourrions-nous faire du haddock ou de l'esturgeon à la place ?

— Le hareng est meilleur marché, répondit Muriel, sans détour. Parfois c'est tout ce que l'on peut s'offrir, aussi il vaut mieux que vous appreniez à l'accommoder de plusieurs façons.

Susie, occupée à râper du raifort, s'interrompit un instant pour ajouter :

— En plus, ce n'est pas mauvais. Je les aime bien hachés, sur des toasts.

— Moi je les préfère pochés dans du lait, déclara Muriel. Avant midi, vous serez devenue une spécialiste du hareng.

Prudence fronça le nez.

— Tant mieux.

— Bien. Remplissez cette casserole d'eau, et posez-la sur le feu. Les harengs ont été fumés et ils sont donc un peu secs. Il faut commencer par les ramollir.

Susie était là depuis plusieurs jours, et Prudence s'attendait chaque instant à ce qu'elle l'interroge sur ses mensonges. Mais à son grand étonnement, la jeune fille ne disait rien. L'idée l'effleura soudain que Susie trouvait son appartement agréable, et ses meubles très chic. Cependant, elle avait du mal à ne pas éprouver de honte à la pensée d'avoir menti à une si gentille amie. Susie, en revanche, s'était étonnée ouvertement de l'absence de domestiques.

— Pourquoi tes servantes ne font-elles pas la lessive ? avait-elle demandé la première fois qu'elles étaient descendues à la cave.

— Je n'ai pas de servantes, avait avoué Prudence.

— Et pourquoi m'as-tu dit le contraire, si ce n'était pas vrai ? s'exclama Susie, les yeux arrondis de stupéfaction.

Prudence haussa les épaules. Elle ne le savait pas elle-même.

— Peut-être parce que je savais que tu répéterais à Vic et à Rona ce que je t'écrivais. Je voulais leur faire croire que j'avais quitté Summerset pour une vie confortable, à Londres… pas pour ça, ajouta-t-elle en désignant son logement d'un geste ample de la main.

Susie avait eu une moue désapprobatrice.

— D'après moi, si tu trouves que ce n'est pas assez bien pour toi, c'est que tu as été trop gâtée. Tu as de beaux vêtements, un joli logement, et un gentil mari qui t'aime. A quoi bon inventer des domestiques qui n'existent pas ?

Prudence sourit en regardant Susie râper le raifort avec énergie. De bien des façons, cette jeune fille qui n'avait passé que quelques années à l'école avant d'aller travailler était plus raisonnable qu'elle-même, qui avait reçu une éducation poussée.

— Maintenant, vous mettez les poissons dans l'eau, puis vous retirez la casserole du feu, vous couvrez, et vous les laissez tremper quelques minutes, expliqua Muriel.

Prudence exécuta ses instructions.

— Et ensuite ?

— Les poissons vont gonfler. Les harengs ont encore leurs entrailles, c'est ce qui leur donne du goût.

Prudence pinça les lèvres et retint un gémissement. *Du goût ?*

Quelques heures plus tard, après avoir accommodé les harengs de plusieurs façons différentes, Prudence dut admettre qu'ils n'étaient pas aussi mauvais qu'elle le croyait. Elle avait de la crème de raifort pour le dîner, et elle était sûre de pouvoir refaire des toasts comme Muriel le lui avait montré. Andrew serait enchanté.

Le moment qu'elle préférait, c'était lorsqu'elles avaient fini de nettoyer la cuisine après la leçon, et qu'elle prenait une tasse de thé avec Muriel avant de rentrer chez elle. Aujourd'hui, il y avait en plus la présence de Susie, qui s'entendait très bien avec la mère de Katie, sans doute parce qu'elles étaient de la même étoffe. Prudence sourit en entendant celle-ci essayer de persuader la jeune fille de venir s'installer en ville.

— Il y a tant d'opportunités pour les filles dans votre genre. Quel dommage de gaspiller vos talents en restant à la campagne. Le monde change. Vous pourriez travailler en usine, ou bien prendre des cours et avoir un emploi de bureau, comme ma Katie. Les jeunes femmes ont le choix, de nos jours. Et quand nous aurons obtenu le droit de vote…

— Comme si cela allait arriver un jour ! s'exclama Susie en haussant les épaules.

— Oh ! cela viendra, croyez-moi. Une des jeunes femmes qui nous louent une chambre travaille pour cela.

— Victoria aussi, renchérit Prudence.

— Je sais. Elle travaille avec Lottie.

C'était donc ainsi que Victoria avait trouvé ce poste…

— Comment est-elle, cette Lottie ? s'enquit Prudence avec curiosité.

Elle avait envie de connaître la vie de Victoria, dont

elle ne faisait plus partie désormais. Le visage de Muriel s'allongea.

— Elle est assez gentille. Un peu trop sérieuse à mon goût, mais très dévouée à leur cause. Comme le sont généralement les femmes qui n'ont aucune chance de se marier.

La remarque fit rire Susie.

— Victoria semble très impliquée aussi, dit Prudence.

— Ce n'est pas pareil. Victoria est une sainte. Lottie se sent simplement trop seule.

Prudence réfléchit à tout cela un peu plus tard, pendant sa promenade. Susie était restée à la maison pour écrire des lettres, aussi était-elle sortie seule. Elle avait pris le métro jusqu'à son ancien quartier, où elle n'était plus retournée depuis qu'elle avait pris ses meubles.

Elle avançait d'un pas alerte, en balançant son réticule et son parapluie. Celui-ci n'était pas vraiment utile, car le temps était exceptionnellement beau et chaud pour un mois de mars. Cette promenade l'emplit d'un sentiment doux-amer. Elle avait été heureuse, ici. Partout où ses yeux se posaient, des souvenirs surgissaient. Elle aperçut le petit parc où Victoria, Rowena et elle avaient appris à monter à cheval. Trois fillettes espiègles, vêtues d'austères costumes, suivant leur maître d'équitation sur des poneys grassouillets. Parfois, lorsque Victoria ne se sentait pas bien, Prucence venait seule avec Rowena. Elle se mit à rire toute seule en se rappelant la fois où, leur maître ayant mis pied à terre pour ôter un caillou coincé dans le sabot de son cheval, elles étaient parties au galop. Elles n'étaient pas allées loin, bien sûr, mais le sentiment de liberté qu'elles avaient éprouvé était grisant.

Mais comme toujours, sa rancune envers Rowena lui gâcha ce souvenir, et elle partit dans la direction opposée au parc. Elle demeura un moment devant la maison de Mayfair, la gorge serrée par l'émotion. Que serait sa vie à présent, si sir Philip n'était pas mort ? Elle n'aurait jamais rencontré son mari.

Remarquant les nuages menaçants qui assombrissaient le ciel, elle se hâta vers l'entrée du métro en espérant l'atteindre avant que la pluie ne commence à tomber. Elle savait que Susie avait dû préparer du thé, et que le dîner était déjà sur le feu. Victoria avait eu un trait de génie en lui suggérant de faire venir la jeune fille. Prudence aimait beaucoup sa compagnie, et elle aurait été submergée par les corvées ménagères sans son aide. Mais au fur et à mesure que les jours passaient, elle se rendait compte que sa camaraderie avec Susie l'éloignait de son mari. Elle décida de se rattraper. Andrew était tellement adorable.

Les arbres, chargés de feuilles nouvelles d'un joli vert tendre, étaient secoués en tous sens par le vent. Un journal s'envola et ses feuilles s'éparpillèrent dans le ciel comme une douzaine de cerfs-volants. L'une d'elles s'abattit sur le visage de Prudence, et s'enroula autour de sa tête. Elle tenta de l'arracher en riant, tandis qu'une autre se plaquait sur ses chevilles.

— C'est ce qui s'appelle être frappée par les nouvelles !

Prudence se figea, reconnaissant instantanément la voix qui venait de prononcer ces mots. L'homme ôta la feuille de journal qui lui collait au visage et demeura interdit. Ils se dévisagèrent, captivés. Cloués sur place. Comme la première fois qu'ils s'étaient vus, pour les funérailles de sir Philip, et puis lorsqu'ils s'étaient rencontrés de nouveau à Summerset. Le monde qui les entourait disparut totalement, comme si rien n'avait jamais existé. Elle n'avait rien éprouvé d'aussi puissant, depuis le soir où elle s'était enfuie de Summerset, seule et effondrée à la pensée de ce qu'elle était en réalité. Sebastian ne savait pas, et elle ferait en sorte qu'il ne sache jamais, à quel point il était stupide de croire ne serait-ce qu'un instant qu'ils pouvaient avoir un avenir ensemble. Rien n'avait jamais été possible entre eux, et maintenant moins que jamais. Elle était mariée. Il était fiancé à Rowena.

Alors, pourquoi ne pouvait-elle se résoudre à rompre cet instant, à détourner les yeux ? Pourquoi désirait-elle plus que tout qu'il la prenne dans ses bras ?

— Merci, finit-elle par murmurer.

Il tenait toujours le journal coupable à la main.

— Pourquoi êtes-vous partie si vite ? Je croyais que… quelque chose était entendu entre nous.

Il débita les mots d'un ton précipité, comme s'il y réfléchissait depuis des mois.

Ce qui était sans doute le cas.

L'espace d'un instant, en proie à la panique, elle fut tentée de prétendre qu'elle ne savait pas à quoi il faisait allusion. Mais elle était si honteuse d'être partie sans un mot qu'elle se sentait obligée de lui donner une explication. Si elle le pouvait.

Des gouttes de pluie s'abattirent sur eux, mais ils ne bougèrent pas.

— Vous savez ce que Rowena a fait, n'est-ce pas ? La dispute…

— Elle ne voulait pas…

Elle leva la main devant elle pour l'empêcher d'aller plus loin.

— Ne la défendez pas. J'essaie de vous répondre…

Il hocha la tête en silence.

— Après la dispute, lady Summerset m'a fait demander.

Elle se mordit la lèvre. La pluie tombait de plus en plus fort, mais aucun des deux n'avait envie de bouger, craignant de rompre cet instant fragile et précieux. Prudence livrait une bataille contre elle-même. Les yeux de Sebastian étaient sombres, emplis de chagrin. La pensée qu'elle en était la cause était déchirante. Elle n'avait jamais voulu lui faire autant de mal.

— J'ai alors appris certaines choses qui rendaient impossible toute… *amitié* entre nous.

Il lâcha le journal trempé, qui tomba au sol. Il voulut s'approcher, mais elle leva les mains devant elle. Alors, il lui agrippa les bras, et la chaleur de ses doigts irradia à travers l'étoffe de son manteau.

— *Quelles* choses ? Qu'avez-vous découvert, Prudence ? Ne savez-vous pas que je vous aurais aidée ? Défendue ?

Elle secoua la tête. Des larmes perlèrent sous ses paupières et roulèrent sur ses joues, se confondant avec les gouttes de pluie.

— Si vous voulez savoir pourquoi c'était impossible, demandez à votre fiancée !

Elle cracha les mots dans un accès de chagrin, et il recula comme sous l'effet d'une gifle.

— Je le ferai peut-être, *madame Wilkes*.

Ils se dévisagèrent. Un gouffre venait de se creuser entre eux, Prudence le sentait. C'était pour le mieux, certes, mais… pourquoi la douleur était-elle si insoutenable, alors ? Le mince filet d'espoir qui demeurait au fond de son cœur était anéanti.

Alors, il l'embrassa. Ses lèvres viriles se pressèrent contre les siennes, dures, exigeantes. Elle comprit qu'il voulait lui faire mal, qu'il en avait besoin. Puis un grognement lui échappa et soudain, tout changea. Ses lèvres se firent douces et, malgré elle, elle s'abandonna à son étreinte et lui rendit son baiser. Jamais elle n'avait embrassé un homme avec autant d'ardeur.

Même pas Andrew.

Haletante, elle se dégagea. Les yeux de Sebastian contenaient une foule de sentiments inexprimés. Prudence lui tourna le dos et s'enfuit. Elle l'entendit l'appeler, mais elle ne se retourna pas.

Victoria traversa Trafalgar Square pour se rendre à la National Gallery. Le trajet avait été un peu plus long que prévu. Elle leva la tête. Mary Richardson faisait les cent pas en haut des marches en l'attendant. Le ciel était gris et menaçant, comme si l'orage allait éclater d'un instant à l'autre.

Elle savait par Martha que Mary avait été emprisonnée plusieurs fois au cours de sa lutte pour les femmes, et l'idée qu'une personne aussi dévouée à leur cause veuille mieux la connaître emplissait Victoria de fierté.

— Je suis désolée d'être en retard. Je n'ai pas reçu votre message, et…

— Très bien, ce n'est pas grave puisque vous êtes là, à présent. Je savais que je pouvais compter sur vous.

Mary était encore plus pâle que la première fois qu'elle l'avait vue, et ses yeux sombres semblèrent la transpercer. Elle paraissait agitée, mais Victoria n'aurait su dire pourquoi. Elle portait un long manteau noir, et tenait son bras si raide sur le côté que Victoria pensa qu'elle avait dû se blesser.

— Qu'aviez-vous à me dire ? demanda-t-elle.

— Tout à l'heure. Entrons. Vous comprendrez mieux.

L'entrée était gratuite ce jour-là, et les visiteurs étaient nombreux. Pendant quelques minutes, Mary et Victoria suivirent la foule. Puis elles pénétrèrent dans une salle consacrée aux peintres hollandais.

La tête inclinée de côté, Victoria admira un petit tableau de Godfried Schalcken dont le titre était : *Gentleman offrant de l'or à une dame*.

— Je n'ai jamais beaucoup aimé les peintres hollandais, dit-elle. Les couleurs sont trop tristes.

— Vous savez ce qui est triste ? rétorqua Mary en faisant le tour de la salle.

Elle ne regardait même pas les tableaux exposés.

Pourquoi lui avoir donné rendez-vous dans un musée, si elle ne s'intéressait pas à la peinture ? s'étonna Victoria.

— Ce qui est triste, c'est que l'argent ait plus de valeur que les humains. Le gouvernement est tellement hypocrite. Si les hommes avaient trouvé un moyen de tirer profit des suffrages des citoyens, les femmes auraient obtenu le droit de vote depuis longtemps.

— Je suis d'accord. Je...

— Vous avez entendu parler d'Emmeline Pankhurst, n'est-ce pas ? Et de ses filles ? C'est une personne tellement sincère ! Elle travaille sans relâche pour la cause des femmes.

Victoria hocha la tête, tandis que Mary continuait d'avancer, sans un regard pour les œuvres des maîtres hollandais.

— Elle a été arrêtée sur un quai de gare, hier soir, après un meeting à Glasgow. Ils traitent une femme pareille comme une vulgaire criminelle.

Mary était hors d'elle. Victoria fut sur le point de lui demander si elle se sentait bien, mais il était évident que ce n'était pas le cas. Si seulement Martha avait pu être là... Ou Prudence. Celle-ci avait un don pour consoler les enfants qui pleuraient et les jeunes filles qui avaient un chagrin d'amour. Elle parvenait même à calmer les chiens agressifs. Elle aurait sûrement su quoi faire avec Mary Richardson, qui donnait de plus en plus de signes d'agitation.

— Puisqu'ils nous ont pris Mme Pankhurst, nous allons leur prendre quelque chose qui a de la valeur pour eux.

— Quoi donc ?

— Vous verrez, vous verrez. Suivez-moi.

Mary lui prit le bras. Elles sortirent de la galerie hollandaise, et pénétrèrent dans la salle des peintres espagnols.

— Restez ici, et faites semblant d'admirer ce portrait de Madone. A mon signal, vous créerez une diversion.

— Quoi ?

Mais Mary s'éloignait déjà. Glacée, Victoria demeura clouée sur place. *Qu'allait faire Mary ?* Elle aurait aimé s'enfuir, mais elle était paralysée de frayeur. Elle se mit donc à contempler la Madone, comme si sa vie en dépendait. Du coin de l'œil, elle vit Mary sortir un carnet à croquis de son sac, et se mettre à crayonner tout en circulant dans la salle. Non loin de Victoria, deux gardiens observaient les visiteurs qui entraient. Un autre employé, placé près de la porte, aidait les gens à se repérer dans le musée.

Victoria avait l'impression d'attirer l'attention en se tenant devant le tableau, mais la peur l'empêchait d'esquisser le moindre mouvement. Les sourcils froncés, elle examina le portrait, comme si elle essayait de déceler la moindre trace de pinceau. Quelqu'un allait finir par la remarquer, forcément. Mais non, tout le monde faisait cela dans les musées.

Des gouttes de sueur perlèrent sur son front. Ses muscles étaient crispés. Tout à coup, elle se dit qu'elle n'avait qu'à partir. Personne ne ferait le lien entre Mary et elle. Mais les paroles de cette dernière lui revinrent à l'esprit. Mary pensait qu'elle était une personne sur laquelle on pouvait compter... Ses jambes se mirent à trembler, elle se sentit oppressée. *Oh ! non. Pitié, non...*

Au même moment, Mary lui fit un signe de tête et se dirigea d'un pas ferme vers un tableau de Vélasquez. Victoria la regarda de loin, avec l'impression de la voir bouger au ralenti. Soudain, elle tira une sorte de hachoir de la manche qu'elle tenait jusque-là serrée sur le côté.

C'est alors que Victoria se mit à hurler. Les gardiens se tournèrent vers elle, et au même moment un bruit de verre brisé retentit. Perplexes, les gardiens levèrent les yeux vers la verrière.

Victoria continua de hurler. De loin, elle vit Mary frapper frénétiquement à coups de hachette le tableau représentant Vénus.

Les deux gardiens et l'employé du musée se précipitèrent vers elle. L'un d'eux glissa, mais l'autre parvint à lui prendre l'arme des mains. Ce fut le moment que Victoria choisit pour tourner les talons et se mettre à courir. L'homme qui avait glissé voulut se rattraper en arrêtant Victoria, mais celle-ci se déroba et gagna l'escalier. Elle entendit Mary crier, dans le fond de la salle. Elle dévala les marches, et enfin la porte du musée apparut devant elle. Son seul espoir était de sortir et de se fondre dans la foule.

Mais elle n'arrivait plus à respirer. Elle ralentit, les jambes coupées, les poumons en feu.

Des gens hurlaient derrière elle, des mains lui agrippèrent les épaules.

— C'est elle ! Elles sont entrées ensemble !

Victoria ouvrit la bouche pour leur expliquer qu'elle n'y était pour rien, qu'elle s'était juste mise à crier en voyant la hachette, mais elle ne put prononcer un mot. Des taches noires se mirent à flotter devant ses yeux, puis un voile sombre s'abattit sur elle.

Quand Victoria ouvrit les yeux, l'obscurité l'entourait. Elle était allongée sur un petit lit aux draps blancs. La pièce était si exiguë, qu'elle aurait pu toucher les trois murs qui l'entouraient sans quitter le lit. L'odeur entêtante du camphre et de la Javel ne parvenait pas à faire disparaître une âcre senteur d'urine.

Elle n'était sûrement pas à la maison. La porte s'ouvrit et elle ferma les yeux, terrifiée, comme un enfant qui n'ose pas regarder sous son lit.

— Elle n'a toujours pas repris connaissance, dit une femme.

— Elle a eu de la chance, elle aurait pu mourir. Je n'avais jamais vu quelqu'un lutter aussi désespérément pour respirer, répondit une voix d'homme. Nous ne pouvons pas faire grand-chose de plus, sinon avertir la surveillante quand elle aura repris connaissance.

La surveillante ?

— Bien, docteur.

La porte se referma et Victoria reconnut le bruit d'un verrou que l'on tournait. Elle souleva les paupières, et essaya de s'asseoir, en vain. Elle se rendit compte qu'elle était menottée, et que son poignet était attaché au montant du lit de fer. Elle regarda fixement les menottes, puis un hurlement s'échappa de sa gorge.

La porte se rouvrit.

— Que se passe-t-il ? Que se passe-t-il ? s'écria une femme vêtue d'un uniforme d'infirmière.

Un homme en blouse blanche surgit derrière elle.

— Faites-la taire. Elle risque d'avoir une nouvelle crise.

L'infirmière gifla Victoria. Celle-ci cessa sur-le-champ de crier et la regarda, horrifiée.

— Vous m'avez frappée.

— Oui, et si vous criez encore, je recommencerai.

La peur prit le dessus, et Victoria se remit à hurler. Le médecin entra et la frappa encore deux fois, alors qu'elle hurlait toujours, en donnant des coups de pied en tous sens. Le médecin parut sur le point de frapper de nouveau, mais une autre infirmière apparut avec un flacon et un chiffon.

— Tenez-la ! ordonna-t-elle.

Un homme entra à son tour, et réussit à immobiliser Victoria avec l'aide du médecin. L'infirmière lui plaqua le chiffon sur le nez et, pour la deuxième fois de la journée, Victoria perdit connaissance.

15

— Prévenez-moi dès qu'elle rentrera, ordonna Rowena au majordome.

Dominant sa mauvaise humeur, elle plaqua un sourire sur ses lèvres avant d'entrer dans la salle à manger. Elle avait envie de tordre le cou à Victoria. Comment sa sœur osait-elle lui causer une telle inquiétude ? Trouvait-elle qu'elle n'avait pas assez de préoccupations, avec la pression que les deux familles exerçaient sur Sebastian pour qu'il fixe une date ?

Pour compliquer encore un peu plus les choses, ce dernier lui avait fait savoir qu'il n'était pas prêt à rompre. Et comme c'était elle qui les avait mis dans le pétrin, et qu'il avait fait tout cela uniquement pour lui sauver la mise, elle n'avait qu'à supporter la situation encore quelque temps, avait-il décrété. Ce n'était pas faux, elle voulait bien l'admettre, mais elle aurait tout de même aimé connaître ses motivations. *Pour quelle raison refusait-il de rompre leurs fiançailles ?*

Et maintenant, par-dessus le marché, Victoria était terriblement en retard. Celle-ci avait reçu un message un peu plus tôt dans la journée, et avait filé en disant seulement qu'elle serait rentrée pour le thé. L'heure du dîner approchait, et toujours pas de Victoria. Tout le monde se demandait où elle était passée.

Sebastian se leva à son entrée. La salle à manger était

plus petite que celle de Summerset, mais aussi richement meublée. Une table Chippendale trônait au centre de la pièce, entourée d'une vingtaine de chaises.

Sous les regards de l'assistance, Sebastian la fit asseoir.

— Avez-vous passé une bonne journée, ma chérie ? s'enquit-il en lui effleurant les épaules.

Irritée par son attitude, Rowena parvint cependant à sourire.

— Oui, merci... *mon chéri.*

— Ils sont vraiment adorables ! s'exclama la mère de Kit, à l'autre bout de la table. Ils donneraient presque envie de croire de nouveau à l'amour.

Elle les contempla avec un sourire radieux, mais Rowena décela une étincelle malicieuse dans son regard. Mme Kittredge était-elle sincère, ou plaisantait-elle ? On ne savait jamais, avec elle. Rowena lança un regard interrogateur à Kit, que Sebastian avait mis au courant de la situation. *Avait-il dit quelque chose à sa mère ?*

Kit haussa les épaules et fit un signe négatif de la tête.

— Des nouvelles de Victoria ? s'enquit sa tante, avec un regard appuyé sur la chaise vide.

Rowena sourit de nouveau, en espérant que son anxiété n'était pas trop visible.

— Je crains qu'elle n'ait été retenue.

Elle fit de tels efforts pour continuer de sourire tout au long du repas que sa mâchoire en était douloureuse. Sous les regards aiguisés de sa mère et de tante Charlotte, Sebastian jouait le rôle du parfait fiancé, et Rowena sentait ses joues s'enflammer un peu plus à chacun de ses compliments.

— N'est-elle pas ravissante ce soir ? Bien sûr, elle est toujours belle, mais je la trouve particulièrement en beauté aujourd'hui.

Sebastian parlait d'un ton animé, et fit signe au valet de remplir son verre.

Rowena avait envie de le frapper, mais en même temps son comportement l'inquiétait. Depuis peu, il semblait très nerveux et elle se demandait ce qui le mettait dans cet état.

Tante Charlotte avait placé la mère de Kit à côté de Victoria pour qu'elles fassent connaissance. Rowena n'avait donc qu'un vieux général sourd avec qui faire la conversation, et son irritation devait être perceptible pour tout le monde. Quant à Kit, il semblait avoir été frappé par la foudre. Il gardait les yeux fixés sur la chaise vide, comme s'il avait pu faire apparaître Victoria par le seul effet de sa volonté.

Le cinquième plat, une tourte au bœuf croustillante, venait à peine d'être servi quand tante Charlotte annonça qu'elle avait une déclaration à faire. Surprise, Rowena leva la tête. Lady Billingsly l'enveloppa d'un regard affectueux. Décontenancée, elle jeta un coup d'œil à Sebastian, mais celui-ci n'avait d'yeux que pour sa tante.

— Comme vous le savez tous, lady Billingsly est une amie très chère, et nous n'avons jamais caché que nous désirions unir nos deux familles. Naturellement, nous avions toujours cru que Sebastian et Elaine se fianceraient. Mais à ma grande surprise, c'est ma chère nièce qui a décidé de devenir l'épouse de Sebastian. Vous vous doutez bien qu'Edith et moi ne souhaitions pas de trop longues fiançailles. A ma grande joie, Sebastian vient de m'apprendre que nous n'aurions pas à attendre très longtemps. Les chers enfants ont fixé la date de leur mariage au 1er août.

Rowena étouffa une exclamation, et Sebastian posa une main sur la sienne.

Il y eut des murmures, puis son oncle se leva.

— Si mon frère était parmi nous, je lui laisserais naturellement l'honneur de porter un toast. Mais puisqu'il nous a quittés, je suis fier de le faire à sa place. A Rowena et Sebastian, puissiez-vous être heureux !

Tout le monde but, puis le dîner reprit.

— Pourquoi avez-vous fait cela ? chuchota Rowena en se penchant vers Sebastian.

— Parce que le 1er août est une date assez lointaine pour que les préparatifs n'aillent pas trop loin, et aussi parce que je voulais me débarrasser d'eux. Vous devriez être heureuse, vous allez pouvoir passer plus de temps avec Jon. Souriez, on vous regarde.

Mais Rowena était lasse de ce jeu. Elle voulait trouver un moyen d'être avec Jon, de l'épouser. Elle ne voulait plus faire semblant d'être la fiancée de Sebastian. Et où donc était passée Victoria ?

Sa tante lui posa la même question, quand les messieurs se furent retirés pour fumer le cigare et boire un verre de vin.

— Je pense qu'elle doit passer la nuit chez Prudence, répondit-elle.

Mais à la vérité, elle n'avait aucune idée de l'endroit où se trouvait sa sœur. Par instinct, elle préféra cacher la vérité à leur tante, tout en espérant que Victoria n'allait pas tarder à réapparaître.

En entendant le nom de Prudence, sa tante n'insista pas et retourna bavarder avec la mère de Kit. Rowena en profita pour aller voir Elaine.

— Je ne sais pas où est Victoria, avoua-t-elle tout bas. T'a-t-elle dit où elle allait ?

— Elle ne me dit jamais rien, lui répondit sa cousine. Tu crois qu'elle travaille ?

Rowena haussa les épaules en signe d'ignorance. Elle ne savait même pas où vivait Prudence, et ne pouvait donc pas aller chez elle vérifier si Victoria s'y trouvait ou non. De plus, à la seule idée de revoir son amie, son estomac se nouait.

— J'ai dit à ta mère qu'elle devait passer la nuit chez Prudence, mais je n'en sais rien. Que faut-il faire ?

— Tu crois qu'elle se trouve chez elle ?

— Avec Victoria, tout est possible, répondit Rowena, le front soucieux.

— Il faut en parler aux garçons. Kit va devenir fou quand il saura qu'elle a disparu.

— Elle n'a pas disparu. Elle est juste... absente.

Bien qu'elle fût un peu fâchée avec Sebastian, Rowena savait qu'Elaine avait raison. Elles avaient besoin d'aide.

Lorsque les deux groupes se retrouvèrent dans la salle de jeu, Elaine et Rowena attirèrent Colin, Kit et Sebastian à l'écart pour leur exposer la situation. Affolé, Kit balaya la salle du regard, comme s'il s'attendait à trouver Victoria cachée dans un coin.

— Je suis sûre qu'elle va bien, dit Rowena d'une voix ferme. Elle est probablement chez Prudence.

Sebastian tressaillit et plissa les yeux.

— Je crois que je sais où la trouver, déclara Kit. Du moins, mon chauffeur le sait, rectifia-t-il en rougissant. Il connaît l'adresse de son amie Katie. Je sais qu'elle s'est rendue chez elle au moins deux fois.

— Je vais avec vous, dit Rowena.

— Comment comptes-tu sortir de la maison ? demanda Elaine.

— Je dirai à tante Charlotte que j'ai mal à la tête et que je monte me coucher. Je vous retrouve devant la porte, ajouta-t-elle à l'adresse de Kit.

Ce dernier acquiesça.

— Colin et moi allons faire un tour au club, n'est-ce pas, vieille branche ? Tant que mère n'a pas envie de partir, nous sommes tranquilles.

— Et si elle décidait de le faire ? s'exclama Rowena, inquiète.

— Elle ne bougera pas tant que la partie de bridge n'est

pas terminée, répondit Kit en désignant la table où tante Charlotte jouait avec sa mère, contre lord Summerset et le vieux général sourd. A tout de suite.

Rowena alla prévenir sa tante qu'elle se retirait, puis embrassa la mère de Sebastian, avant d'aller chercher son manteau.

Quelques minutes plus tard, elle s'engouffrait dans la voiture de Kit.

— Je ne comprends pas pourquoi elle ferait cela, marmonna-t-il.

— C'est Victoria. Il n'y a pas d'explication raisonnable à tout ce qu'elle fait. Vous savez qu'elle a un emploi dans un groupe de suffragettes ? Comment diable s'est-elle retrouvée impliquée dans cette association ?

— Tout cela s'est passé juste après que nous nous sommes disputés... aussi, je ne sais pas grand-chose. Tout ce que je peux vous dire, c'est que l'affaire de *La Revue du botaniste* l'a complètement bouleversée.

— *La Revue du botaniste* ? Que voulez-vous dire ?

— Elle ne vous a pas raconté ? Le rédacteur en chef a accepté un de ses articles et lui a même envoyé un chèque. Il était très impressionné par son talent — mais naturellement, il ne savait pas qu'elle était une femme. Elle ne lui avait pas fourni son nom complet.

— Oh ! non.

— Oh que si. Le moins que l'on puisse dire, c'est qu'il a été « très surpris » quand Victoria a débarqué dans son bureau pour faire sa connaissance et lui proposer d'autres articles... Elle a dû ensuite rencontrer des Suffragettes pour l'égalité des femmes par l'intermédiaire des amies chez qui elle logeait cette semaine-là.

— Vous voulez parler de Prudence ?

— Non. Elle était logée chez Katie.

— Donc, lorsqu'elle nous a dit qu'elle se rendait chez Prudence, en fait elle avait rendez-vous avec le rédacteur en chef de la revue, elle logeait chez Katie, et elle a trouvé un job dans le groupe de suffragettes ?

Kit acquiesça.

— Mon Dieu ! J'espère qu'il ne lui est rien arrivé. Scotland Yard ne saurait plus par où commencer.

— Elle est… assez indépendante, admit Kit.

— C'est le moins qu'on puisse dire, lui répondit Rowena en ricanant. Mais honnêtement, elle est surtout trop gâtée. C'est ma faute, et celle de Prudence. C'était une petite chose fragile, et sans que nous ne nous en soyons rendu compte, elle est devenue un monstre.

— Ce n'est pas un monstre, protesta Kit. Elle est impulsive et d'humeur changeante. Mais elle n'a que de bonnes intentions.

— Oh ! mon Dieu, le ciel nous vienne en aide. Vous êtes amoureux d'elle.

Kit ne chercha pas à nier. Rowena l'avait toujours soupçonné d'avoir un penchant pour sa sœur, mais elle avait été trop préoccupée par ses propres problèmes pour garder un œil sur eux. Quand leur amitié avait-elle évolué vers un sentiment plus profond ? Elle frissonna, et le regret lui serra le cœur. L'attitude de Victoria ces derniers temps était-elle due au fait qu'elle n'avait pas fait assez attention à elle ?

Elle secoua la tête en soupirant. Cela n'avait plus d'importance, maintenant. Il fallait trouver sa sœur, et s'assurer qu'elle allait bien. Mais Rowena se promit que tout allait changer. Elle s'était laissé absorber par ses chagrins, puis par sa passion pour Jon et pour le pilotage. Mais rien de tout cela n'était plus important que sa petite sœur. S'ils retrouvaient Victoria, elle ne devrait jamais l'oublier. Réprimant un frisson, elle corrigea la phrase dans sa tête. *Quand* ils retrouveraient Victoria.

Il était tard quand ils arrivèrent chez Katie. Rowena se souvenait de la douce et timide fille de cuisine de Mayfair.

Victoria était devenue son amie, Prudence aussi. La seule qui ne la connaissait pas, c'était elle. Rowena. Peut-être avait-elle toujours été trop centrée sur ses propres problèmes ? se reprocha-t-elle en frappant à la porte.

Au bout d'un moment, une femme maigre, d'âge mûr, vint ouvrir. Elle fronça les sourcils en voyant Kit.

— Que venez-vous faire ici, espèce d'ivrogne ? Oh ! mademoiselle Rowena ! ajouta-t-elle en écarquillant les yeux. Vous ici ?

Rowena la considéra avec stupeur.

— Je vous connais ?

— Oh ! non, mademoiselle. Je suis désolée. Je vous ai vue quelquefois, de loin. Je suis la mère de Katie. Entrez.

Rowena se retrouva dans le hall. Des portes s'alignaient à droite et à gauche du corridor. Katie se tenait devant l'une d'entre elles, enveloppée dans une robe de chambre. Rowena alla droit au but.

— Avez-vous vu Victoria aujourd'hui ?

Katie fit un signe de tête négatif.

— Non. Elle n'est pas venue à la maison, n'est-ce pas, maman ?

— Non, je ne l'ai pas vue depuis une semaine.

— Savez-vous où elle pourrait se trouver ? Elle est sortie ce matin après avoir reçu un message, et on ne l'a plus revue.

Katie se tourna vers l'une des chambres.

— Lottie ! Victoria est-elle passée à la SFE, aujourd'hui ?

— Je ne l'ai pas vue, répondit une voix.

Une femme vêtue d'une ample chemise de nuit et d'un bonnet apparut derrière Katie. Elle s'empourpra en apercevant Kit et croisa pudiquement les bras sur sa poitrine.

— Pouvez-vous me donner l'adresse de l'immeuble où elle travaille ? demanda Rowena.

Si Victoria ne rentrait pas cette nuit, elle s'y rendrait demain matin à la première heure.

La mère de Katie alla chercher du papier et un crayon. La jeune femme griffonna une adresse, visiblement à contrecœur.

— Savez-vous où vit Prudence ? reprit Rowena. Nous allons voir si elle est chez elle.

— Bien sûr, dit Katie. Je vais vous écrire l'adresse.

— Merci beaucoup de votre aide. Si ma sœur passe chez vous, dites-lui que nous la cherchons et que nous sommes très inquiets.

Elles promirent de le faire, et Rowena regagna la voiture en compagnie de Kit.

— Vous n'avez pas trouvé bizarre que cette femme ait hésité à nous donner l'adresse de l'association de suffragettes ?

— J'étais trop occupé à regarder son drôle de bonnet de nuit, fit-il, un sourire en coin.

Rowena leva les yeux au ciel.

— Oh ! Kit !

— Non, vous avez raison. Elle n'avait pas envie de nous fournir le renseignement.

— Tout à fait. J'aurai quelques questions à poser à Victoria au sujet de cette association, quand nous l'aurons retrouvée.

— Je sais qu'elle était très contente d'avoir ce travail, mais j'ignore ce qu'elle fait exactement, remarqua Kit.

Rowena soupira. La voiture s'arrêta devant la devanture d'une épicerie.

— C'est là ? s'exclama-t-elle. Ce doit être une erreur.

— Je crois que la dame vit dans un appartement au-dessus de cette boutique, dit le chauffeur d'un ton condescendant.

Rowena fronça les sourcils. Prudence vivait là ? Son

cœur se serra. *Oh ! Prudence,* songea-t-elle. *Que t'ai-je fait ?*

— Y a-t-il quelque chose que tu voudrais me dire ?

Prudence se figea. Son pouls s'emballa et elle déglutit avec peine, songeant aussitôt au baiser échangé avec Sebastian.

— Je ne sais pas de quoi tu veux parler.

Andrew et elle se trouvaient dans la chambre. Après une longue journée de travail sur les quais, il avait décidé de se coucher tôt. Comme Susie était toujours chez eux, Prudence était venue lui souhaiter une bonne nuit, afin de passer quelques minutes en tête à tête avec lui. Il lui tournait le dos, debout devant la petite commode dans laquelle il rangeait ses vêtements.

Pouvait-il avoir deviné, pour le baiser ? Les joues de Prudence étaient brûlantes. Elle était parvenue à ne plus penser à Sebastian. En parler à Andrew ne servirait à rien… sinon à lui faire du mal. D'autre part, elle savait que cela n'arriverait plus jamais. Ce baiser était celui qu'elle aurait dû recevoir il y a très longtemps, la première fois que Sebastian lui avait fait comprendre quels sentiments il éprouvait pour elle.

Andrew se retourna en brandissant un tricot de peau.

— Je viens juste de remarquer que ces tricots sont neufs. Pourquoi les as-tu achetés ? Je n'en avais pas besoin, et c'est une dépense de trop.

Submergée par le soulagement, elle s'assit au bord du lit. Andrew vint s'asseoir à côté d'elle. Elle se pressa contre lui, respirant l'odeur propre et fraîche de sa chemise de coton. Ses yeux s'emplirent de larmes. Elle ne méritait pas un mari aussi bon.

— J'ai abîmé les autres, avoua-t-elle. J'ai mis trop de bleu dans l'eau, et ils étaient devenus inutilisables. Je ne voulais pas que tu t'en aperçoives, et donc j'ai acheté de nouveaux tricots et des draps.

— Tu as abîmé les draps aussi ?

Elle pressa la joue contre sa poitrine, n'osant pas croiser son regard. *Comment avait-elle pu embrasser Sebastian ?* Elle aurait voulu être une bonne épouse pour Andrew, mais elle lui abîmait son linge, laissait brûler le repas — et embrassait un autre homme. *Quel genre de femme était-elle devenue ?*

Soudain, Andrew éclata de rire, et elle s'écarta, effarée.

— Qu'y a-t-il ?

— Pourquoi ne me l'as-tu pas dit, idiote ? Tu croyais que j'allais me mettre en colère ?

Des larmes roulèrent sur les joues de Prudence.

— Je ne voulais pas te décevoir.

— Tu ne me décevras jamais, affirma-t-il en la serrant contre lui. Pourquoi crois-tu que je t'aie épousée ? Si j'avais voulu une femme juste pour tenir ma maison, j'aurais pu en choisir une parmi les nombreuses servantes de Summerset. Mais je ne l'ai pas fait. Je t'ai choisie, toi.

— Mais pourquoi ? balbutia-t-elle, le visage pressé contre son épaule.

Il garda le silence un moment.

— Pour deux raisons, dit-il enfin. Tu sais que je viens d'une famille de pauvres fermiers. Ils n'accordaient pas beaucoup de valeur à l'éducation, et j'ai dû étudier en cachette. Je ne veux pas que mes enfants soient obligés de faire comme moi. Je voulais quelque chose de mieux pour eux. Et tu es apparue. Chic, bien éduquée, une vraie dame. Le genre de femme que je pensais ne jamais avoir une chance de rencontrer. Le genre de femme que je veux, pour élever mes enfants.

— Quelle était l'autre raison ? Tu as dit qu'il y en avait deux.

— Tes yeux, murmura-t-il, les lèvres dans ses cheveux.

Ils étaient si tristes. Je voulais gommer cette tristesse de tes yeux, et faire tout ce qui était en mon pouvoir pour qu'elle disparaisse à jamais.

Prudence se blottit contre lui, regrettant que Susie se trouve juste de l'autre côté de la porte. Andrew rit doucement, comme s'il avait deviné ses pensées.

— Je t'aime, affirma-t-elle avec ferveur.

— Je t'aime aussi.

Prudence passa l'heure suivante à coudre en compagnie de Susie. Celle-ci lui apprenait à raccommoder les chaussettes, et le stock qu'Andrew leur fournissait semblait inépuisable.

C'était dans de tels moments qu'elle appréciait particulièrement la présence de Susie. Prudence n'avait jamais été seule. Aussi souffrait-elle de la solitude lorsque Andrew travaillait, ou se couchait de bonne heure.

Les coups frappés à la porte les firent sursauter toutes deux. Elles allèrent à pas de loup dans l'entrée, et au dernier moment Susie saisit un lourd chandelier sur la table. Prudence s'efforça d'afficher une assurance qu'elle était loin d'éprouver, et se décida à ouvrir.

Son cœur fit un bond quand elle vit le visage de Rowena. Un instant, elle fut tentée de lui refermer la porte au nez, mais le choc la paralysa.

Rowena esquissa un petit sourire triste. Ses beaux yeux verts étaient brillants de larmes.

— Bonjour, Prudence.

Elle avait changé, remarqua cette dernière. La fermeté de son expression trahissait une maturité qu'elle n'avait pas autrefois, et une nouvelle douceur dans ses traits révélait qu'elle avait découvert l'amour.

Avec Sebastian.

Prudence voulut refermer la porte, mais Rowena glissa son pied dans l'embrasure.

— Victoria a disparu.

Prudence se figea.

— Comment ça ?

— Elle a reçu une lettre ce matin, et elle est sortie. Nous ne l'avons plus revue depuis.

Prudence voulut dire quelque chose, mais Rowena la devança.

— Je suis déjà allée chez Katie. C'est elle qui m'a donné ton adresse.

Prudence ne voulait pas laisser Rowena entrer chez elle. Le son de sa voix suffisait à évoquer les deux moments les plus douloureux de sa vie. Mais elle n'avait jamais laissé tomber Victoria quand celle-ci avait eu besoin d'elle, et elle n'allait pas commencer maintenant. Elle ouvrit donc la porte et s'effaça.

— Entre. Susie, voudrais-tu préparer du thé, s'il te plaît ?

Elle évita de se laisser attendrir par le soulagement qui se peignit sur le visage de Rowena. Son chagrin était encore très vif, et cet événement ne pourrait rien changer entre elles deux.

Elle alluma une lampe et elles s'assirent devant la table. Susie s'affairait dans la cuisine, et le jeune homme qui accompagnait Rowena demeura gauchement debout, au milieu de la pièce. Rowena fit les présentations, sans cérémonie.

— Prudence, voici Kit, l'ami de Victoria. Kit, je vous présente Prudence.

— Je crois que nous nous sommes déjà vus, dit-il en haussant les sourcils. Mais je suis très heureux de faire votre connaissance.

Les joues de Prudence se colorèrent. Ils s'étaient croisés brièvement, en effet, mais elle n'avait eu d'yeux que pour Sebastian.

La porte de la chambre s'ouvrit, et Andrew en sortit. Il s'était rhabillé en entendant leurs voix, nota Prudence.

Elle fit rapidement les présentations, et se rappela un peu trop tard qu'il connaissait déjà Rowena, puisqu'il avait servi à Summerset.

— Que puis-je faire ? demanda-t-il en apprenant ce qui se passait.

Debout derrière la chaise de Prudence, il se pencha pour lui prendre la main. Il était tellement bon. Elle se promit de ne plus jamais l'oublier.

— Je ne pense pas que nous puissions faire quelque chose ce soir, répondit Kit. J'irai demain matin au siège des Suffragettes pour l'égalité des femmes avec Rowena, et nous verrons ce qu'elles savent.

— Vous ignorez complètement qui elle allait retrouver ? s'enquit Prudence, le cœur serré à l'idée que Victoria se trouvait quelque part, seule, peut-être blessée ou souffrante.

Rowena secoua la tête.

— Tu sais comment est Victoria. Elle garde soigneusement ses secrets. Malgré tout, je pensais qu'elle aimerait se vanter de son travail chez les suffragettes. Mais elle n'en a parlé à personne. Et toi, sais-tu quelque chose ?

— Elle m'a dit qu'elle avait trouvé ce poste, bien sûr, mais sans me donner de détails. Sinon qu'elle était nommée porte-parole de l'association, ce que j'ai trouvé étrange pour quelqu'un de nouveau dans le groupe.

Susie leur servit le thé et Prudence en avala une gorgée.

— J'irai avec vous demain matin, déclara-t-elle brusquement.

Rowena cacha son visage entre ses mains. Elle était secouée de sanglots, Prudence le voyait bien. Cette dernière aurait voulu rappeler à son ancienne amie que c'était pour Victoria qu'elle faisait cela, et non pour elle. Mais elle se tut. Ce n'était pas le moment.

Rowena et Kit repartirent peu après.

— Tout ira bien, affirma Andrew en prenant Prudence dans ses bras. Je suis sûr que Victoria réapparaîtra demain, au petit déjeuner.

Mais Susie n'en avait pas l'air aussi persuadée que lui.

16

Quand Victoria ouvrit de nouveau les yeux, il faisait jour. Elle battit des paupières et tressaillit en entendant une voix de femme au fort accent cockney, juste à côté d'elle.

— Tu es réveillée, maintenant. Alors arrête de faire semblant de dormir et ne te remets pas à crier, sinon le docteur t'enverra à l'asile. Et crois-moi, ma chérie, tu es mieux ici.

Victoria ne fit pas un geste. Une odeur de Javel et d'urine pénétrait ses narines. La petite fenêtre au-dessus de sa tête ne laissait presque pas filtrer de lumière — et elle était munie de barreaux. Son cœur se mit à battre un peu plus fort.

— Dites-moi où je suis !

— Tu peux dire s'il vous plaît, tu sais. Ce n'est pas parce que je suis infirmière et que tu es suffragette que tu dois oublier les bonnes manières.

Victoria essaya de bouger et se rendit compte que ses chevilles étaient enchaînées comme ses poignets. La femme se mit à rire.

— Comme ça, tu ne m'enverras plus de coups de pied.

— Je suis désolée. S'il vous plaît… dites-moi où je suis.

La femme s'approcha. Elle portait une chemise à rayures bleues et blanches, une jupe en coton bon marché, et un immense tablier blanc. Un bonnet de lin blanc couvrait ses cheveux. Une forte odeur de savon et de lessive se dégageait d'elle. Ses yeux étaient bleus et pétillants.

— Voilà, c'est mieux. Tu es à la prison de Holloway.

Victoria gémit, son cœur s'accéléra, et elle se sentit oppressée. Fermant les yeux, elle compta lentement en respirant, jusqu'à ce que la pression sur sa poitrine se relâche. Quand elle put de nouveau respirer normalement, elle demanda :

— Pourquoi suis-je ici ?

— Tu ne le sais pas ? C'est la meilleure. La plupart des suffragettes sont fières de leurs exploits ! Tu ne te rappelles pas ?

Victoria fouilla dans sa mémoire. Elle se revit dans la National Gallery avec Mary… et Mary avait… Les souvenirs affluèrent d'un seul coup, et elle poussa un grognement.

— Ah, je vois que tu te rappelles.

Elle essaya de nouveau de s'asseoir et y renonça, se laissant retomber sur le matelas. Le coussin lui piquait la nuque. Elle ne pouvait qu'espérer que c'était à cause du crin à l'intérieur, et non parce qu'il était infesté de vermine.

— La prison n'est pas comme je l'imaginais.

— Ce n'est pas la prison ici, répondit la femme avec un petit ricanement bref. Tu es à l'infirmerie. Tu étais à moitié morte quand ils t'ont amenée. Tu as des problèmes respiratoires ?

— Oui, je suis…

Elle hésita comme si le mot lui brûlait les lèvres. Mais nier sa maladie ne servait à rien.

— Je suis asthmatique.

La femme nota quelque chose sur une feuille près du lit.

— C'est bien ce que pensait le docteur. Et ne t'inquiète pas. Tu te retrouveras bientôt à la prison, et les suffragettes ont généralement droit à une cellule pour elles seules.

N'essaie pas de ne pas t'alimenter. Ils te gaveront de force, et c'est la chose la plus horrible que j'ai jamais vue.

Son regard s'assombrit, et elle lui prit le pouls.

— Pourquoi est-ce que je refuserais de manger ? s'étonna Victoria.

Elle avait entendu dire que les suffragettes faisaient la grève de la faim, mais elle trouvait que ce n'était pas un service à rendre à leur cause, de vouloir se tuer.

— Pourquoi les autres le font ? lui rétorqua l'infirmière. Mais je suis sûre qu'une fille comme toi, qui a autant lutté pour recouvrer sa respiration, ne voit pas la mort de la même manière que ces idéalistes. Tu as beaucoup de chance d'être encore en vie, ma petite. Je te croyais perdue. Tu étais devenue aussi bleue que ma chemise. Tu as besoin d'aller aux toilettes ?

Victoria acquiesça, et l'infirmière lui désigna un seau dans un angle de la pièce.

La jeune fille blêmit.

— Je sais que ce n'est pas très chic, mais je suppose que les surveillants ne se sentent pas obligés de fournir du luxe à ceux qui enfreignent la loi. Si tu me promets de ne pas faire une autre crise de nerfs, je veux bien te détacher pour te laisser utiliser le seau. Si tu me causes le moindre souci, j'appellerai Ed, le surveillant, et il faudra que tu fasses tes besoins devant lui.

Horrifiée, Victoria promit. Quand l'infirmière l'eut ramenée à son lit, elle lui conseilla de dormir.

— Je ne t'attache pas, si tu promets de ne pas faire de problèmes. Si tu ne te tiens pas tranquille, c'est ma place qui est en jeu. Aussi, je te ficellerai comme une dinde de Noël.

La femme agita les menottes devant elle pour souligner ses paroles. Le sang se retira du visage de Victoria.

— Je vous le promets, chuchota-t-elle. Merci.

L'infirmière rabattit les couvertures sur elle. Le

corps de Victoria était si endolori que le contact de la couverture de laine rêche et le matelas dur lui parurent merveilleusement confortables. Quand la femme fit mine de partir, elle la retint, comme si elle seule pouvait la protéger de dangers inconnus.

— Attendez, supplia-t-elle. Savez-vous quand je verrai le juge ? Et ma famille ?

L'infirmière secoua la tête et éteignit la lumière. De longues ombres s'étalèrent sur le lit de Victoria.

— Je ne peux pas vous le dire. Personne ne le sait.

— Comment vous appelez-vous ? demanda encore Victoria, avant que la porte ne se referme.

— Eléonore. Je repasserai vous voir à la fin de mon service. Essayez de dormir.

Le battant se referma, toute lueur disparut. L'obscurité était totale. Victoria se mit à trembler. Elle n'avait jamais aimé être seule la nuit, et pendant des années elle avait dormi avec Prudence, dont la présence la rassurait.

Il n'y avait personne avec elle à présent pour chasser les cauchemars. Mais pour une fois, les images qui hantaient son esprit ne pouvaient être pires que la réalité !

Des larmes se mirent à rouler sur ses joues. Comment en était-elle arrivée là ? Pourquoi n'avait-elle pas ignoré le message de Mary ? Cette femme était folle. Elle se demanda où elle était, et songea soudain qu'elle devait être enfermée dans une cellule de la prison.

Elle s'essuya les joues du revers de la main. Son oncle la ferait sortir de là, s'il le pouvait. C'était un homme important, et riche de surcroît. Il pourrait sûrement intervenir.

Le cœur lourd, elle songea aux articles de journaux qu'elle avait lus ces derniers mois. L'opinion publique était partagée, au sujet des suffragettes — mais la justice ne l'était pas. Les juges n'avaient aucune sympathie pour elles, et les jetaient en prison sans remords. S'ils pensaient qu'elle avait vraiment comploté avec Mary pour détruire ce tableau… Victoria frémit.

Du bruit lui parvint du couloir, et elle tendit l'oreille. Elle perçut les voix étouffées des infirmières passant d'une chambre à l'autre. Au moins, elle n'était pas seule, il y avait des gens autour d'elle. Mais les bruits devinrent de plus en plus rares, et bientôt elle n'entendit plus que sa propre respiration. Son cœur se mit à cogner à grands coups. Fermant les yeux pour ne pas être confrontée aux ténèbres, elle se mit à réciter à voix haute un poème de Lewis Carroll.

Fleurgageons les rhododendroves
Gyrait et vomblait dans les vabes
On frimait vers les pétunias
Et les momerates embradent…

Elle s'interrompit en frémissant. Non, le Jabberwocky était beaucoup trop effrayant. Son père le chantonnait toujours en accompagnant les paroles fantaisistes d'horribles grimaces. *Père!* Elle déglutit avec peine, la gorge nouée, et passa à un poème de Rudyard Kipling, puis à un autre, d'abord à mi-voix, puis, articulant les mots de plus en plus fort pour chasser les ombres terrifiantes.

Peu à peu, les battements de son cœur reprirent un rythme normal, et elle se creusa la tête, puisant dans les vastes réserves de poèmes de Kipling qu'elle avait stockées depuis son enfance. Elle ne devait pas penser qu'elle était seule, dans la nuit. Seule dans une grande prison où étaient envoyées les meurtrières et les voleuses. Où des femmes croupissaient toute leur vie, oubliées du monde. Avec un gémissement de détresse, Victoria enfouit la tête sous les couvertures.

Désespérée, elle passa des poèmes aux contes.

— *Ceci est l'histoire de la grande guerre que Rikki-tikki-tavi livra tout seul dans les salles de bains du grand bungalow au cantonnement de Segowlee...*

Elle finit par s'endormir, mais son sommeil fut entrecoupé par des cauchemars confus qui la réveillaient et la replongeaient dans la cruelle réalité. Plusieurs heures plus tard, elle entendit le bruit des verrous que l'on tirait. Elle ne quitta plus la porte des yeux, espérant voir apparaître Eléonore.

La lumière jaillit, aveuglante, et la voix de l'infirmière retentit.

— Je t'avais promis que je repasserais te voir.

— Merci, balbutia Victoria, les yeux emplis de larmes.

— Oh ! ça suffit. Je préférais quand tu étais méchante.

Eléonore lui permit de se lever pour utiliser de nouveau le seau, et lui prit le pouls.

— Maintenant que tu respires normalement, tout va bien. Si tu promets d'être sage, je ne t'enchaînerai que par la cheville.

Victoria promit.

— Je ne te verrai sans doute pas quand je reviendrai ce soir. Regarde-toi..., ajouta-t-elle avec une mine désapprobatrice. Ta robe doit représenter un mois de salaire pour moi, et malgré ça, tu n'étais pas contente. Je voudrais avoir le droit de vote autant que toi, mais je ne vais pas risquer tout ce que j'ai eu tant de mal à gagner pour ça ! Ces filles sont folles.

La porte s'ouvrit de nouveau. Une femme en uniforme gris entra, avec une autre infirmière.

— Je vous avais dit qu'elle pouvait quitter l'infirmerie, dit Eléonore, après avoir rapidement examiné Victoria.

La femme en gris tendit une robe noire à Victoria.

— Mettez ça, et vite. Elle est peut-être prête à sortir, mais je ne sais pas où la mettre. Toutes les cellules de première classe sont occupées.

Victoria essaya de se dépêcher, mais ses doigts étaient engourdis.

— Si vous n'avez pas de place, vous n'avez qu'à me laisser partir, lança-t-elle.

La femme en gris cessa de parler, et sortit machinalement une matraque attachée à sa ceinture. Victoria finit de se changer sans dire un mot. La femme lui agrippa le bras et l'entraîna dans le couloir. Victoria abandonna l'horrible petite chambre presque à regret, ne sachant ce qui l'attendait désormais.

Après avoir traversé une enfilade de couloirs sombres, elles arrivèrent dans une pièce carrée où se trouvait une unique chaise, que la femme lui désigna. Victoria s'assit et attendit.

Quand une autre surveillante vint enfin la chercher, elle avait désespérément faim et soif, et besoin d'aller aux toilettes.

— Vous n'avez pas eu de petit déjeuner ? dit la femme d'un ton accusateur.

Elle lui apporta un verre d'eau, que Victoria but avec avidité.

— Il faudra vous en contenter. Je ne peux pas vous donner à manger.

On l'emmena ensuite dans un couloir qui débouchait sur une vaste salle. De tous côtés s'alignaient des cellules, superposées sur trois étages, comme les cubes d'un jeu de construction. Victoria et sa gardienne traversèrent l'immense espace et pénétrèrent dans un autre corridor. Les murs étaient faits de pierres et de briques. Au moins, elle n'aurait pas à craindre d'être prise dans un incendie. Le Château de Holloway, comme on l'appelait à Londres, n'était pas près de brûler.

Elles s'arrêtèrent devant un placard fermé à clé. La femme y prit deux couvertures de laine, un couvre-lit et une serviette de toilette, qu'elle donna à Victoria. Puis elle saisit un grand seau en fer qu'elle remplit à un robinet. Quand elles atteignirent enfin la cellule attribuée à Victoria, celle-ci parvenait à peine à marcher tant sa cheville, qui était restée enchaînée toute la nuit, était gonflée et douloureuse. Elle n'osa pas se plaindre. Le seul fait de poser les yeux sur la matraque de la surveillante suffisait à la faire frémir de terreur. Victoria n'avait jamais été frappée, avant hier soir. Elle n'arrivait pas à croire qu'elle pouvait l'être maintenant à tout moment, pour n'importe quelle raison.

La cellule faisait environ trois mètres de long sur un mètre cinquante de large, et les murs étaient en ciment. Une fenêtre à barreaux donnait sur l'extérieur. Dans un coin se trouvaient un sommier en fer et un matelas repliés, une bassine en métal, une serviette, plusieurs seaux en fer et un tabouret. Une ampoule électrique nue pendait au plafond.

— Fais ton lit avec les couvertures, ordonna la gardienne.

Elle posa le broc d'eau sur le tabouret et sortit sans ajouter un mot. Terrorisée, Victoria entendit le verrou retomber. Elle plaqua une main devant sa bouche pour ne pas crier. Elle ne voulait pas être emmenée à l'asile. Eléonore disait qu'elle était mieux ici, et elle la croyait sur parole.

Elle se précipita à la fenêtre. En bas, des femmes marchaient en file indienne, dans une cour de terre battue. Elles tournaient en rond, sous la surveillance de deux gardiennes vêtues de gris. Elles portaient toutes le même uniforme que Victoria.

Suivant les instructions de la surveillante, elle déplia le sommier, fit le lit et le replia de nouveau. Puis elle s'assit sur le tabouret et attendit.

Elle ne ferait pas avertir son oncle, décida-t-elle. Si Martha pouvait l'aider à régler cette affaire, elle épargnerait cette corvée et cet embarras à sa famille. Elle n'avait rien fait de mal. Elle ignorait tout des intentions de Mary en arrivant à la National Gallery. Si elle avait crié, ce n'était pas pour détourner l'attention de la suffragette, mais bien parce qu'elle l'avait vue brandir une hachette. Qui n'aurait pas crié en voyant une femme armée d'une hachette ? Les juges la croiraient et la laisseraient partir. Il le fallait. Elle n'était pas une criminelle. Elle n'était jamais allée en prison, comme Mary. Non. Elle allait faire envoyer un mot à Martha. Celle-ci s'était sans doute déjà trouvée confrontée à ce genre de situation.

Pour la première fois, elle sentit son espoir renaître. La promenade dans la cour se termina, les femmes rentrèrent, et Victoria fut certaine que c'était l'heure du déjeuner. Mais personne ne vint la chercher. Les heures passèrent. L'avait-on oubliée ? Les suffragettes étaient-elles toutes traitées de cette manière ? Etait-ce une sorte de punition ?

Elle n'avait rien pour lui indiquer l'heure, à l'exception des ombres à l'extérieur, qui s'allongeaient de plus en plus vers l'est. Elle finit par déplier de nouveau son lit, et s'allonger. Pour passer le temps, et oublier son estomac qui criait famine, elle se mit à compter les pierres du plafond. Puis elle but un peu d'eau, mais en garda une petite quantité, au cas où elle aurait vraiment été oubliée. Une humidité pénétrante régnait dans la cellule, et elle s'enveloppa dans une couverture pour se protéger du froid.

Quand avait-elle mangé pour la dernière fois ? C'était la veille, au petit déjeuner. Des harengs, des œufs, des fraises à la crème. Un scone. A cette pensée, elle saliva. Un bon petit déjeuner. C'était son repas préféré. Les larmes jaillirent tout à coup, sans prévenir, et elle ne put réprimer les sanglots qui secouèrent son corps. Finalement, exténuée, elle laissa le sommeil l'emporter.

Quand elle s'éveilla, il faisait nuit. Personne n'était venu. Elle se servit du seau en guise de toilettes, et prit un peu d'eau pour se rincer le visage et les mains. La cellule sentait l'urine et la moisissure.

Quand l'ampoule s'éteignit, elle comprit qu'elle courait un réel danger. La journée entière s'était écoulée sans que quelqu'un vienne la voir, ou lui apporte de quoi manger.

On l'avait oubliée.

Consciente qu'il ne servirait à rien de crier, en pleine nuit, dans ce bâtiment de pierre, elle retourna dans le lit et se recroquevilla sous la couverture. Le lendemain, elle tenterait d'attirer l'attention. En attendant, elle pouvait seulement se reposer.

Mais elle avait déjà passé une partie de l'après-midi à dormir, et la terreur l'obligeait à garder les yeux grands ouverts dans l'obscurité oppressante. La fenêtre, seule source de lumière dans la journée, semblait s'ouvrir sur un monde d'ombres terrifiantes. Emportée par les souvenirs de ses lectures, elle songea à Dracula et à Frankenstein, et la respiration lui manqua. *Non, il ne fallait pas qu'elle ait une crise.* Elle mourrait seule, ici. Elle compta en respirant doucement, jusqu'à ce que la tension se relâche et que ses paupières s'alourdissent.

Elle dut se rendormir, car lorsqu'elle rouvrit les yeux le ciel était plus clair. Elle attendit dans son lit que l'ampoule se rallume. Un emploi du temps régulier devait rythmer la vie de la prison, forcément, et la distribution des repas devait avoir lieu à une heure précise.

Elle attendit aussi longtemps qu'elle put. Puis, excédée, elle se mit à balancer un des seaux contre la porte pour attirer l'attention. Elle recommença plusieurs fois, alternant avec des cris qui la laissaient épuisée. Elle frappa de ses poings contre le lourd battant, en vain. Etourdie de fatigue, elle finit par retourner se pelotonner sur le lit.

Horrifiée, Rowena observa le bâtiment devant lequel la voiture venait de s'arrêter.

— Vous êtes sûr que c'est la bonne adresse ? demanda-t-elle au chauffeur.

Kit toussota.

— Combien de fois est-elle venue ici ? demanda-t-il à Prudence, qui était assise face à Rowena et lui.

Celle-ci fit un signe d'ignorance et chercha la poignée de la portière.

— Deux fois par semaine, je crois. A quoi vous attendiez vous ? Ce n'est pas la NUSS. Elles ne peuvent pas se payer de beaux locaux. Elles dépensent probablement tout leur argent pour leur cause.

Rowena perçut une légère accusation dans les paroles de Prudence, mais ne dit rien. Ils étaient là pour Victoria. Elles montèrent donc l'escalier, Kit sur les talons.

Prudence entra dans les bureaux sans frapper, et se figea. Au milieu de la pièce, une petite femme brune entassait des affaires dans un carton.

— Puis-je vous aider ? s'enquit-elle, visiblement déconcertée par cette visite inattendue.

— Oui, dit Rowena. Ce bureau est bien celui des Suffragettes for Female Equality ?

La femme hésita, puis acquiesça. La présence de Kit semblait la gêner, car elle ne le quittait pas des yeux.

— Je cherche ma sœur, Victoria Buxton. L'avez-vous vue, hier ou avant-hier ?

— Victoria ? Non, il y a quelque temps que je ne l'ai plus vue. Je pensais qu'elle avait décidé de laisser tomber sa collaboration avec nous. Certaines femmes font cela en dilettantes, vous savez.

Prudence secoua la tête.

— Ce n'est pas le genre de Victoria. J'avais l'impression qu'elle travaillait beaucoup pour vous.

La femme suivait toujours des yeux Kit, qui faisait minutieusement le tour du local.

— Je peux vous aider ? lui lança-t-elle, agacée.

— Non, je jette un coup d'œil.

— Eh bien, arrêtez, s'il vous plaît.

Elle accompagna ces paroles d'un sourire, mais de toute évidence la présence de Kit la mettait très mal à l'aise.

— Je ne sais pas ce qu'elle vous a dit, mais elle n'a pas travaillé longtemps pour nous, reprit-elle. Nous l'aimions bien, mais, comme je vous le disais, elle n'était pas très impliquée dans notre cause.

— Chez les Suffragettes for Female Equality, ou bien dans la Women's Equality League ? demanda Kit en brandissant un papier sur lequel étaient inscrits les noms.

— Ni dans l'un ni dans l'autre de ces mouvements, répondit la femme avec un sourire crispé.

— Pourquoi avez-vous deux noms ?

La femme sourit de nouveau, d'un sourire artificiel, destiné à apaiser Kit, de toute évidence.

— Désolée, je ne me suis pas présentée, je m'appelle Martha Long. Nous avons deux noms, car les deux organisations ont des buts différents. Mais rien de tout cela n'a de rapport avec Victoria.

— Vous déménagez ? remarqua Rowena, en désignant les cartons.

— Je fais juste un peu de ménage. J'espère que vous allez retrouver Victoria. Elle était très gentille. Transmettez-lui mes amitiés, quand vous la verrez. Maintenant, il faut absolument que je me remette au travail.

Des larmes montèrent aux yeux de Rowena. Cette brève conversation lui avait fait perdre tout espoir de retrouver sa sœur rapidement. Elle se rendit compte qu'elle allait devoir avertir son oncle et sa tante.

Comme prise d'un doute, Prudence s'arrêta sur le pas de la porte tandis qu'elle s'apprêtait à ressortir.

— Aviez-vous prévu des manifestations, hier ?

— Non, pas que je sache.

Martha leur sourit de nouveau, ce que Rowena trouva suspect. Elle aurait dû paraître plus affectée par la disparition d'une de ses collaboratrices, non ?

— Mais nous ne sommes pas au courant de toutes les manifestations prévues par les groupes de suffragettes, ajouta-t-elle d'un ton bref. Voulez-vous m'excuser, à présent ?

Visiblement, elle était impatiente de se débarrasser d'eux, et de toute façon ils n'avaient plus rien à faire ici, puisque Victoria n'y était pas.

En arrivant au bas de l'escalier, Rowena vit Prudence parler à un jeune garçon des rues, devant la porte, et lui glisser une pièce.

— Que faisais-tu ? demanda-t-elle quand Prudence les rejoignit.

— Il y a quelque chose de louche dans tout ça. Je ne sais pas si cela a un rapport avec Victoria, mais ce serait bien de savoir où Martha Long va se rendre en sortant d'ici. J'ai donné un shilling au garçon, en lui promettant qu'il en aurait un autre s'il m'apportait le renseignement ce soir.

Elle leur montra le gamin, qui faisait le guet de l'autre côté de la rue, puis monta dans la voiture. Rowena la suivit.

— Et maintenant ? dit Kit, quand ils furent installés.

— Je dois parler à mon oncle et à ma tante, déclara Rowena. Personne ne sait où se trouve Victoria, nous avons besoin de leur aide pour la retrouver.

Kit fit déposer Prudence chez elle, puis donna à son chauffeur l'adresse de Belgravia.

— Cela ne va pas être facile, vous savez, dit-il à Rowena en arrivant.

— Vous êtes en dessous de la vérité, lui répliqua-t-elle, narquoise.

Sebastian les attendait sur le perron. Il jeta un bref coup d'œil à Rowena et, devinant son désarroi, la prit dans ses bras pour la réconforter. Colin ouvrit la porte, et Kit entra en secouant la tête d'un air abattu. Rowena demeura un instant blottie contre Sebastian.

— Je suis désolée, murmura-t-il.

Elle leva vers lui son visage trempé de larmes, et il l'embrassa gentiment sur la joue.

— Entrons, dit-il alors. Je reste avec vous pour vous soutenir.

L'entrevue avec son oncle et sa tante fut aussi terrible qu'elle le redoutait.

— Tu savais qu'elle n'était pas chez Prudence hier soir, et tu ne nous l'as pas dit ?

Le cœur lourd, Rowena se rendit compte qu'une fois de plus, elle n'avait pas su réagir face à la situation. Elle parvint à grand-peine à esquisser un signe de tête.

Son oncle se leva.

— Je vais téléphoner dans mon bureau. Il faut alerter les autorités.

Tante Charlotte lui prit le bras, l'arrêtant dans son élan.

— Attendez un instant.

Elle sonna, et le majordome apparut.

— Cairns, pourriez-vous monter fouiller la chambre de Mlle Victoria, avec l'une des femmes de chambre ? Il y a peut-être des papiers dans la corbeille. Si la chambre a déjà été nettoyée, allez voir dans les poubelles. Nous cherchons une lettre qu'elle a reçue hier. Merci.

Le majordome sortit, et lady Summerset se tourna vers sa nièce.

— Je suis déçue, Rowena. Je comprends que tu veuilles protéger ta sœur de ton oncle et ta tante, mais, en l'occurrence, ton attitude n'était pas très raisonnable, n'est-ce pas ?

— Je pense vraiment que nous devrions aviser les autorités, déclara oncle Conrad avec impatience.

— Naturellement. Mais il me paraît nécessaire de faire tout d'abord nous-mêmes une petite enquête. Si cette enfant est partie seule et de son plein gré, je préfère protéger sa réputation, même si sa sœur et elle ne semblent pas se soucier de ce genre de détails. De plus, étant donné que Rowena a attendu huit heures avant de nous mettre au courant, sans même songer aux dangers que Victoria courait pendant ce temps, nous n'en sommes plus à quelques minutes près à présent.

Rowena baissa les yeux. Les paroles de sa tante étaient cinglantes, mais elle avait bien mérité cette réprimande. Elle espérait seulement que sa sœur ne payait pas trop cher en ce moment la stupidité dont elle avait fait preuve en n'alertant pas immédiatement leur oncle.

Tante Charlotte sonna de nouveau et une femme de chambre entra.

— Il nous faudrait beaucoup de thé, et aussi quelques sandwichs.

Elle jeta un coup d'œil à Colin, Kit et Sebastian, qui entouraient Rowena, et ajouta :

— Si nous devons lancer nos limiers sur une piste, il faudra les nourrir. Je suppose que vous avez tous les trois des camarades capables de vous aider à rechercher une jeune fille ?

Rowena se renversa contre le dossier de son fauteuil en

fermant les yeux, et laissa sa tante prendre la direction des opérations. Pourquoi ne lui avait-elle pas délégué cette tâche plus tôt ?

— Rowena. Tu peux encore te racheter. Nous avons besoin de tous les renseignements que tu peux nous fournir sur les activités de ta sœur. A-t-elle un amoureux ?

Sans le vouloir, Rowena jeta un coup d'œil en direction de Kit, assis avec raideur à côté d'elle. Sa tante dut suivre son regard, car elle haussa les sourcils, comprenant aussitôt.

— Non, répondit cependant Rowena.

— Peux-tu me dire exactement quelle était sa position dans cette association de suffragettes ?

Rowena la fixa bouche bée, et tante Charlotte eut un mouvement d'impatience.

— Je suis au courant, bien sûr. S'imaginait-elle qu'elle pourrait récolter des fonds auprès de mes amies, sans que l'une d'elles vienne me le répéter ? Je frémis en pensant aux sommes qu'elles lui ont remises pour une cause aussi inconvenante ! Elle devait être très persuasive, vraiment.

Rowena baissa les yeux.

— En effet, Victoria sait être persuasive quand elle le veut, mais j'étais loin d'imaginer qu'elle récoltait de l'argent. Je savais qu'elle avait un emploi, mais elle n'avait dit à personne en quoi il consistait. Victoria ne se livre pas beaucoup. Enfant déjà, elle était très secrète.

Kit l'interrompit :

— Vous dites qu'elle récoltait des fonds ? Vos amies lui donnaient-elles l'argent, ou l'envoyaient-elles directement à l'association ?

— Les deux, il me semble, répondit tante Charlotte.

— Je regrette de ne pas avoir été mis au courant plus tôt de ce qui se passait, déclara oncle Conrad avec un reniflement de dépit. J'aurais mis le holà à ces agissements. Si Victoria avait besoin de dépenser son énergie, elle aurait pu se consacrer à des œuvres charitables plus respectables !

Cairns entra sur ces entrefaites, tenant une feuille de papier bleue à la main. Il la donna à tante Charlotte, qui la lut et la passa à son mari.

— Connaissez-vous une dénommée Mary ? demanda-t-elle, tandis qu'oncle Conrad lisait le message.

Rowena répondit par la négative.

Son oncle se passa soudain une main sur le visage.

— Oh ! mon Dieu ! Cairns, allez immédiatement dans mon bureau et rapportez-moi le journal de ce matin.

Il se laissa tomber dans un fauteuil, l'air effondré.

— Conrad ! s'exclama tante Charlotte. Vous me faites peur. Que se passe-t-il ?

— Je crois savoir où elle est.

Kit se leva, les poings serrés.

— Alors, allons la chercher !

— Je crains que cela ne soit pas si facile.

Kit lui prit la lettre des mains, et Rowena se leva pour lire le message avec lui.

Chère Victoria,

Je vais vous donner une chance de faire vos preuves. Retrouvez-moi à la National Gallery aujourd'hui à deux heures. N'en parlez à personne.

Mary

Effrayée par la réaction de son oncle, Rowena sentit son estomac se contracter.

— Je ne comprends pas. La National Gallery ? Qu'est-ce que cela vient faire dans cette histoire ?

Cairns réapparut avec le journal. Son oncle jeta un coup d'œil à la première page, et la brandit devant lui pour permettre aux autres de lire les gros titres. Rowena lut à voix haute :

— « Des suffragettes s'attaquent à la *Vénus* de Vélasquez à la National Gallery. »

Elle en serait tombée à la renverse si Kit ne l'avait pas soutenue. Sebastian vint lui prendre le bras, et lut la suite de l'article.

— Mary Richardson, une suffragette connue pour ses prises de position extrêmes, et une autre femme non identifiée ont lacéré hier après-midi le chef-d'œuvre de Vélasquez, *Vénus à son miroir,* à la National Gallery.

— Non ! Victoria ne ferait pas une chose pareille, protesta Rowena. Elle est impulsive, mais elle ne s'attaquerait pas à un tableau inestimable. Elle a trop de respect pour les œuvres d'art !

Son oncle examina de nouveau la lettre de Mary Richardson.

— J'espère que tu as raison. Mais quoi qu'il en soit… si elle est impliquée d'une façon ou d'une autre dans cette affaire, il ne fait aucun doute qu'elle a été jetée en prison.

17

Victoria dut s'endormir encore une fois, car, lorsqu'elle sortit de sa torpeur, du soleil entrait par la petite fenêtre. Elle regarda à l'extérieur et son cœur sombra quand elle vit la cour déserte. Il n'y avait personne pour entendre ses cris.

Elle allait donc mourir ici. La vague glacée du désespoir la submergea. Tout son travail, ses efforts pour devenir indépendante, pour faire une différence dans la vie des femmes... elle avait fait tout cela pour rien. Elle mourrait sans avoir laissé la moindre trace en ce monde. Sa famille ne saurait jamais ce qu'elle était devenue, et à cette pensée elle fut envahie par les remords. Pourquoi leur avait-elle caché tant de choses ? Peut-être était-elle aussi puérile qu'ils le pensaient tous, en fin de compte.

A l'instant où cette pensée lui traversa l'esprit, un cliquetis derrière la porte lui fit dresser l'oreille. Interdite, elle vit le battant s'ouvrir et pivoter.

Une surveillante vêtue de gris se tenait sur le seuil, tenant une autre prisonnière par le bras. Elle la dévisagea, éberluée.

— Que faites-vous ici ? Cette cellule était censée être vide.

— On m'a... oubliée, articula-t-elle avec difficulté, la gorge douloureuse d'avoir tant appelé au secours.

— Par exemple ! Attendez voir. Il y a eu une erreur.

La surveillante referma avant que Victoria ait pu la supplier de ne pas la laisser seule de nouveau.

Elle s'enveloppa dans la couverture et fixa la porte. Quand celle-ci se rouvrit, Eléonore se tenait là avec la surveillante.

En voyant ce visage familier, Victoria éclata en sanglots. L'infirmière vint aussitôt vers elle et la prit dans ses bras.

— Seigneur. Quelle pagaïe ! Je ne peux donc pas te confier mes patientes ? lança-t-elle à la surveillante.

— Je n'y suis pour rien, maugréa l'autre femme.

— Rends-toi utile, va lui chercher de quoi manger.

— Mais…

— Tout de suite !

Eléonore lâcha Victoria pour aller prendre la serviette de toilette.

— Rends-toi présentable. Dès que tu auras mangé, nous irons voir quelqu'un.

Victoria fit ce qu'on lui disait, les mains tremblantes. Eléonore lui prit le pouls.

— Combien de temps es-tu restée ici ?

— On m'y a amenée tout de suite après que vous êtes partie. Apparemment, ils ne savaient pas où me mettre.

— C'est ma faute, j'en ai peur. J'ai persuadé le médecin de demander que tu sois placée seule dans une cellule, à cause de tes problèmes de santé. J'avais peur que le choc de te retrouver avec les autres ne provoque une nouvelle crise. Comme elles n'avaient rien d'autre, elles t'ont mise ici. Nous n'utilisons pas souvent ces cellules, elles sont réservées aux patientes atteintes de tuberculose.

La surveillante revint avec une petite boule de pain bis et un autre broc d'eau.

— Pourquoi êtes-vous revenue ? s'enquit Victoria, en mordant dans le pain.

— J'étais dans l'équipe du matin, et j'avais envie de savoir comment tu allais. Nous ne connaissions pas ton nom, puisque tu étais malade quand tu es entrée. Quand j'ai voulu savoir où était passée *Jane Johnson*, ainsi que nous appelons celles qui n'ont pas de nom, personne ne s'en souvenait. Je me suis rendu compte qu'on avait perdu ta trace, et j'ai lancé l'alarme. Bien sûr, si la surveillante n'avait pas voulu installer une autre femme ici, je ne sais pas combien de temps nous aurions mis pour te retrouver. Personne ne s'intéressait à ton cas.

— Mais vous oui. Pourquoi ? demanda Victoria, la bouche pleine.

— Je ne sais pas, en fait, avoua Eléonore en haussant les épaules. Peut-être parce que je t'ai entendue réciter tous ces jolis poèmes, l'autre nuit, pour chasser le croquemitaine. Cela m'a impressionnée. Enfin, on t'a retrouvée, c'est ce qui compte. Je vais t'emmener chez la surveillante en chef. Tu n'as pas encore vu le juge ?

Victoria fit signe que non.

— Comment tu t'appelles ?

— Victoria Buxton.

Eléonore emmena Victoria dans les longs corridors qui traversaient la prison. Elles entrèrent dans la partie du bâtiment qui contenait les bureaux administratifs. Eléonore la confia à un officier, pendant qu'elle entrait dans un bureau pour échanger quelques mots avec la surveillante.

Victoria l'entendit élever la voix, derrière la porte.

— Vu son accent, je peux vous affirmer qu'elle appartient à la bonne société ! Ils seront très en colère, quand ils sauront comment elle a été traitée. Elle n'avait même pas encore vu le juge !

Quelques minutes plus tard, une petite femme discrète comme une souris sortit en courant, et Victoria fut conduite dans une pièce comportant deux bureaux et des rangées de classeurs de bois. La femme qui se trouvait derrière un des bureaux se leva. Elle en imposait par sa taille comme par son attitude hautaine.

Eléonore pressa la main de Victoria, et lui chuchota :

— Je ne te reverrai sans doute pas, à moins que tu aies encore une crise d'asthme. Je suis contente de t'avoir connue.

Dès qu'elle fut sortie, la surveillante ordonna à Victoria de s'asseoir.

— Je m'appelle Mme Liddell, et je suis la surveillante générale de la prison de Holloway. D'après ce que j'ai compris, une erreur a été commise, et vous avez passé plusieurs heures seule, sans nourriture et sans soins. Je le regrette, car il n'est pas dans nos habitudes de perdre nos prisonnières, néanmoins je ne m'excuserai pas. Ce n'est pas moi qui ai fait les choix qui vous ont conduite à cette situation.

La petite femme à l'allure de souris réapparut et tendit à sa chef une liasse de papiers. Puis elle s'assit à l'autre bureau et se mit à taper à la machine. Mme Liddell lut attentivement les documents qu'elle lui avait remis. Pendant ce temps, Victoria observa sa collègue qui pianotait à une telle vitesse qu'elle en éprouva une soudaine jalousie. Elle ne parviendrait *jamais* à taper aussi vite qu'elle.

Mme Liddell se racla la gorge, et Victoria reporta son attention sur elle.

— Votre complice, Mary Richardson, a été condamnée à six mois d'emprisonnement pour destruction d'un objet de valeur appartenant au Commonwealth.

Victoria ne put retenir un gémissement de détresse, et la surveillante secoua la tête.

— Non. Vous n'avez pas vous-même participé à la destruction de cet objet et vous n'aviez pas d'arme en votre possession. Je doute donc que la sentence vous concernant soit aussi sévère. En outre, nous connaissons bien Mary, ce n'est pas la première fois qu'elle passe par chez nous. Je n'ai pas l'impression que vous ayez déjà eu des ennuis avec la justice. N'est-ce pas, mademoiselle Buxton ?

— Non, jamais.

— Vous comparaîtrez devant un magistrat demain à la première heure. Voulez-vous faire avertir votre famille ?

Victoria songea un bref instant à son oncle.

— Non, déclara-t-elle. Mais j'aimerais envoyer un message à mon employeur.

Mme Liddell fit une moue désapprobatrice.

— Votre famille serait mieux placée pour vous venir en aide, mais si vous insistez… Donnez ses coordonnées à Mlle Lark. Bonne journée, mademoiselle Buxton.

Comprenant qu'elle était congédiée, Victoria se dirigea vers l'autre bureau. Après avoir répondu à d'innombrables questions, elle rédigea un message qu'elle fit transmettre à Martha.

Une surveillante ramena ensuite Victoria dans sa cellule. Malgré la peur qui la paralysait, elle gardait un peu d'espoir. Encore une nuit. Elle était sûre de pouvoir tenir. Martha viendrait la voir le lendemain matin et expliquerait au juge qu'elle n'était en rien impliquée dans cette histoire. On ne la garderait pas longtemps enfermée.

Mais Martha ne vint pas.

Le procès se déroula comme dans un brouillard. Seule pour se défendre, Victoria tenta d'expliquer au juge qu'elle n'avait rien à voir dans la destruction du tableau de Vélasquez. Mais quand elle eut admis qu'elle connaissait Mary et que celle-ci lui avait demandé de créer une diversion, le magistrat eut du mal à croire que ses hurlements étaient dus au choc, et qu'il ne s'agissait pas d'une ruse pour détourner l'attention des gardiens du musée. La sentence tomba.

— Trois mois à Holloway.

Trois mois.

Les mots résonnèrent dans la tête de Victoria et ses jambes se dérobèrent sous elle. Alors qu'on la ramenait à la prison, elle eut une nouvelle crise d'asthme et se retrouva une fois de plus à l'infirmerie. Eléonore n'était pas là, mais on lui donna un nébuliseur. Quand la crise fut terminée, on la renvoya dans sa cellule.

Alors commença pour elle un séjour sinistre et monotone dans la prison de Holloway.

Le moment qu'elle redoutait le plus était la nuit. Les lumières s'éteignaient à 20 heures chaque soir, et dix heures atroces s'écoulaient avant qu'elles ne se rallument. Les yeux grands ouverts dans l'obscurité, Victoria récitait tous les poèmes qu'elle connaissait par cœur, et le sommeil finissait par la terrasser quand arrivaient les heures grises du petit matin.

A 7 heures, les gardiennes distribuaient un petit déjeuner composé de pain bis et de thé, avec un grand broc d'eau pour la journée. A 8 heures, les portes étaient ouvertes et les femmes emmenées à la chapelle. Elles n'avaient pas le droit de parler, et Victoria était stupéfaite des moyens de communication qu'elles inventaient sans que les gardiennes s'en aperçoivent.

Elle avait du mal à croire que toutes ces femmes avaient commis des délits méritant l'emprisonnement. La plupart d'entre elles avaient plutôt l'air de paisibles mères de famille.

Ce qu'elles étaient sans doute.

Victoria ne vit Mary qu'une seule fois à la chapelle. Celle-ci passa devant elle sans la remarquer. Tant mieux. Elle ne voulait plus jamais avoir affaire à elle.

Après la chapelle, on les ramenait à leur cellule. Un médecin passait alors les voir, au cas où elles seraient malades. Eléonore vint une fois lui rendre visite avec le médecin. *Un visage familier, enfin.* Quelle joie malgré l'allure sévère de l'infirmière !

A 10 heures, elles allaient en promenade, quel que soit le temps. En raison de ses problèmes de santé, Victoria aurait pu en être exemptée, mais elle sortait tout de même, soulagée de pouvoir échapper brièvement à sa cellule exiguë.

Après l'exercice, elles réintégraient les cellules où elles étaient autorisées à lire, ou bien à coudre. Victoria découvrit qu'elle pouvait emprunter deux livres par semaine à la petite bibliothèque ambulante, un chariot qu'une volontaire promenait de cellule en cellule chaque jeudi. La première semaine, elle choisit *Jane Eyre* et *Robinson Crusoé*. Elle les avait déjà lus, bien sûr, mais elle avait l'impression de pouvoir mieux comprendre à présent le sentiment de solitude des narrateurs de ces deux récits. Une fois par semaine, elle avait droit à un journal. Jusqu'à présent, elle ne s'était jamais beaucoup intéressée aux nouvelles, mais dans sa condition actuelle, elle était avide de savoir ce qui se passait à l'extérieur.

La nourriture était abominable. Cependant, Victoria se rendit compte que les femmes qui n'étaient pas habituées à avoir trois bons repas par jour se satisfaisaient fort bien du peu qu'elles recevaient. La boule de pain noir du petit déjeuner était aussi distribuée au dîner. Combien de pains par semaine au juste devaient être cuits dans les fours de la prison ? Le dîner, qui était le repas le plus important, était pris dans un grand réfectoire. Les haricots alternaient avec le pudding à la graisse de bœuf, ou la viande hachée, mais les pommes de terre étaient servies à chaque repas.

A la fin de la première semaine, Victoria fut étonnée d'avoir de nouveau la visite d'Eléonore et du médecin. Après l'avoir déclarée en bonne santé, ce dernier sortit en la laissant quelques minutes seule avec l'infirmière.

— J'ai envoyé un message aux femmes de l'association

en leur demandant de prévenir ma famille, mais je n'ai pas eu de nouvelles. Est-ce que c'est… normal ?

Eléonore inclina la tête de côté.

— Pour une prisonnière ordinaire, je dirais oui. Mais les suffragettes sont généralement mieux traitées que les autres. Ta famille ne peut pas te rendre visite, mais tu as le droit de recevoir des lettres. Pourquoi ne les as-tu pas prévenus, au lieu de t'adresser à tes employeurs ?

— Je pensais que l'association de suffragettes saurait mieux ce qu'il fallait faire.

L'idée effleura soudain Victoria que l'association n'était peut-être pas aussi loyale envers elle qu'elle l'avait cru tout d'abord…

— Pourriez-vous contacter ma famille ? supplia-t-elle, la gorge nouée d'angoisse.

— Oui, mais dépêche-toi. Il faut que je rattrape le médecin.

Victoria lui donna l'adresse de Prudence. Elle savait que celle-ci irait directement voir Rowena. Il fallait espérer qu'elles parviendraient à se réconcilier, au moins pour lui venir en aide. Ce qu'elle désirait le plus en ce moment, c'était d'avoir des nouvelles de sa famille. Et Prudence en faisait partie.

Prudence battit des paupières en voyant la femme à la tenue sévère qui se tenait devant sa porte.

— Je vous demande pardon ?

Son sommeil était hanté de cauchemars depuis que Rowena lui avait appris l'emprisonnement de Victoria. Apparemment, la famille Buxton essayait d'aider son amie, mais ils n'avaient même pas encore pu avoir la confirmation de sa présence à Holloway.

— Vous êtes bien Prudence Wilkes ?

Prudence confirma d'un signe de tête.

— Je m'appelle Eléonore James. Je travaille à la prison de Holloway.

— Entrez, dit aussitôt Prudence, le cœur battant.

Susie était partie au marché, et Andrew suivre ses cours particuliers. Prudence fit asseoir Eléonore dans le meilleur fauteuil du salon et lui proposa une tasse de thé.

— Avec grand plaisir, dit celle-ci. Je suis venue directement après mon travail à l'infirmerie.

Prudence mit l'eau à chauffer et retourna vers son invitée, impatiente d'en savoir davantage.

— Comment va Victoria ?

— C'est une jeune femme intrépide, n'est-ce pas ? répondit l'infirmière en souriant. Elle va bien, à présent.

— A présent ?

— Quand ils l'ont amenée, elle était bleue et n'arrivait plus à respirer.

Prudence plaqua une main contre sa bouche. Dans ses cauchemars, elle voyait Victoria étouffer, sans son nébuliseur pour la soulager.

— Elle va bien, répéta Eléonore.

— Merci.

Prudence finit de préparer le thé, et s'assit à table face à sa visiteuse. Cette dernière fronça les sourcils, et poursuivit :

— J'avoue que quand Victoria m'a demandé de prévenir sa famille, je ne m'attendais pas à venir dans un immeuble de Camden Town.

— Nous avons été élevées comme des sœurs. Elle craignait sans doute que sa famille ne prenne pas la peine de me prévenir, en revanche, elle sait que j'irai leur apporter des nouvelles dès que vous serez partie.

— Très bien. La situation de Victoria est un peu étrange. La procédure de son arrestation n'a pas suivi un cours normal, et la surveillante générale répugne à admettre qu'une erreur a été commise. Je pense que c'est pour cette raison qu'elle n'a pas répondu tout de suite aux demandes de ses proches.

Eléonore avala une gorgée de thé tandis que Prudence, sur des charbons ardents, attendait la suite.

— Ce thé est délicieux. Victoria a été condamnée à trois mois de prison, c'est-à-dire la moitié de la peine de l'autre suffragette, car elle ne tenait pas l'arme qui a causé les dommages sur le tableau. Mais elle s'est enfuie, ce qui n'a pas plu au juge. Mary, l'autre femme, n'a pas cherché à échapper aux gardiens.

— Victoria ne savait sans doute pas ce que cette Mary voulait faire ? suggéra Prudence.

— C'est ce que je pense. Victoria a fait prévenir son employeur, plutôt que sa famille. Mais ces personnes ne se sont jamais présentées aux autorités.

— Puis-je lui rendre visite ?

— Je crains que non. Elle peut recevoir la visite d'un avocat, mais c'est tout.

Eléonore se leva pour prendre congé.

— Je vous remercie pour le thé. J'en avais besoin.

— Pourquoi faites-vous cela pour elle ? voulut savoir Prudence en lui prenant le bras. Vous devez voir passer des centaines de prisonnières. Pourquoi vous êtes-vous mise en quatre pour Victoria ?

— Je n'approuve pas les méthodes des militantes, mais cela ne veut pas dire que je n'éprouve pas de sympathie pour les suffragettes. Je désire autant qu'elles obtenir le droit de vote, et avoir mon mot à dire dans la politique du pays. Je considère ce que je fais comme une contribution à leur cause. D'autre part, Victoria est presque une enfant. J'ai du mal à croire qu'une personne capable de réciter par cœur tous les poèmes de Rudyard Kipling puisse être de mèche avec une femme qui détruit une œuvre d'art à coups de hachoir.

Prudence la remercia, et réfléchit après son départ à

ce qu'elle lui avait dit. Non, Victoria n'était pas du genre à comploter pour détruire un tableau, quelle que soit la cause qu'elle soutenait. Les journaux regorgeaient de toutes sortes d'histoires et de photos sensationnelles sur les précédents exploits de Mary Richardson. Comme la fois où elle était montée sur le marchepied du carrosse du roi pour lui présenter une pétition. *Comment Victoria avait-elle bien pu se trouver mêlée à une pareille affaire ?* se demanda Prudence tout en enfilant son manteau.

Elle prit le métro jusqu'à Belgravia pour aller plus vite. En dehors de Vic et Rowena, elle n'avait plus revu les membres de la famille Buxton depuis son départ. Tous ces bouleversements étaient sans doute devenus inévitables, à partir du moment où sir Philip, son protecteur, avait disparu.

Elle se tint un moment, indécise, sur le perron. Puis elle leva fièrement le menton. Non, elle ne passerait pas par l'entrée de service. Elle n'était plus une domestique, et elle savait à présent qu'elle était aussi une Buxton, en dépit du scandale qui entourait sa naissance.

Elle sonna et attendit, non sans appréhension, que Cairns vienne ouvrir. Il apparut et fronça les sourcils en la voyant. La raideur de son attitude exprimait toute la désapprobation dont il était capable.

— Je viens voir Rowena et lord Summerset, annonça-t-elle d'une voix claire. C'est au sujet de Victoria.

Cairns pinça les lèvres. Il n'avait pas le choix. Il la fit donc entrer et alla l'annoncer. Prudence hésita une seconde, vacillant sur ses jambes, en se rendant compte que Sebastian était dans le salon. Bien sûr, quoi de plus normal ? Puisqu'il allait épouser Rowena.

Celle-ci se leva et alla à sa rencontre en lui tendant les bras. Elle l'embrassa et, malgré la rancune qu'elle éprouvait à son égard, Prudence fit de même.

— Que se passe-t-il ? s'enquit Rowena.

Prudence se tourna vers lord Summerset, évitant soigneusement de croiser le regard de Sebastian ou de lady Charlotte.

— J'ai eu la visite d'une infirmière de Holloway, qui venait me donner des nouvelles de Victoria.

Son annonce fit l'effet d'une bombe et tout le monde se mit à parler en même temps. Lord Summerset ferma brièvement les yeux. C'était la première fois que Prudence le voyait exprimer une émotion autre que de l'agacement. Kit bondit sur ses pieds et vint lui prendre la main.

— Comment va-t-elle ?

Prudence le dévisagea, déconcertée.

— Aussi bien que possible, étant donné les circonstances. A son arrivée à Holloway, elle a été immédiatement emmenée à l'infirmerie, car elle avait une crise d'asthme. Apparemment, ils n'ont pas suivi la procédure réglementaire, et ils ont même perdu sa trace pendant toute une journée. Les responsables de la prison sont peu disposés à l'admettre et c'est pour cette raison que vous avez autant de mal à obtenir des nouvelles.

— A-t-elle vu le magistrat ? La sentence a-t-elle été prononcée ? s'enquit lord Summerset.

— Trois mois, annonça Prudence dans un souffle.

Rowena chancela. Sebastian lui prit le bras pour l'empêcher de tomber, puis l'enlaça. Prudence les regarda fixement, croisant les bras pour réprimer le chagrin et la colère qu'elle sentait monter en elle.

— Cela ne va pas du tout, grommela lord Summerset. Pourquoi ne nous a-t-elle pas contactés ? Il lui faut un avocat.

Détachant les yeux de Sebastian, Prudence se tourna vers lui.

— Elle pensait que l'association de suffragettes, étant plus familière de ce genre de situation, saurait régler le problème. Mais, naturellement, elle n'a plus entendu parler d'elles depuis qu'elle est en prison.

— Ce groupe de suffragettes a été dissous, n'est-ce pas ? fit remarquer Kit.

— Comment le savez-vous ?

— J'ai fait mon enquête, expliqua-t-il en haussant les épaules. J'ai interrogé une des travailleuses de l'association. Personne n'a revu Martha ni Lottie depuis des jours. Lottie a quitté l'appartement de Katie avec armes et bagages, et leur local est à l'abandon.

— Donc, elle déménageait bien quand nous l'avons vue ! s'exclama Rowena.

— Il semblerait que ce soit le cas, en effet.

Lady Summerset se leva.

— La récolte des fonds effectuée par Victoria a peut-être un rapport avec leur départ. A moins qu'elles n'aient voulu se dissocier de Mary Richardson et de son action violente. Ce qu'elle a fait leur a attiré beaucoup d'ennemis et de critiques.

Prudence joignit les mains. *Oh ! Vic ! Qu'as-tu fait ?*

— Elles ont probablement engagé Victoria à cause de ses relations dans la bonne société, remarqua Sebastian.

Le son de sa voix transperça Prudence comme une flèche, et elle le regarda, à travers ses cils. Son visage était tendu, ses lèvres pincées de contrariété, mais il avait laissé son bras sur la taille de Rowena. Prudence déglutit avec difficulté. Il fallait qu'elle sorte d'ici.

— Je dois m'en aller. L'infirmière ne m'a rien dit de plus.

— Merci d'être venue nous avertir, dit lady Summerset en inclinant la tête.

— Je voudrais que Victoria sorte de là le plus vite possible. Seule sa famille peut l'aider.

— Merci, dit à son tour lord Summerset, en se levant. Je vous en prie, permettez-nous de vous faire raccompagner en voiture.

— Oh ! non. Ne vous dérangez pas.

— C'est le moins que nous puissions faire, répondit lady Summerset.

Prudence se raidit. Elle ne voulait pas de la charité de ces gens. Kit dut deviner ses sentiments à son expression, car il se leva vivement.

— J'ai ma voiture. Je vais vous ramener, suggéra-t-il.

Rowena prit la main de Prudence dans la sienne.

— Merci d'être venue.

Ses yeux verts cherchèrent les siens, et Prudence éprouva une douloureuse sensation de perte. Mais Sebastian tenait toujours sa fiancée par le bras. Le souvenir de son baiser était une douleur insupportable. Elle parvint à peine à hocher la tête, avant de se détourner.

— Je vous remercie d'être venue si vite nous avertir, lui dit Kit, une fois dans la voiture. Je ne me suis jamais senti aussi impuissant de ma vie. Son oncle pourra peut-être faire quelque chose. Trois mois ! C'est ridicule.

— Pourquoi cette affaire vous tient-elle tellement à cœur, monsieur Kittredge ?

Kit garda le silence un moment, tandis que la voiture avançait lentement dans les rues sombres.

— Victoria est mon amie, finit-il par dire.

— J'ai l'impression qu'elle est plus que cela.

Kit eut un petit rire sans joie.

— Je ne sais pas, à vrai dire. Ces sentiments se sont insinués en moi sans que je m'en rende compte.

Il marqua une pause. Prudence distinguait à peine son profil, dans la pénombre.

— Si je parviens à la persuader d'accepter, je serai le premier membre du Cénacle à me marier, avoua-t-il.

— Vous marier ? Victoria a toujours dit qu'elle ne voulait pas entendre parler de mariage. Et je la crois.

— Je sais. Ce ne sera pas facile…

— Je vous souhaite bonne chance, alors. Vous pourrez

organiser la cérémonie le même jour que Rowena et Sebastian.

— Cela m'étonnerait ! s'exclama-t-il en riant. Ces deux-là ne se marieront jamais.

— Pourquoi dites-vous cela ? Ils sont fiancés, non ?

— C'est une ruse. Rowena est amoureuse d'un homme que sa famille ne pourra jamais accepter. Sebastian s'est trouvé pris dans un quiproquo et n'a pas démenti, afin d'aider Rowena.

Le sang de Prudence se glaça dans ses veines. Elle aurait voulu poser mille questions, et en même temps elle ne voulait plus penser à Sebastian.

Pourquoi n'était-elle pas repartie seule ? Elle serait restée dans l'ignorance de la situation. Si douloureux qu'il fût d'imaginer Sebastian fiancé à Rowena, cela l'obligeait à tirer un trait sur cette histoire. En outre, le fait de penser qu'il aimait quelqu'un d'autre la réconfortait quelque peu. Il n'était pas seul par sa faute. Il aimait de nouveau, comme elle. Car elle aimait Andrew. Peut-être pas aussi passionnément que Sebastian, mais elle aimait sa générosité, sa loyauté, sa force. Et elle voulait lui rester fidèle, quoi qu'il arrive.

Même si elle devait en avoir le cœur brisé.

18

Rowena lança son cheval au galop jusqu'à Wells Manor. La dernière fois qu'elle avait vu Jon, il lui avait dit qu'il serait chez lui cette semaine, et que, si elle s'arrangeait pour revenir à Summerset, elle pourrait enfin effectuer le vol en solo dont elle rêvait. Elle avait cru pouvoir revenir bien plus tôt, mais entre-temps il y avait eu la disparition de Victoria. A présent… Une bouffée de joie lui gonfla le cœur, et elle se mit à rire en tirant sur les rênes. Elle se sentait un peu coupable d'être aussi heureuse, alors que sa petite sœur était toujours en prison, mais elle n'y pouvait rien. La pensée qu'elle allait monter en avion avec Jon l'emplissait d'un tel bonheur qu'elle riait malgré elle.

Elle avait dit à sa tante qu'elle voulait retourner à Summerset afin de préparer le retour de Victoria. Après tout, elle n'avait pas grand-chose à faire à Londres. Oncle Conrad et son avocat avaient fini par obtenir un rendez-vous avec le directeur de la prison, et grâce à leur intervention la peine de Victoria avait été réduite à huit semaines. C'était tout de même horriblement long, mais Victoria était seule dans sa cellule, et en dehors des promenades et de la chapelle, elle n'était pas obligée de se mêler aux autres prisonnières. Il fallait qu'elle tienne bon.

Rowena mit pied à terre, et elle s'apprêtait à attacher son cheval quand une voix s'éleva derrière elle.

— Vous n'êtes plus la bienvenue ici, mademoiselle Buxton. Remontez sur votre cheval, et partez.

Elle se retourna. Les bras croisés, George la toisait avec un sourire de triomphe.

— Ce n'est pas vous que je viens voir, George. Jon m'a dit qu'il serait là cette semaine.

— Il est déjà reparti.

L'estomac de Rowena se contracta. *Quelque chose n'allait pas.* Ignorant George, elle fit mine de monter les marches du perron.

— Dans ce cas, je vais voir votre mère et Cristobel.

George lui agrippa le bras au passage, et la repoussa vers le cheval.

— Je vous ai dit que vous n'étiez pas la bienvenue.

Rowena s'immobilisa.

— Comment osez-vous poser la main sur moi ? s'écria-t-elle d'une voix plus aiguë qu'elle ne l'aurait voulu.

— Pourquoi ? Mon sang n'est pas assez bleu pour que je puisse vous toucher, comme votre fiancé ? Jon vous a vue avec lui, et il a décidé que tout était fini entre vous.

Le cœur de Rowena se mit à cogner dans sa poitrine.

— Où est-il ?

— Je ne vous dirai rien. Tout ce que je sais, c'est que vous lui avez brisé le cœur. J'étais sûr que ça finirait comme ça. Les Buxton ne savent faire que le mal. Maintenant, repartez. Vous n'avez rien à faire ici.

Il se pencha en avant, menaçant, et elle fit un pas en arrière. Elle ne voulait pas tourner le dos à George, mais elle dénoua les rênes et remonta sur son cheval qui piaffait, effrayé par l'attitude du frère de Jon.

Elle s'éloignait déjà, quand elle entendit quelqu'un l'appeler. Cristobel traversa le jardin en courant, ses cheveux virevoltant autour de son visage.

— Rowena ! Jon est sur la piste d'atterrissage. Allez le retrouver là-bas !

Rowena se pencha vers la jeune fille et lui caressa la joue.

— Merci, Cristobel.

— Cristobel ! hurla George. Rentre tout de suite !

La jeune fille recula et Rowena la rassura d'un sourire.

— Ne vous inquiétez pas. Tout ira bien.

Vraiment ? Elle n'en était pas si sûre.

Ralentissant l'allure de son cheval pour ne pas trop le fatiguer, elle gagna le hangar où les avions étaient rangés. Son cœur battait d'appréhension. George ignorait peut-être que ses fiançailles étaient fausses, mais Jon le savait, lui. Qu'avait-il pu voir, pour qu'il dise à son frère que tout était fini entre eux ? Plusieurs voitures étaient garées devant le hangar quand elle arriva. Elle attacha son cheval à l'arrière, et fit le tour du bâtiment. Debout à côté d'une voiture, M. Dirkes regardait un avion disparaître à l'horizon.

— Monsieur Dirkes ! Où est Jon ?

Il se tourna vers elle, et la considéra avec tristesse.

— Il vient juste de s'envoler. Il est d'une humeur détestable, mademoiselle. Je n'étais pas d'accord pour le laisser partir.

— Il faut que je lui parle. Il ne comprend pas…

Elle s'interrompit, incapable d'en dire davantage. Il devait y avoir un malentendu, pour que Jon soit aussi furieux.

Elle scruta le ciel clair. Impossible de savoir quand il reviendrait. Quand il manquerait de carburant, probablement.

M. Dirkes s'excusa, et alla rejoindre un des hommes présents. Rowena tremblait comme une feuille. Parviendrait-elle à effacer ce qui le tourmentait ? Elle aurait pu croire que c'était une machination de George, si Cristobel n'avait eu, elle aussi, l'air très inquiète. L'idée que Jon était en colère la rendait malade. Il *fallait* qu'elle le voie.

Prenant une brusque décision, elle entra subrepticement dans le hangar. Elle se dirigea droit vers le Flying Alice, et vérifia si le réservoir était plein. Ce n'était pas le cas.

Tout en se mordillant les lèvres, elle jeta un coup d'œil à la porte derrière laquelle ils entreposaient les barils de carburant. Doucement, en rasant les murs, elle alla prendre un baril et le ramena près de l'avion. Puis elle déversa lentement le liquide dans le réservoir, comme elle l'avait vu faire par les hommes chargés de l'entretien des appareils.

Elle dut s'y reprendre plusieurs fois pour revisser le bouchon. Puis, après avoir reposé le baril à sa place, elle vint se camper devant l'hélice. Elle pouvait encore changer d'avis, se dit-elle, le cœur battant à grands coups. *Non.* Elle ne serait plus *jamais* passive et apathique, comme le lui reprochait Victoria. C'était le moment d'agir. Elle aimait Jon, et elle allait le rejoindre.

Un casque de cuir traînait sur le banc où M. Dirkes entreposait des outils. Elle ôta son chapeau et mit le casque, en arrangeant ses cheveux comme elle pouvait.

Puis, avec un dernier regard vers la porte grande ouverte, elle fit tourner l'hélice et grimpa dans l'appareil. Prenant une longue inspiration, elle fit démarrer le moteur et attendit qu'un des hommes vienne voir ce qui se passait. En espérant que ce ne serait pas M. Dirkes. L'un des ouvriers s'avança et la regarda avec étonnement.

— J'apprends à faire avancer l'avion au sol, lui dit-elle. Vous pouvez m'aider à sortir dans le champ ?

Elle sourit en espérant qu'il ne voyait pas les gouttes de sueur sur son front. Il lui fit un signe d'acquiescement, et appela un autre homme pour l'aider à pousser l'appareil.

M. Dirkes se trouvait en face d'elle, et elle fit tourner l'appareil en accélérant. Elle le vit agiter les bras, mais c'était trop tard. Elle examina les instruments sur le tableau de bord, repérant tout ce que Jon lui avait appris.

La gorge nouée, elle appuya sur les pédales et tira sur le manche.

Un grand calme l'envahit, tandis que le nez de l'appareil quittait le sol, aussi léger qu'une plume.

— C'est bien, mon Alice, murmura-t-elle.

Quand tout l'avion se souleva, elle eut l'impression que son cœur s'envolait avec lui et pendant un instant elle oublia le but de sa mission. Elle volait. Et elle était seule aux commandes de l'appareil. Le vent lui fouettait les joues, mais ses yeux étaient protégés par les lunettes. Elle continua de prendre de l'altitude, puis s'orienta vers l'ouest, dans la direction prise par Jon.

Il allait être terriblement en colère.

Mais il l'était déjà… Et dans le fond, elle se moquait bien qu'il puisse être en colère à cause de l'avion. Il l'avait formée, elle savait ce qu'elle faisait et, surtout, il fallait absolument qu'elle le fasse. Une rafale de vent secoua l'appareil, mais elle garda le contrôle, effectuant automatiquement la manœuvre nécessaire.

Elle était faite pour ça. Apercevant un point sur la gauche, elle tourna dans cette direction. Elle sourit. C'était presque aussi facile que de diriger un cheval un peu récalcitrant.

Gardant prudemment ses distances avec l'autre avion, elle s'approcha cependant suffisamment pour voir le choc et la colère se peindre sur le visage de Jon, avant de décrire un grand cercle autour de lui. Il ralentit et lui fit signe de le suivre. Elle obtempéra et regagna le champ d'atterrissage derrière lui.

Alors qu'ils approchaient de la piste, elle pensa à tout ce qu'il lui avait appris pour atterrir. Elle savait que le décollage et l'atterrissage étaient les moments les plus dangereux au cours d'un vol. Le souffle court, elle regarda l'avion de Jon se poser. C'était son tour. Elle décrivit un cercle au-dessus du champ. Jon venait de sauter au bas de son appareil et ôtait son casque.

Prenant une grande inspiration, elle amorça l'atterrissage. L'avion entra en contact avec le sol, et tout se mit à vibrer dans le cockpit. Elle effectua un virage sur la droite — et l'appareil s'immobilisa.

Elle demeura assise, les mains sur les commandes, le sang lui battant aux tempes. *Elle avait réussi.* Pas aussi bien qu'elle l'aurait voulu, mais elle l'avait fait. Son premier vol en solo.

Elle déboucla son harnais de sécurité et se leva, les jambes flageolantes. Un des hommes la rejoignit avant Jon et l'aida à descendre. Elle ôta ses lunettes de protection et détacha le casque.

Soudain, quelqu'un lui agrippa le bras, et la fit pivoter sur elle-même.

— Où diable avais-tu la tête ?

Rowena se dégagea.

— D'après toi ? J'allais te chercher !

Les yeux bleus de Jon s'assombrirent.

— Si je ne te connaissais pas, j'aurais pu croire que tu voulais te tuer.

— Ne dis pas de sottises. Je savais parfaitement ce que je faisais, tu ne peux pas le nier.

— Tu es montée en avion une demi-douzaine de fois, et tu as eu trois leçons. Tu crois que cela fait de toi un pilote ? Tu crois que tu peux risquer de détruire une machine hors de prix qui ne t'appartient pas, et ta vie par la même occasion ?

Ils se défièrent du regard, pendant que les hommes poussaient l'avion dans le hangar. Rowena ôta ses gants, les fourra dans sa poche, et marcha vers lui, la mâchoire serrée.

— Et pourquoi te soucies-tu de ma vie ? Ton frère m'a

annoncé en termes très clairs que tout était fini entre nous et que je n'étais plus la bienvenue à Wells Manor. Regarde, je peux te prouver comment il m'a traitée.

Elle fit remonter sa manche, et lui montra les traces bleuâtres que les doigts de George avaient laissées sur son bras quand il l'avait repoussée.

La colère de Jon retomba en un instant. Une expression horrifiée se peignit sur ses traits.

— Je le tuerai, dit-il d'une voix basse et chargée de fureur.

— Ce n'est pas ce que je te demande. Ce que je veux savoir, c'est ce que tu as bien pu voir, pour lui annoncer que tout était fini entre nous ? Et pourquoi donc as-tu eu ce genre de conversation avec lui, alors qu'il me hait, avant même de m'en avoir parlé ?

Des larmes de colère roulèrent sur les joues de Rowena.

Jon plissa les lèvres.

— Tu fais l'innocente, mais je t'ai vue. Je suis allé me poster devant la maison de ta tante à Londres, dans l'espoir d'attirer ton attention. J'étais tellement heureux que Dirkes ait dû retourner en ville, ce qui nous permettait de nous revoir ! Et sais-tu ce que j'ai vu, en arrivant devant chez toi ?

Rowena secoua la tête, perplexe.

— Toi et ton fiancé, serrés l'un contre l'autre, en pleine rue, sans aucune vergogne. Il avait posé les lèvres sur ta joue et te chuchotait des mots doux à l'oreille. Tu t'accrochais à lui comme s'il était le dernier homme sur Terre et que je n'existais même plus !

Mais de quoi parlait-il ? Rowena se creusa la tête, sans comprendre.

— Et quand prétends-tu m'avoir vue ainsi, avec Sebastian ?

— Il y a deux semaines. Tu sortais d'une voiture avec

un autre homme. Sebastian est venu à ta rencontre et tu t'es jetée dans ses bras.

Jon cracha ces mots avec dégoût, comme pour la mettre au défi de nier.

— Je ne vois pas ce que tu veux dire… je n'ai jamais…

Et soudain, elle comprit.

— Ne me traite pas de menteur ! s'écria Jon en faisant un pas vers elle. Tu ne pouvais pas rompre avec moi ? Cela t'excitait, d'avoir une liaison défendue avec un homme qui n'est pas de ton milieu ? C'est cela qui te plaisait ? Tu voulais faire une nouvelle expérience ?

Une douleur insupportable traversa Rowena, qui se mit à trembler de tous ses membres.

— Apparemment, tu ne m'aimais pas assez pour me laisser le bénéfice du doute, lui rétorqua-t-elle. Tu parles comme George. Victoria avait disparu, ce jour-là. Je n'avais pas la moindre idée de ce qui lui était arrivé. Finalement, nous avons appris qu'elle avait été jetée en prison pour un délit qu'elle n'avait pas commis. Ce que tu as vu, c'était Sebastian s'efforçant de me réconforter, car je croyais que ma sœur était *morte* !

La respiration de Jon était haletante. La honte et le regret se peignirent sur ses traits quand il comprit qu'elle disait la vérité.

— Comment va-t-elle à présent ? demanda-t-il.

— Bien, pour autant que je sache. Je ne pouvais rien faire pour elle à Londres, aussi je suis revenue à Summerset car je savais que tu serais là. Je suis arrivée tard hier soir, et je me suis rendue à Wells Manor à la première heure ce matin.

Elle s'interrompit, la gorge nouée par des sanglots contenus.

— Comment as-tu pu croire… et dire à George… Il était donc évident pour toi que je pouvais…

Elle ne put aller plus loin.

Jon lui prit le bras et l'entraîna à l'écart des hommes qui s'affairaient autour des avions. L'humidité transperça les chaussures de Rowena, et une brise légère sécha les larmes sur son visage.

— Quand je t'ai vue dans ses bras… je ne sais pas. Je suis devenu fou. Tous les avertissements de mon frère me sont revenus à l'esprit. J'étais jaloux. J'avais mal…

Elle se dégagea.

— Tu n'avais pas confiance en moi ? Après ce qui s'est passé…

Jon se détourna, fixant l'horizon.

— Cet incident révèle peut-être un problème profond entre nous, Rowena. Pour moi, le nom des Buxton sera toujours associé à la trahison et au mensonge.

— Qu'est-ce que cela signifie ? s'exclama-t-elle, abasourdie. Que tu vas renoncer à moi parce que je m'appelle Buxton ?

Jon ne répondit pas, et un frémissement d'appréhension se répandit dans tout le corps de Rowena. Elle eut envie de se jeter dans ses bras, de le supplier de ne pas leur faire autant de mal. De se boucher les oreilles et de s'enfuir, pour ne pas entendre les mots qui allaient suivre.

— Il faut croire que je ne peux pas supporter ton nom, ton héritage, tout ce que ta famille représente. Tu aimes ta famille. Pourras-tu les quitter à cause de moi ? Mon Dieu, Rowena, tu viens de perdre ton père, tu ne peux pas perdre tous les gens que tu aimes d'un seul coup.

Pour Rowena, ce fut comme si un gouffre se creusait dans sa poitrine.

— C'est donc cela. Tu ne vas même pas lutter pour me garder. Tu vas juste… t'en aller ?

— Rowena, je t'aime. Mais nous serions bien naïfs de croire que nous pouvons ignorer le conflit qui existe entre nos deux familles.

Elle crut voir du chagrin dans ses yeux, mais ce n'était pas assez.

— Tu n'as pas eu trop de mal à oublier mon nom quand tu as couché avec moi, n'est-ce pas ? lança-t-elle en lui assenant un coup de poing dans la poitrine.

Il lui agrippa les poignets.

— Ce n'était pas du tout cela, tu le sais.

— Je ne sais pas ce que c'était, justement. Je croyais le savoir, mais je ne sais plus. L'homme avec qui j'ai fait l'amour aurait dû être capable de se battre pour moi. Mais il renonce.

— Je sais me retirer quand il le faut. C'est ce qui me permet de rester en vie. Tu es une aristocrate, je ne le suis pas et ne le serai jamais. Bon sang, Rowena, ton chapeau coûte plus cher que ce que je gagne en un mois ! Je n'ai pas l'argent pour...

Elle retira brusquement ses mains.

— J'ai une fortune personnelle. Je n'ai pas besoin de l'argent d'un homme.

— Il faudrait que je vive aux crochets de ma femme ? répliqua-t-il avec indignation.

Rowena ferma les yeux un instant.

— Tu ne m'aimes pas assez, dit-elle doucement. Pas du tout.

Elle tourna les talons et se dirigea vers le hangar, priant de tout son cœur pour qu'il essaie de la retenir, tout en sachant qu'il ne le ferait pas.

Lâche ! songea-t-elle en s'éloignant. *Ce n'était qu'un pauvre lâche.*

19

Résister. Chaque jour qui passait était une épreuve d'endurance pour Victoria. Comme Robinson Crusoé, elle tenait sur le mur, derrière son lit, le compte des jours qui passaient. Le matin, elle traçait une ligne verticale à l'aide d'une épingle à cheveux qu'elle avait trouvée à la chapelle. Tous les dimanches, elle barrait les six lignes verticales d'un trait horizontal pour indiquer que la semaine était finie.

Comme elle ne pouvait emprunter que deux livres par semaine, elle les lisait plusieurs fois, apprenant de longs passages par cœur. Elle se délectait des romans de Dickens ou de Jane Austen, mais adorait aussi la littérature plus moderne, et lisait volontiers E.M. Forster. Eléonore lui rendait visite deux fois par semaine. Officiellement, elle venait pour contrôler son état de santé, mais en réalité elle lui apportait des nouvelles de sa famille et lui servait de messagère.

Aidée par Eléonore, Victoria se porta volontaire pour dispenser un enseignement aux autres prisonnières. Deux fois par semaine, donc, une gardienne l'emmenait au réfectoire, où on leur distribuait de vieux livres d'études, du papier et des crayons. Elle avait trois élèves, de gentilles filles dont le seul crime était d'avoir tenté de survivre à un état de pauvreté abjecte. Pénélope était une ancienne prostituée, et Camille avait volé de la nourriture que le restaurant dans lequel elle travaillait s'apprêtait à jeter. Quant à Anne, Victoria ignorait la raison de sa présence à Holloway, mais elle ne pouvait croire qu'une fille aussi douce et gentille avait commis un grave délit. Le simple fait de leur apprendre à lire et à écrire lui apporta une satisfaction inimaginable, et lui donna envie de poursuivre cette activité plus tard.

— Elles en ont tellement besoin, dit-elle à Eléonore, quand elle la vit.

— Dans mon quartier, le nombre de femmes illettrées est considérable, dit l'infirmière. Je fais ce que je peux, mais mes tournées de soins me prennent tout mon temps.

— Vos tournées de soins ? releva Victoria, curieuse.

— Il y a une sorte de foyer, dans un vieux bâtiment abandonné, près de chez moi. Une ou deux fois par semaine, je vais leur donner des soins. Je mendie, j'emprunte les médicaments, pour ceux qui sont trop pauvres pour les acheter. Des conférenciers viennent parfois, et je vais les écouter.

— Quel genre de conférenciers ?

— Oh ! ils ne sont pas connus. Ce sont juste des gens qui essaient d'aider comme ils peuvent, expliqua Eléonore, en rangeant ses instruments de médecine dans sa mallette.

— Je pourrais venir vous donner un coup de main, de temps en temps, suggéra Victoria.

— Peut-être.

Victoria comprit la réticence d'Eléonore. Tous ses problèmes n'étaient-ils pas nés de sa trop grande impulsivité ? Elle s'était laissé séduire par une cause, et par une femme dont elle ignorait tout, sans demander conseil à quiconque.

Sa quête d'indépendance était plus une rébellion puérile qu'un signe de maturité de sa part. Elle se promit qu'à sa sortie de Holloway, cela changerait. Son père avait effectué un travail discret et efficace pour réparer les torts qu'il constatait en ce monde. Non par des gestes éclatants, mais en consacrant du temps et de l'argent aux causes qu'il trouvait justes. Et aussi en donnant à ses filles, Prudence y compris, une éducation qui les préparait à affronter le monde moderne.

Fallait-il qu'elle ait été aveugle pour ne pas voir tout cela plus tôt.

Après le départ d'Eléonore, elle traça une ligne supplémentaire sur le mur.

— Encore deux semaines, murmura-t-elle pour elle-même. Deux semaines.

A la pensée qu'elle allait sortir, elle fut prise d'un mélange de nervosité et d'excitation. Elle arrivait à peine à imaginer ce que serait le retour à une vie normale. Elle avait presque oublié qu'il existait un monde où l'on pouvait allumer ou éteindre la lumière selon son bon plaisir.

Victoria savait déjà ce qu'elle ferait. Elle n'avait pas du tout envie de rester à Londres. Elle se rendrait directement à Summerset pour y passer le reste du printemps et l'été. Là, elle pourrait se ressourcer auprès de nanny Iris, et de Rowena. Elle réfléchirait à son avenir.

Elle avait envoyé un message à Kit, car elle savait qu'il l'aiderait à réaliser ses projets. Quoi que dise sa famille.

Et Kit ? Que devait-elle faire pour Kit ? Est-ce qu'il l'aimait ? Ou bien son attitude protectrice était-elle simplement une preuve d'amitié ?

Il y avait une question plus importante encore. Que ferait-elle, s'il lui offrait son cœur ?

Prudence apporta une touche finale au gâteau à la crème qu'elle avait préparé pour Andrew. Susie était repartie quelques jours auparavant, aussi avait-elle dû préparer le gâteau elle-même, en suivant à la lettre les instructions de Muriel. Il semblait réussi, mais elle ne l'avait pas encore goûté.

Andrew avait passé les trois derniers jours à Glasgow pour présenter ses examens. Il saurait bientôt s'il pouvait entrer à l'école vétérinaire, ou s'il devait attendre encore cinq mois avant de se représenter.

Comment supporterait-il un échec ? Elle était bien obligée de se poser la question. Ils avaient fait la connaissance d'un autre couple, qui prenait en ce moment le thé dans le salon avec Katie. Le mari s'était présenté à l'examen d'entrée deux fois, mais sa famille était fortunée, et il avait eu l'argent nécessaire pour financer les cinq mois d'études supplémentaires. Prudence savait qu'ils pouvaient le faire aussi, mais son mari n'apprécierait pas de vivre plus longtemps à ses crochets.

Elle ferma les yeux en repensant à la conversation qu'ils avaient eue à la gare. C'était une vraie révélation pour elle. Encore troublée par la situation entre Rowena et Sebastian, elle avait embrassé son mari sur la joue en lui souhaitant bonne chance. Mais cela n'avait pas suffi à Andrew. Il lui avait pris les mains et s'était penché sur elle. L'amour qu'elle avait vu dans ses prunelles d'un vert lumineux lui avait coupé le souffle.

— Je sais que nous ne nous sommes pas mariés dans les meilleures circonstances possible, et je ne suis même pas sûr que c'est moi que tu aurais choisi si tu avais pu faire autrement.

Elle avait voulu protester, mais il lui avait posé un doigt sur les lèvres.

— Non. Laisse-moi parler. Je passerai le reste de ma vie à essayer de te rendre heureuse. Quel que soit le résultat de cet examen, je te serai toujours reconnaissant de m'avoir donné une chance, d'avoir cru en moi.

Il avait alors embrassé le bout de ses doigts gantés. Une immense vague de tendresse avait envahi le cœur de Prudence. Certes, elle aimait Sebastian. Dans un coin secret de son cœur, elle l'aimerait toujours. Mais pour la première fois, elle avait la certitude d'avoir fait le bon choix en confiant son avenir à cet homme bon et fort.

Il lui avait envoyé un télégramme pour lui dire de ne pas aller l'attendre à la gare. Il ne lui disait pas s'il avait réussi ses examens ou non, et Prudence s'inquiétait au sujet de la petite fête qu'elle avait organisée pour son retour. Comment réagirait-il, s'il avait échoué ? Apprécierait-il que sa femme ait cru en lui, ou serait-il humilié de devoir annoncer son échec à ses amis ?

Elle jeta un coup d'œil à la pendule, et alla à la fenêtre. M. Cash, leur ami, finissait sa première année d'études et son épouse gardait des enfants pour gagner quelques sous.

— Nous demandons le moins d'argent possible à mes beaux-parents, avait-elle confié un jour à Prudence.

Celle-ci repéra la silhouette de son mari dans la rue. Son pas était lent, et le cœur de Prudence se serra. Il n'avait pas l'allure de quelqu'un qui vient de remporter un succès.

Mais pourquoi donc avait-elle organisé ce thé ? Quelle idée ! Elle voulait simplement lui prouver à quel point elle l'aimait… Ses doutes avaient disparu : Andrew était son époux. Elle voulait non seulement qu'ils soient heureux, mais aussi qu'ils fondent une famille ensemble. Il méritait qu'elle l'aime de tout son cœur.

N'y tenant plus, elle dévala l'escalier pour aller à sa rencontre.

Il la vit de loin, dans la rue. Elle essaya de déterminer à son expression s'il avait réussi ou non, mais en vain. Son chapeau dissimulait ses yeux. Il secoua lentement la tête, et le cœur de Prudence se mit à battre à coups désordonnés. *Oh ! pourquoi, mon Dieu ? Pourquoi ne l'avez-vous pas fait réussir ? C'est un homme tellement merveilleux.*

Elle se jeta à son cou, et il la serra dans ses bras.

— Oh ! mon chéri, je suis désolée. La prochaine fois. Tu réussiras la prochaine fois, mais il faut que je te dise. J'ai fait quelque chose...

— Quoi ? Qu'as-tu fait ? Tu as vendu le lit pour acheter un piano ? Tu as adopté un bébé hippopotame au zoo ? Dis-moi, ma chérie, quelle sottise as-tu encore commise ?

Elle agrippa les revers de sa veste et le secoua.

— Mais non. Je suis sérieuse. J'étais tellement sûre que tu allais réussir que j'ai préparé un gâteau et invité des amis à boire le thé.

Il y eut un instant de silence, puis il lui glissa un doigt sous le menton, pour l'obliger à rencontrer son regard.

— Tu as organisé une fête, alors que tu n'étais même pas sûre que j'allais réussir ?

Elle fit oui de la tête, et les yeux d'Andrew s'embuèrent de larmes.

— J'ai beaucoup de chance de t'avoir. Mais tu en as encore plus que moi.

— Pourquoi ?

— Parce que j'ai réussi.

Elle demeura une seconde interdite, puis lui sauta au cou.

— Tu es horrible ! Comment as-tu pu me faire croire le contraire ?

— Tu imagines ? Au bout de quatre longues années d'études, je serai vétérinaire. Tu pourras attendre aussi longtemps pour avoir une vraie maison, bien à toi ?

— Où que tu sois, je serai avec toi, lui chuchota-t-elle.

Andrew lui prit la main en souriant, et ils rentrèrent chez eux.

Assise dans le jardin d'hiver, Rowena regardait Kit et Victoria se promener dans la roseraie. Les premières roses commençaient à peine à fleurir. Elles ne s'épanouiraient qu'en juin, dans une explosion de couleurs et de parfums.

Cela faisait presque deux semaines maintenant que Victoria était rentrée. Rowena s'était mise à pleurer en la voyant. Elle était si maigre que, sous sa peau fine comme de la soie, on voyait saillir les os délicats. Le moindre souffle d'air aurait suffi à la renverser et à l'emporter au pays des elfes où nul n'aurait plus jamais pu la retrouver.

Ses mouvements étaient lents, comme si elle avait eu peur de se casser en bougeant trop vivement. Elle n'était plus du tout la même. Tante Charlotte elle-même avait essayé de cacher ses larmes derrière son mouchoir, à son arrivée. A présent, elle passait des heures à élaborer des menus avec la cuisinière dans l'espoir de voir Victoria se remplumer. La famille n'avait jamais mangé autant de soupes à la crème et de desserts.

Rowena se demandait si des changements invisibles à l'œil nu s'étaient aussi produits chez sa sœur.

— Vous croyez qu'il va la demander en mariage ?

Rowena tressaillit en entendant la voix de Sebastian, derrière elle. Souriante, elle lui désigna le fauteuil à côté du sien.

— Je ne sais pas. Il ferait mieux d'attendre. Elle a besoin d'un peu de temps.

— Elle paraît changée, c'est sûr. Mais est-ce que ça durera ?

— Comment le savoir ? lui répondit Rowena avec un haussement d'épaules. Elle est plus renfermée et plus grave qu'autrefois.

— Est-elle au courant de la disparition de Martha et de Lottie ?

Rowena frissonna, les larmes aux yeux.

— Je crois qu'elle a plus souffert de la façon dont elles l'ont traitée que de son séjour en prison. Elles n'ont même pas cherché à l'aider. Elles se sont servies d'elle pour obtenir de l'argent et l'ont laissée tomber quand elle a eu des ennuis. Victoria est trop confiante. Du moins, elle l'était.

Ils gardèrent le silence un moment. Dehors, Victoria rit à une plaisanterie de Kit, en renversant la tête en arrière.

— J'étais très inquiète quand ils sont devenus amis. Kit est tellement cynique. Je craignais qu'il ne lui fasse du mal.

— A présent, je crains que ce ne soit l'inverse, remarqua Sebastian avec un rire bref. Il est tellement toqué d'elle qu'il ne voit plus clair.

— Victoria a toujours dit qu'elle ne se marierait jamais.

— Si quelqu'un peut la faire changer d'avis, c'est bien Kit.

Tout en parlant, Sebastian lui prit la main, et elle leva les yeux, interloquée.

— Et vous, Rowena ? Qu'allez-vous faire ?

— Mon chagrin est-il visible à ce point ? demanda-t-elle en riant, malgré les larmes qui roulaient sur ses joues.

— Il n'est pas facile de cacher qu'on a le cœur brisé. Vous pouvez me croire, je le sais d'expérience, ajouta-t-il, le regard perdu dans le lointain.

— Nous n'avons pas encore rompu nos fiançailles.

— Non. Entre Victoria et tout le reste, nous n'en avons pas trouvé le temps.

— Nous n'avons plus besoin de nous presser, fit-elle remarquer avec amertume. Apparemment, Jon ne peut supporter l'idée que je suis une Buxton.

Elle haussa les épaules, les yeux brouillés de larmes. Après avoir passé des semaines à pleurer pour un homme qui ne répondait même pas à ses lettres, elle avait décidé de tirer un trait. Il ne l'aimait pas autant qu'elle l'aimait, un point c'est tout. Elle avait beaucoup de chance de ne pas s'être retrouvée enceinte après s'être donnée à lui.

Sebastian ne dit rien, et elle poursuivit :

— Ma famille a fait du mal à la sienne, donc il ne peut rien y avoir entre nous. J'étais pourtant prête à quitter les miens pour lui.

Désabusée, elle regarda Kit et Victoria disparaître derrière une haie de buis.

Sebastian eut un rire amer.

— Prudence n'avait pas confiance en moi, à cause de ma position sociale et de ma fortune. Jon ne veut pas vous épouser, à cause de votre nom, de votre position et de votre fortune. Qui aurait cru que notre naissance et notre richesse nous feraient perdre les personnes que nous aimions ?

— En effet.

— Je ne suis pas plus pressé que vous de rompre. Prudence est mariée depuis des mois. Nous ne pouvons pas revenir en arrière.

— Non, il n'y a aucun retour possible.

— Nous pouvons rester fiancés, dans ce cas ?

Le ton se voulait détaché, mais quelque chose intrigua Rowena. Sebastian gardait les yeux fixés sur le jardin, son expression était neutre.

— Que voulez-vous dire ?

— Je trouve que nous nous entendons bien, Rowena. Nous avons été chacun amoureux, nous avons eu le cœur brisé. Et maintenant que nous sommes fiancés, nous ne sommes plus harcelés par nos familles, ce qui est appréciable. Je ne peux imaginer ressentir pour quelqu'un ce que j'ai éprouvé pour Prudence. Et vous ? Pourrez-vous aimer de nouveau comme vous avez aimé Jon ?

Rowena secoua la tête.

— Avez-vous envie de finir seule ?

Sa réponse fut de nouveau négative.

— Moi non plus. Je crois que nous aurions une vie agréable ensemble. Réfléchissez, Rowena. Je ne vous en demande pas plus.

Elle acquiesça, émue par sa gentillesse. Pas étonnant que Prudence ait été amoureuse de lui. Où avait-elle donc la tête, en quittant un homme qui l'aimait autant ? Peut-être n'avait-elle pas eu conscience de la profondeur de ses sentiments ? Rowena espéra qu'Andrew la rendrait aussi heureuse qu'elle aurait pu l'être avec Sebastian.

— Je le ferai, répondit-elle dans un filet de voix.

Il la remercia d'une pression des doigts et ils gardèrent le silence. Des pas résonnèrent derrière eux.

— J'étais sûr de vous trouver ici ! lança oncle Conrad. Je ne vous dérange pas ?

Il prit place dans un fauteuil en osier, et contempla le jardin.

— Votre père avait tout juste seize ans quand il a redessiné la roseraie. Père ne voulait faire aucun changement dans le domaine, mais mère comprenait ce que Philip avait en tête. Elle a insisté pour qu'il puisse mettre ses idées à exécution. Et la roseraie est bien plus belle aujourd'hui qu'elle ne l'était alors.

Une servante apporta un plateau d'argent avec une théière et des tasses. Quand elle fut partie, il reprit :

— Je crains de ne pas avoir été un oncle très attentif, ces derniers mois.

Rowena voulut protester, mais il ne la laissa pas parler.

— Non, je sais que c'est vrai. J'étais pris par mes affaires, et abattu par le chagrin. Je sais que vous me trouvez dur, et de bien des façons je le suis. Mais j'aime ma famille.

Il marqua une pause. Rowena était stupéfaite. Etait-ce bien son oncle qui parlait ainsi ?

— Vous avez été malheureuse tout l'hiver, et ne

croyez pas que j'ignore ma part de responsabilité dans votre chagrin.

Le cœur de Rowena battit un peu plus fort. *Prudence.* Il faisait allusion à Prudence.

— Mais je ne perds pas mon temps dans des regrets inutiles. Je préfère m'amender.

— Je ne comprends pas, oncle Conrad.

— Je ne peux vous dire à quel point je suis heureux de vos fiançailles. Sebastian, vous savez que votre mère et ma femme complotaient depuis des années pour vous faire épouser Elaine. Mais je pense que Rowena et vous formez un couple mieux assorti. Vous êtes réfléchis, et vous prendrez votre rôle au sérieux. Avec votre sensibilité moderne, bien entendu.

Rowena s'agita, déconcertée. Elle n'était même pas sûre d'accepter la proposition de Sebastian.

— J'aimerais me dire que mon frère serait également heureux, poursuivit oncle Conrad, avec un petit sourire. Je crois vous avoir raconté que nous nous querellions souvent, votre père et moi. Pour tout, y compris la façon dont il élevait ses enfants. Mais je me rends compte qu'il ne vous a pas élevées pour vous adapter à notre vieux monde. Il vous a éduquées pour entrer dans un monde moderne. J'ai bien compris en vous observant, Victoria et vous, ces derniers mois. Vous avez essayé en vain de vous couler dans un moule qui n'était pas le vôtre.

Les larmes montèrent aux yeux de Rowena. Son oncle voyait bien plus de choses qu'elle ne l'avait cru.

— Aussi, j'ai interrogé votre fiancé pour savoir ce qui vous ferait plaisir comme cadeau de fiançailles. Ce qui pourrait vous rendre aussi joyeuse que la petite fille qui passait ses étés ici autrefois. Ce qu'il m'a répondu, ma chère enfant, m'a profondément choqué. Mais dans mon désir de prendre part à l'avènement de ce nouveau siècle, j'ai fini par suivre son conseil.

Rowena fronça les sourcils. Sebastian dissimula un sourire.

— Vous n'étiez pas obligé de nous faire un cadeau, mon oncle, balbutia-t-elle.

— Ne pas faire de cadeau de fiançailles à ma nièce ? Je voudrais bien voir ça !

Rowena lui lança un regard soupçonneux. Elle n'avait jamais vu son oncle en proie à une telle émotion. Comme s'il avait un secret qu'il brûlait de partager avec elle.

Il sortit deux cigares de sa poche et en tendit un à Sebastian. Après avoir allumé le sien, il lui passa son briquet.

— De toute façon, c'est trop tard. Votre biplan Vickers sera livré à l'aéro-club de Brooklands, dans le Surrey, dans un mois environ. Ils ont une école d'aéronautique qui accepte les femmes. En fait, Hilda Hewlett, la première femme à avoir obtenu son brevet de pilote, est l'une des fondatrices de l'école.

Rowena plaqua une main sur ses lèvres.

— Comment saviez-vous ? Pourquoi faites-vous cela pour moi ?

Son oncle lui prit la main.

— Après avoir parlé à Sebastian, j'ai contacté M. Dirkes. Celui-ci m'a appris que vous aviez passé beaucoup de temps au terrain d'aviation, et que vous souhaitiez obtenir votre brevet. Puis il a passé dix minutes à m'expliquer que les temps changeaient. Je n'adhère pas tout à fait à sa devise, qui dit qu'il faut s'adapter ou mourir. Mais je m'adapte un peu, ajouta-t-il, l'air assez content de lui.

— Je n'arrive pas à croire que vous faites tout cela pour moi.

Elle avait envie d'accepter. *Elle en mourait d'envie.* Elle serait la seule femme de Grande-Bretagne à posséder un avion !

Mais accepter ce cadeau revenait à accepter la proposition de mariage de Sebastian. Elle n'était pas sûre de pouvoir le faire. C'était reconnaître qu'il n'y avait absolument plus rien de possible entre Jon et elle.

Elle pianota du bout des doigts sur l'accoudoir du fauteuil. N'était-ce pas la triste vérité ? Pourrait-elle pardonner à Jon de l'avoir abandonnée ? De ne pas s'être battu pour leur amour ?

Elle se tourna brusquement vers son oncle. Un sourire illuminait son visage.

— Mon oncle, je vous remercie pour votre générosité. Je n'ose imaginer ce qu'il doit vous en coûter d'autoriser votre nièce à devenir pilote.

— Je ne suis pas aussi rétrograde que vous le pensez. M. Dirkes a fait de son mieux pour me convaincre, et j'ai aussi pensé à votre père, et à la fierté qu'il aurait éprouvée.

Une foule de sentiments s'empara de Rowena. L'excitation, le regret, l'impatience, la sensation de perte se disputèrent son cœur.

— Merci, oncle Conrad, dit-elle enfin en se jetant au cou de ce dernier.

Il lui tapota gauchement l'épaule, avant de s'écarter.

— Ne pleurez pas, Rowena. Le temps des larmes est passé. Le printemps est là, c'est l'époque du renouveau.

Victoria s'appuya au bras de Kit, bien que la promenade dans le parc ne fût pas des plus fatigante. Son enfermement, la mauvaise nourriture et le manque d'exercice l'avaient affaiblie. La cuisinière se surpassait et expérimentait de nouvelles recettes pour elle. Nanny Iris lui apportait chaque jour de nouvelles tisanes. Apparemment, tout le monde était décidé à lui faire reprendre du poids et des forces.

Depuis qu'elle avait été libérée, Victoria avait passé ses journées à réfléchir à ce qui l'avait conduite à sa chute. Car il s'agissait bien d'un effondrement. Elle ne tirait aucune fierté de sa condamnation, comme les autres suffragettes. Elle était consciente de la vérité. Si elle s'était retrouvée à Holloway, c'était parce qu'elle s'était laissé duper. Martha, Lottie et Mary, loin de voir en elle une femme sérieuse, dont les capacités étaient précieuses, n'avaient vu qu'une enfant, si impatiente de faire ses preuves qu'elle ne prenait pas la peine de réfléchir. Son oncle avait fait une enquête. Il avait acquis la certitude que Martha et Lottie n'avaient pas disparu de la circulation pour des raisons infâmes et malhonnêtes, mais tout simplement par peur d'être impliquées dans le scandale de la *Vénus à son miroir*. Elles avaient fermé leurs bureaux londoniens, pour en ouvrir d'autres à Liverpool. Victoria espérait seulement que les fonds qu'elle avait récoltés servaient aux femmes qui en avaient besoin.

Elle ralentit le pas, et Kit se pencha, ses yeux bleus empreints de sollicitude.

— Tu te sens bien ? Tu as envie de rentrer ?

— Oh ! arrête de faire toutes ces histoires. Tu devrais plutôt essayer de me trouver un banc !

Sans prévenir, il la souleva de terre et la hissa sur son épaule. Tandis qu'il avançait sur les sentiers sinueux du parc, elle fit tomber sur lui une avalanche de coups de poing. Mon Dieu, comme il lui avait manqué ! songea-t-elle en riant. Mais après sa libération, elle s'était tout de suite rendu compte que leur relation avait changé. Aussi, elle demeurait très prudente, espérant qu'il ne serait pas assez audacieux pour exprimer les sentiments qu'elle lisait dans ses yeux.

Ne comprenait-il pas que cela gâcherait tout ?

Il la déposa sur un banc, et s'assit à côté d'elle. Elle offrit son visage aux derniers rayons de soleil de la journée. La lumière lui avait manqué, quand elle était enfermée. Tant de choses lui avaient manqué.

— Tu es sûre que tu te sens bien ?

— Quand ça ne sera plus le cas, je te préviendrai.

— J'ai pensé à quelque chose, déclara-t-il, d'un ton si dégagé qu'elle fut immédiatement sur ses gardes. Pourrais-tu m'expliquer exactement pourquoi tu es contre le mariage ? C'est une institution qui existe depuis des milliers d'années.

— Et qui continuera d'exister encore mille ans, mais sans moi. Tu ne m'as donc jamais écoutée, quand je disais que je ne voulais *pas* me marier ?

— Si, bien sûr. Mais j'aimerais juste savoir pourquoi.

Victoria soupira. Visiblement, elle allait devoir donner beaucoup d'explications, avant qu'il ne comprenne.

— Pour commencer, je n'ai que dix-neuf ans. Je veux vivre ma vie comme ça me chante, sans m'inquiéter de savoir si ça plaît ou non à mon mari. Pourquoi le mariage devrait-il être ma seule ambition ? Ce n'est pas la tienne, puisque tu as déjà vingt-six ans, et que tu n'as pas succombé à son charme ! D'autre part, j'ai des projets.

— Bien sûr, répondit-il sèchement. Tu en as toujours eu.

— Ecoute. J'ai parlé à mon oncle, et il m'a donné quelques bonnes idées. Je vais m'installer à Londres et travailler. J'apprendrai aux femmes pauvres à lire et à écrire. Je n'avais jamais fait un travail aussi passionnant que lorsque j'ai enseigné en… en prison.

— Ton oncle ne sera jamais d'accord.

— Cela montre bien que tu ne sais rien ! C'est lui qui m'a donné cette idée. Je vais passer l'été ici pour récupérer, puis j'irai habiter avec Eléonore. Il aime bien Eléonore. Et comme elle est infirmière, elle veillera sur moi.

— Tu m'as promis de te soigner. Comment pourras-tu le faire si tu vis et que tu travailles dans les bas-fonds de Londres ?

— Je ne vivrai pas dans les bas-fonds ! Je prendrai un appartement dans un quartier chic. Kensington, ou

St James. Oncle Conrad me donnera une voiture et un chauffeur. Je n'aurai même pas froid. Alors, arrête de ronchonner.

Kit soupira, et elle devina qu'il avait encore d'autres choses sur le cœur. Par bonheur, il ne dit rien de plus.

Elle sourit, en contemplant la superbe roseraie que son père avait créée, et récita un poème de Dowson[1] :

— *Ils ne durent pas, les jours du vin et des roses,*
Emergeant d'un rêve brumeux
Notre chemin se trace un moment avant de s'achever
Comme dans un rêve.

— J'ai toujours pensé que ce pauvre Dowson devait se sentir très seul, marmonna Kit.

— Mmh, répondit Victoria en lui donnant la main. Viens, mon cher ami. Allons voir les roses qui viennent d'éclore.

1. Ernest Dowson était un poète britannique de la seconde moitié du XIXe siècle.

Remerciements

C'est dans les crises importantes de la vie que l'on se rend compte de la chance incroyable que l'on a d'être soutenu par son entourage. C'est ce qui m'est arrivé pendant que j'écrivais la série des Summerset. En dehors des extraordinaires personnes du monde de l'édition grâce auxquelles ce livre a vu le jour, telles que mon agent Molly Glick, et mes éditrices Lauren McKenna et Alexandra Lewis, il y avait aussi dans mon autre vie des gens qui m'ont témoigné de l'affection et adressé des encouragements, grands ou petits.

Avant tout, je tiens à remercier ma famille, Alan, Ethan, et Megan. C'est vous qui avez rendu tout cela possible.

Ensuite, un immense respect à ma tribu de copains, qui m'a aidée et, plus important encore, m'a souvent fait rire. Billy, Vickie, Jeff, Jasmine, Anita, Dave... je vous aime !

Un millier de mercis à ma meilleure amie Ann Marie et à son mari, Chris, sur qui l'on peut toujours compter.

Une mention spéciale à Bill et Debbie, mes formidables voisins... jamais il n'a été aussi drôle de se parler par-dessus une clôture.

Et enfin, il y a eu tous mes merveilleux amis écrivains, qui m'ont encouragée de mille façons : Amy Pike Danicic, April Henry, Delilah Marvell, Jessie Smith, et Amber Keyser. Rien de tel qu'un auteur pour en révéler un autre !

A vous tous, mon affection.

Composé et édité par HarperCollins France.

Achevé d'imprimer en août 2020.

CPI
BLACK PRINT

Barcelone

Dépôt légal : septembre 2020.

FSC
www.fsc.org
MIXTE
Papier issu de sources responsables
FSC® C108412

Pour limiter l'empreinte environnementale de ses livres, HarperCollins France s'engage à n'utiliser que du papier fabriqué à partir de bois provenant de forêts gérées durablement et de manière responsable.

Imprimé en Espagne.